VIRTUDE INDECENTE

Nora Roberts

A Pousada do Fim do Rio
O Testamento
Traições Legítimas
Três Destinos
Lua de Sangue
Doce Vingança
Segredos
O Amuleto
Santuário
Resgatado pelo Amor
A Villa
Tesouro Secreto
Pecados Sagrados
Virtude Indecente
Bellissima

*

Trilogia do Sonho

Um Sonho de Amor
Um Sonho de Vida
Um Sonho de Esperança

Trilogia do Coração

Diamantes do Sol
Lágrimas da Lua
Coração do Mar

Trilogia da Magia

Dançando no Ar
Entre o Céu e a Terra
Enfrentando o Fogo

Trilogia da Gratidão

Arrebatado pelo Mar
Movido pela Maré
Protegido pelo Porto

Trilogia da Fraternidade

Laços de Fogo
Laços de Gelo
Laços de Pecado

Trilogia do Círculo

A Cruz de Morrigan
O Baile dos Deuses
O Vale do Silêncio

Trilogia das Flores

Dália Azul
Rosa Negra
Lírio Vermelho

Nora Roberts

Virtude Indecente

2ª edição

Tradução
Alda Porto

Copyright © 1998 *by* Nora Roberts

Título original: *Brazen Virtue*

Capa: Leonardo Carvalho

Editoração: DFL

2012
Impresso no Brasil
Printed in Brazil

CIP-Brasil. Catalogação na fonte
Sindicato Nacional dos Editores de Livros, RJ

R549v
2ª ed.
	Roberts, Nora, 1950-
	  Virtude indecente/Nora Roberts; tradução Alda Porto. — 2ª ed. – Rio de Janeiro: Bertrand Brasil, 2012.
	  294p.
	
	  Tradução de: Brazen Virtue
	  ISBN 978-85-286-1398-8
	
	  1. Romance americano. I. Porto, Alda. II. Título.

09-3125	CDD – 813 CDU – 821.111(73)-3

Todos os direitos reservados pela:
EDITORA BERTRAND BRASIL LTDA.
Rua Argentina, 171 – 2º andar – São Cristóvão
20921-380 – Rio de Janeiro – RJ
Tel.: (0xx21) 2585-2070 – Fax: (0xx21) 2585-2087

Não é permitida a reprodução total ou parcial desta obra, por quaisquer meios, sem a prévia autorização por escrito da Editora.

Atendimento e venda direta ao leitor:
mdireto@record.com.br ou (0xx21) 2585-2002

*Para Amy Berkower,
com gratidão e afeto.*

Prólogo

— O que gostaria que eu fizesse para você? — perguntou a mulher que se dera o nome de Désirée. Tinha uma voz igual a pétalas de rosas. Agradável e suave. Fazia bem seu trabalho, muito bem, e os clientes a procuravam repetidas vezes. Falava com um dos assíduos, então, e já conhecia as preferências dele. — Eu adoraria — ela murmurou. — Apenas feche os olhos, feche os olhos e relaxe. Quero que esqueça tudo do escritório, da esposa e do sócio comercial. Agora somos apenas você e eu.

Quando ele falava, Désirée respondia com um riso baixo:

— Sim, você sabe que farei. Não faço sempre? Apenas feche os olhos e escute. O quarto é silencioso e iluminado por velas. Dezenas de velas perfumadas e brancas. Sente o aroma? — Ela deu outra risada provocante e baixa. — Isso mesmo. Brancas. A cama também é branca, grande e redonda. Você está deitado nela, nu e pronto. Está pronto, Sr. Drake?

Revirou os olhos. Aniquilava-a o cara querer que o chamasse de senhor. Mas gosto não se discute.

— Acabei de sair da ducha. Tenho os cabelos molhados e pequenas pérolas de água pelo corpo todo. Uma se grudou em meu mamilo. Escorrega e cai em você quando me ajoelho na cama. Está sentindo? Sim, sim, isso mesmo, é fria, fria, e você, muito quente. — Conteve um bocejo. Graças a Deus ele se satisfazia facilmente. — Oh, eu o quero. Não consigo tirar as mãos de cima de você. Quero tocá-lo, prová-lo. Sim, sim, me deixa louca quando faz isso. Ai, Sr. Drake, você é o melhor. O melhor.

Nos poucos minutos seguintes, Désirée apenas escutou as exigências e os prazeres do cliente. Ouvir constituía a maior parte do trabalho. Ele já chegava a transpor o limite, e ela olhou o relógio, agradecida. Não apenas o tempo esgotava-se, mas aquele era o último cliente da noite. Baixando a voz a um sussurro, ajudou-o a atingir o clímax.

— Sim, Sr. Drake, foi maravilhoso. Você é maravilhoso. Não, não vou trabalhar amanhã. Sexta-feira? Sim, vou aguardar ansiosa. Boa-noite, Sr. Drake.

Esperou o clique e desligou o telefone. Désirée tornou-se Kathleen. Dez e cinquenta e cinco, pensou com um suspiro. Encerrava o serviço às onze, portanto não deveria haver mais telefonemas essa noite. Tinha trabalhos para dar notas e um questionário de conhecimentos gerais a preparar para os alunos no dia seguinte. Ao levantar-se, olhou o telefone. Faturara duzentos dólares, graças à companhia telefônica americana AT&T e à empresa Fantasia. Com uma risada, pegou a xícara de café. Era, de longe, muito melhor que vender revistas.

Apenas a quilômetros dali, outro homem grudava-se ao receptor do telefone. Tinha a mão úmida. O quarto cheirava a sexo, mas ele estava sozinho. Em sua mente, Désirée fora ali, com o corpo branco, molhado, e a voz serena, tranquilizadora.

Désirée.

Com a mão ainda trêmula, espreguiçou-se na cama.

Désirée.

Tinha de conhecê-la. E logo.

Capítulo Um

O avião inclinou-se de lado sobre o Lincoln Memorial. Grace abriu a pasta no colo. Precisava guardar uma dezena de coisas, mas fitava o chão que subia a toda em sua direção. Nada para ela se comparava a voar.

O avião se atrasara. Sabia disso porque o homem do outro lado, na poltrona 3B, não parava de reclamar do atraso. Sentiu-se tentada a estender o braço ao outro lado do corredor e dar-lhe um tapinha na mão, tranquilizá-lo, dizer que dez minutos no esquema das coisas não importava tanto. Mas não parecia que ele ia apreciar o sentimento.

Kathleen também reclamaria, pensou. Não em voz alta, nem nada disso, remoeu, sorriu e recostou-se para o pouso. Talvez ficasse tão irritada como o ocupante da 3B, mas não seria mal-educada a ponto de resmungar e afligir-se.

Se conhecia a irmã, e na verdade conhecia, Kathleen teria saído de casa com mais de uma hora de antecedência, por levar em consideração a imprevisibilidade do tráfego de Washington. Percebera o tom na voz da outra, traindo a irritação com ela porque Grace escolhera um voo que chegava às seis e meia, o pico da hora do rush.

Com vinte minutos de sobra, Kathleen pararia o carro no estacionamento rotativo, fecharia as janelas, trancaria as portas e seguiria em frente, sem ser tentada pelas lojas, até o portão. Jamais erraria o caminho nem misturaria os números na mente.

Era sempre pontual. Grace, sempre atrasada. Nenhuma novidade.

Mesmo assim, desejava, desejava realmente, que pudesse haver algum terreno comum entre as duas agora. Irmãs, sim, mas raras vezes se entendiam.

O avião aterrissou com um sacolejo e Grace começou a jogar tudo que tinha nas mãos na pasta. Batom embolado com fósforos, canetas com pinça. Outra coisa que uma mulher organizada como Kathleen jamais entenderia. Um lugar para tudo. Ela concordava a princípio, mas seu lugar nunca parecia ser o mesmo de uma ocasião para outra.

Mais de uma vez perguntara-se como podiam ser irmãs. Era descuidada, avoada e bem-sucedida; Kathleen, organizada, prática e batalhava pela vida. No entanto, haviam nascido dos mesmos pais, criadas na mesma pequena casa de tijolos aparentes na periferia da cidade de Washington e frequentado a mesma escola.

As freiras jamais conseguiram ensinar-lhe nada sobre como organizar uma agenda, mas mesmo na sexta série do colégio católico St. Michael já ficavam fascinadas com seu talento para compor uma história.

Quando o avião chegou ao portão, Grace esperou todos os passageiros com pressa para descer tomarem o corredor. Sabia que Kathleen provavelmente estaria andando de um lado para outro, certa de que a irmã distraída perdera de novo um voo, mas precisava de um minuto. Queria lembrar o amor, não as brigas das duas.

Como previra Grace, a irmã a esperava no portão. Observava os passageiros saírem em fila e tinha outra onda de impaciência. Sabia que Grace sempre viajava na primeira classe, mas não se encontrava entre as primeiras pessoas a saírem do avião. Nem entre as primeiras cinquenta. Na certa, conversava com a tripulação, pensou, e tentou ignorar uma rápida pontada de inveja.

Grace nunca precisava tentar fazer amigos. As pessoas simplesmente se sentiam atraídas por ela. Dois anos após a colação de grau, a irmã bem-sucedida, que deslizara pela escola como por magia, vinha ascendendo na carreira. Uma vida inteira, e ela, Kathleen, a aluna destacada, despendia esforços, sem resultados, na mesma escola de ensino médio em que se haviam diplomado. Sentava-se do outro lado da mesa agora, porém pouco mudara.

Avisos da chegada e partida de aviões zuniam. Informações sobre mudanças de portão e atrasos, mas ainda nada de Grace. Assim que resolveu verificar no balcão, viu a irmã cruzar o portão. A inveja desfez-se, a irritação desapareceu. Era quase impossível aborrecer-se com Grace quando se via diante dela.

Por que sempre parecia ter acabado de descer de um carrossel? Os cabelos, do mesmo tom escuro que os dela e cortados na linha do queixo, estavam sempre esvoaçantes ao redor do rosto. Corpo esguio, mais uma vez como o dela, mas, enquanto o seu sempre parecia robusto, o de Grace parecia um salgueiro, pronto a curvar-se para qualquer lado que soprasse a brisa. Agora parecia amarrotada, um suéter batendo na altura dos quadris sobre a calça justa de malha, óculos escuros caídos no nariz, as mãos cheias de sacolas e pastas. Kathleen continuava metida na saia e blazer com que dera todas as aulas de história. Grace usava tênis amarelo-canário tipo botinas para combinar com o suéter.

— Kath! — Tão logo viu a irmã, Grace largou tudo o que segurava sem parar para pensar no bloqueio que causava ao fluxo de passageiros atrás. Abraçou-a como fazia tudo, com total entusiasmo. — Que bom ver você! Está esplêndida. Perfume novo. — Deu uma grande aspirada. — Gostei.

— Senhora, quer tirar suas coisas da frente?

Ainda abraçada a Kathleen, ela sorriu para o atormentado empresário atrás.

— Siga direto em frente e passe por cima. — Ele o fez, resmungando. — Tenha um bom voo. — Esqueceu-o como esquecia a maioria das inconveniências. — Então, como estou? — quis saber. — Gosta do penteado? Espero que sim; acabei de gastar uma fortuna em fotos de publicidade.

— Fez escova primeiro?

Grace levou uma mão aos cabelos.

— Provavelmente.

— Combina com você — decidiu Kathleen. — Vamos, provocaremos um tumulto aqui se você não tirar suas coisas do caminho. Que é isso?

Ergueu uma das maletas.

— Maxwell. — Grace começou a juntar as sacolas. — Computador portátil. Estamos tendo o mais maravilhoso dos casos.

— Achei que fossem umas férias — comentou a irmã.

Conseguiu afastar o fio cortante da voz. O computador era mais um exemplo físico do sucesso de Grace. E do seu próprio fracasso.

— São. Mas preciso fazer alguma coisa comigo mesma enquanto você está na escola. Se o avião se atrasasse mais dez minutos, eu teria terminado um capítulo. — Olhou o relógio, notou que tinha parado de novo e esqueceu. — Sério, Kathy, é o mais maravilhoso assassinato.

— Bagagem? — interrompeu Kathleen, sabendo que a irmã ia lançar-se na história sem qualquer incentivo.

— Meu baú será entregue na sua casa amanhã.

O baú era outra das que ela considerava as excentricidades deliberadas da irmã.

— Grace, quando vai começar a usar malas como as pessoas normais?

Passaram pela área do recolhimento de bagagens, onde os passageiros ficavam em intensa concentração, prontos para pisotear uns aos outros ao primeiro sinal da conhecida mala Samsonite. Quando o inferno congelar, Grace pensou em responder, mas apenas sorriu.

— Você está realmente ótima. Como se sente?

— Bem. — Então, como era sua irmã, Kathleen relaxou. — Melhor, na verdade.

— Em muito melhor situação sem o filho da mãe — disse Grace, ao cruzarem as portas automáticas. — Detesto dizer isso, porque sei que você o amava mesmo, mas é a verdade. — Uma forte brisa fria soprava para fazer as pessoas esquecerem que era primavera. O barulho dos aviões de partida martelava acima. Ela saiu do meio-fio em direção ao estacionamento, sem olhar para um lado nem para outro. — A única verdadeira alegria que ele trouxe à sua vida foi Kevin. Cadê meu sobrinho, aliás? Eu esperava que viesse com você.

A pequena pontada de dor veio e se foi. Quando Kathleen tomava uma decisão sobre alguma coisa, também a tomava com o coração.

— Com o pai. Concordamos que seria melhor ele ficar com Jonathan durante o ano letivo.

— Como? — Grace parou no meio da rua. Uma buzina explodiu e foi ignorada. — Kathleen, não pode estar falando sério. Kevin só tem seis anos. Precisa ficar com você. Jonathan na certa faz o menino ver programas de *MacNeil-Lehrer*, em vez de *Vila Sésamo*.

— A decisão já foi tomada. Concordamos que seria melhor pra todos os interessados.

Grace conhecia essa expressão. Significava que Kathleen se fechara e não se abriria de novo até se julgar muito bem e pronta.

— Tudo bem. — Acompanhou o passo ao lado dela ao atravessarem para o estacionamento. Automaticamente, alterou o ritmo. Kathleen sempre se apressava. Ela serpeava. — Sabe que pode falar comigo sempre que quiser.

— Eu sei. — A irmã parou ao lado de um Toyota de segunda mão. Um ano antes dirigia um Mercedes. Mas isso fora o mínimo do que perdera. — Não tive a intenção de ser ríspida com você, Grace. Só que preciso afastar isso por algum tempo. Já quase consegui pôr minha vida de novo em ordem.

Grace acomodou as sacolas na parte de trás e nada disse. Sabia que o carro era de segunda mão e bem abaixo do que a irmã se habituara, porém a preocupava muito mais a rispidez na voz que a mudança de status dela. Queria reconfortá-la, mas sabia que Kathleen considerava compaixão a prima em primeiro grau de pena.

— Tem falado com mamãe e papai?

— Semana passada. Estão bem. — Kathleen entrou e prendeu o cinto de segurança. — Você diria que Phoenix é o paraíso.

— Desde que eles se sintam felizes.

Grace recostou-se e pela primeira vez absorveu os arredores. Aeroporto Nacional. Tomara o primeiro avião de partida dali há oito, não, meu Deus, há quase dez anos. E ficara apavorada até às unhas dos pés. Quase desejou sentir de novo aquela mesma experiência nova e inocente.

Ficando esgotada, Gracie?, perguntou-se. Demasiados voos. Demasiadas cidades. Demasiadas pessoas. Agora voltara, a alguns quilômetros apenas da casa em que fora criada, e sentava-se ao lado da irmã. Não tinha, porém, sensação alguma de retorno ao lar.

— O que fez você voltar pra Washington, Kathy?

— Eu queria sair da Califórnia. E tudo aqui era conhecido.

Mas não quis ficar perto do seu filho? Não precisava ficar? Não era hora de perguntar, mas Grace teve de repelir as palavras.

— E dar aulas na Nossa Senhora da Esperança. Conhecido também, mas deve ser estranho.

— Eu gosto muito. Suponho que preciso da disciplina das aulas — respondeu a irmã.

E afastou-se do estacionamento com estudada precisão.

Enfiado na aba do protetor solar, trazia o tíquete do estacionamento rotativo e três notas de um dólar. Grace notou que ela ainda contava o troco.

— E a casa, gosta dela?

— O aluguel é razoável e fica apenas a quinze minutos de carro da escola.

Grace conteve um suspiro. Não poderia Kathleen sentir-se algum dia forte em alguma coisa?

— Está saindo com alguém?

— Não. — Kathleen sorriu um pouco ao fundir-se no tráfego. — Não estou interessada em sexo.

Grace ergueu a sobrancelha.

— Todo mundo está interessado em sexo. Por que acha que Jackie Collins sempre entra na lista dos livros mais vendidos? De qualquer modo, eu falava mais de companhia.

— Não tem ninguém com quem eu queira estar nesse momento. — Então pôs a mão em cima da de Grace, o que era muito mais do que já tivera condições de dar a alguém, além do marido e do filho. — A não ser você. Estou muito feliz mesmo por ter vindo.

Como sempre, Grace reagia ao afeto quando o recebia.

— Eu teria vindo mais cedo se você me deixasse.

— Você estava no meio de uma turnê.

— As turnês podem ser canceladas — respondeu Grace. Moveu os ombros com impaciência. Nunca se considerou temperamental nem arrogante, mas teria sido as duas coisas se isso ajudasse a irmã. — De qualquer modo, a turnê terminou e estou aqui. Washington na primavera. — Abriu a janela, embora o vento de abril ainda soprasse com a intensidade de março. — E as cerejeiras em flor?

— Foram atingidas pela última geada.

— Nada muda.

Tinham tão pouco a dizer uma à outra? Grace deixou o rádio encher a lacuna enquanto seguiam. Como era possível duas pessoas crescerem juntas, viverem juntas, brigarem e continuar estranhas? Toda vez, alimentava a esperança de que seria diferente. Toda vez era a mesma coisa.

Ao atravessarem a ponte da Fourteenth Street, lembrou o quarto que ela e Kathleen haviam dividido durante toda a infância. Arrumado e organizado num lado, revirado e bagunçado no outro. Isso era apenas um pomo da discórdia. Outro, os jogos inventados por Grace, que mais frustravam que divertiam a irmã. Quais eram mesmo as regras? Aprendê-las sempre fora a primeira prioridade de

Kathleen. Quando não existiam ou eram muito flexíveis, ela simplesmente não conseguia entender o próprio jogo.

Sempre regras, Kath, pensou Grace ali no carro, em silêncio ao lado da irmã. Escola, igreja e vida. Não admirava que ela sempre se confundisse quando as regras mudavam. Agora haviam mudado mais uma vez.

Abandonou o casamento, Kathy, como abandonava o jogo quando as regras não lhe convinham? Voltou ao lugar de onde partimos para eliminar o tempo intermediário e recomeçar, de acordo com seus próprios termos? Era o estilo de Kathleen, pensou Grace, e desejou para o bem da irmã que desse certo.

A única coisa que a surpreendeu foi a rua em que escolhera morar. Um apartamento pequeno, com aparelhos e utensílios modernos e manutenção vinte e quatro horas por dia, seria mais o estilo de Kathleen que aquele bairro decadente, um tanto precário, de grandes árvores e casas antigas.

A dela era uma das menores da quadra e, embora Grace tivesse certeza de que a outra nada fizera ao pequeno terreno gramado, além de podá-lo, alguns bulbos começavam a abrir caminho pela alameda varrida com todo capricho.

Ao parar ao lado do carro, Grace deixou o olhar vagar de um lado a outro da rua. Viam-se bicicletas, camionetes velhas e recém-pintadas. Usado, gasto, acolhedor, o bairro beirava um renascimento ou preparava-se para descambar aos poucos na antiguidade. Ela gostou dali, gostou da atmosfera que desprendia.

Era exatamente o que teria escolhido se houvesse decidido mudar-se de volta. E se tivesse de escolher uma casa... seria a do lado, concluiu de imediato. Achava-se em definitiva necessidade de ajuda. Além de uma janela tapada com ripas de madeira, faltavam telhas, mas alguém plantara azaleias. A terra continuava nova e socada em montículos na base das mudas, baixas, apenas uns trinta centímetros de altura. Mas os botõezinhos já se mostravam quase prontos para irromper com vida. Olhando-os, ela desejou poder ficar tempo suficiente para vê-los florir.

— Oh, Kathy, que lugar lindo!

— Não tem nada a ver com Palm Springs — disse a irmã, sem ressentimento, ao começar a descarregar as coisas de Grace.

— É, não tem, querida. Mas é uma verdadeira casa.

Falava sério. Com o olhar e a imaginação de escritora, quase já conseguia vê-la.

— Eu queria dar a Kevin alguma coisa quando... quando ele vier.

— Ele vai amar — afirmou Grace, com a confiança da porta-estandarte que ergue a bandeira. — Essa sem dúvida é uma calçada de prancha de skate. E as árvores. — Uma, do outro lado da rua, parecia ter sido atingida por um raio e nunca se recuperara, mas passou por ela sem quebrar o ritmo. — Kathy, olhar este lugar me faz me perguntar que diabos estou fazendo em Manhattan.

— Ficando rica e famosa.

Mais uma vez, disse isso sem ressentimento, ao passar as sacolas para a irmã.

Pela segunda vez, Grace desviou o olhar para a casa ao lado.

— Também não me faria mal ter umas duas azaleias. — Entrelaçou o braço no da irmã. — Bem, me mostre o resto.

O interior não chegou a ser uma surpresa. Kathleen preferia coisas organizadas e ordenadas. O mobiliário era sólido, sem poeira e de bom gosto. A cara dela, pensou Grace, com uma pontada de remorso. Mesmo assim, gostou da miscelânea de pequenos aposentos que pareciam virados uns para os outros.

Kathleen transformara um deles em escritório. A escrivaninha ainda brilhava novinha em folha. Não levara nada consigo, reparou Grace. Nem sequer o filho. Embora achasse estranho ver um telefone na escrivaninha e outro a poucos metros, ao lado de uma cadeira, não comentou. Conhecendo-a, o motivo faria perfeito sentido.

— Molho de espaguete.

O cheiro levou-a sem hesitar à cozinha. Se alguém lhe pedisse que dissesse o seu passatempo preferido, comer viria no primeiro lugar da lista.

A cozinha era tão imaculada quanto o resto da casa. Se fosse uma aposta, Grace apostaria que não se encontrava uma migalha de pão na torradeira. As sobras seriam lacradas à perfeição, etiquetadas e guardadas no refrigerador, e os copos, arrumados de acordo com o tamanho nos armários. Era esse o jeito de Kathleen, e ela não mudara nem um pouco em trinta anos.

Grace desejou ter-se lembrado de esfregar os pés no capacho ao atravessar o envelhecido linóleo. Ergueu a tampa de um caldeirão elétrico para cozimento lento e deu uma inalada profunda e demorada.

— Eu diria que você não perdeu o toque.

— Ele retornou pra mim — respondeu Kathleen. Mesmo após anos de cozinheiras e empregados. — Com fome? — Então, pela primeira vez, seu sorriso pareceu genuíno e relaxado. — É preciso perguntar?

— Espere, eu trouxe uma coisa.

Quando a irmã voltou correndo à sala, ela virou-se para a janela. Por que de repente se dava conta de como a casa parecia vazia agora que Grace estava ali? Que magia tinha ela para encher um quarto, uma casa, uma arena? E que, em nome de Deus, iria fazer quando ficasse mais uma vez sozinha?

— Valpolicella — anunciou Grace ao retornar à cozinha. — Como você vê, eu contava com a comida italiana. — Quando Kathleen se afastou da janela, as lágrimas mal começavam a aflorar. — Oh, querida.

Com a garrafa ainda na mão, Grace logo se aproximou.

— Gracie, sinto tanta falta dele. Às vezes acho que vou morrer.

— Eu sei que sente. Oh, meu bem, eu sei. Lamento tanto. — Grace afagou os cabelos da irmã escovados com firmeza para trás. — Me deixe ajudar, Kathleen, me diga o que posso fazer.

— Nada. — O esforço custou mais do que ela admitiria, mas Kathleen conteve as lágrimas. — É melhor eu preparar a salada.

— Espere. — Com a mão no braço da irmã, Grace levou-a até a pequena mesa na cozinha. — Sente-se. Falo sério, Kathleen.

Embora fosse um ano mais velha que Grace, Kathleen curvou-se à autoridade. Mais uma coisa que se tornara um hábito.

— Realmente, não quero falar disso, Grace.

— Imagino que seja ruim demais, então. Saca-rolha?

— Gaveta de cima à esquerda da pia.

— Taças?

— Segunda prateleira, armário junto à geladeira.

Grace abriu a garrafa. Embora o céu escurecesse, ela não se deu ao trabalho de acender a luz. Após pôr uma taça diante da irmã, encheu-a até a borda.

— Beba. É um vinho danado de bom. — Encontrou um vidro de maionese Kraft, no lugar onde a mãe os teria guardado, retirou a tampa e usou-a como cinzeiro. Sabia muito bem que Kathleen desaprovava o fumo e resolvera comportar-se o melhor possível. Como a maioria das promessas que fazia a si mesma, quebrou essa facilmente. Acendeu um cigarro, serviu-se de vinho e sentou-se. — Fale comigo, Kathy. Só vou encher seu saco até você falar e me contar tudo.

Kathleen também ia. Soubera disso antes de concordar com a vinda da irmã. Talvez por esse motivo houvesse concordado.

— Eu não queria a separação. E não precisa me dizer que sou idiota por querer ficar com um homem que não me quer, porque eu já sei.

— Não acho você idiota. — Grace soprou uma baforada de fumaça, sentindo-se culpada porque achara isso mesmo, mais de uma vez. — Você ama Jonathan e Kevin. Eram seus e você queria mantê-los.

— Acho que isso resume tudo. — Kathleen tomou um segundo gole, mais longo, de vinho. A irmã mais uma vez tinha razão. Era dos bons mesmo. Embora difícil de admitir, detestável admitir, precisava falar com alguém. Queria que esse alguém fosse Grace porque, quaisquer que fossem as diferenças entre as duas, ela ficaria incondicionalmente do seu lado. — Chegou a um ponto em que eu tive de aceitar a separação. — Ainda não conseguia formar a palavra *divórcio*. — Jonathan... me maltratou.

— Que quer dizer? — A voz baixa e meio rouca de Grace desprendia farpas. — Ele agrediu você?

Já meio se levantava, disposta a saltar no próximo voo para a costa.

— Há outros tipos de maus-tratos — respondeu Kathleen, desgastada. — Ele me humilhou. Tinha outras mulheres, muitas delas. Ah, era muito discreto. Duvido até que seu corretor soubesse, mas fez questão de que eu soubesse. Apenas pra esfregar meu nariz em cima.

— Sinto muito.

Grace tornou a sentar-se. Sabia que Kathleen teria preferido um soco no queixo à infidelidade. Ao pensar nisso, teve de admitir que, pelo menos nesse ponto, as duas concordavam.

— Você jamais gostou dele.

— Não, e não me arrependo — admitiu Grace, e jogou a cinza na tampa de maionese vazia.

— Acho que não adianta falar nisso agora. Em todo caso, quando concordei com a separação, Jonathan deixou claro que seria nos termos dele. Entraria com um requerimento de divórcio no qual nenhum de nós dois era culpado pela dissolução do casamento; como se fosse apenas um pequeno acidente de carro. Oito anos de minha vida jogados fora, e ninguém pra culpar.

— Kath, sabe que não precisava aceitar os termos dele. Se ele era infiel, você tinha um recurso.

— Como poderia provar? — Dessa vez Kathleen mostrava ressentimento, caloroso e intenso. Esperara muito tempo para extravasá-lo. — Você precisa entender que tipo de mundo é este. Jonathan Breezewood III é um homem perfeito. Advogado, em nome de Deus, sócio da firma da família que poderia representar o demônio contra o Todo-Poderoso e sair com um acordo. Mesmo que alguém soubesse ou desconfiasse, não iria me ajudar. As pessoas eram amigas da esposa de Jonathan. Sra. Jonathan Breezewood III. Esta foi minha identidade durante oito anos. — E depois de Kevin, o mais difícil de perder. — Nenhuma delas daria a mínima a Kathleen McCabe. O erro foi meu. Dediquei-me a ser a Sra. Breezewood. Tinha de ser a esposa e dona de casa perfeita. E me tornei chata. Quando o chateei bastante, ele quis se livrar de mim.

— Ao diabo com isso, Kathleen, sempre você precisa ser sua pior crítica? — Grace golpeou o cinzeiro com a guimba e pegou a taça de vinho. — Ele foi o culpado, droga, não você. Você deu a Jonathan exatamente o que ele dizia querer. Abandonou a carreira, família, lar e concentrou a vida nele. Agora vai abandonar de novo, e jogar Kevin no acordo.

— Não estou abandonando Kevin.

— Você me disse...

— Eu não quis brigar com Jonathan, não podia. Tive medo do que ele faria.

Com muito cuidado, Grace largou de novo o vinho.

— Medo do que ele faria a você ou a Kevin?

— A Kevin, não — ela se apressou a dizer. — Seja o que Jonathan é ou fez, jamais faria nada pra prejudicar Kevin. Ele realmente adora o filho. E, apesar do fato de ter sido um marido ruim, é um pai maravilhoso.

— Tudo bem. — Mas Grace evitaria qualquer julgamento sobre isso. — Tem medo do que ele faria a você, então? Fisicamente?

— Jonathan raras vezes perde a paciência. Ele a mantém sob rígido controle, porque é muito violento. Uma vez, quando Kevin não passava de um bebê, dei a ele um gatinho. — Kathleen avançou com cuidado pela história, sabendo que Grace sempre podia catar as migalhas e fazer um bolo inteiro. — Eles brincavam e o gatinho arranhou Kevin. Jonathan ficou tão revoltado quando viu as marcas no rosto do filho que atirou o gatinho pela varanda, do terceiro andar.

— Eu sempre disse que ele era um príncipe — resmungou a irmã, e tomou mais um gole.

— Depois teve o incidente com o ajudante do jardineiro. O cara arrancou um dos pés de rosa por engano. Foi apenas um mal-entendido, o coitado não falava muito bem inglês. Jonathan o demitiu no ato, e os dois bateram boca. Antes que a discussão terminasse, Jonathan havia espancado o homem com tanta brutalidade que ele teve de ser hospitalizado.

— Santo Deus.

— Jonathan pagou a conta, claro.

— Claro — concordou Grace, mas esbanjou sarcasmo.

— Acertou as contas e subornou o cara pra manter o caso longe dos jornais. Era apenas uma roseira. Não sei o que teria feito se eu tentasse transportar Kevin de um lugar pra outro.

— Kathy, querida, você é mãe dele, tem direitos. Sei que há alguns excelentes advogados em Washington. Vamos procurar um, descobrir o que pode ser feito.

— Já contratei um. — Como tinha a boca seca, Kathleen tomou outro gole. O vinho fazia as palavras saírem com mais facilidade. — E contratei um detetive particular. Não vai ser fácil, e me disseram que pode levar muito tempo e dinheiro, mas é uma chance.

— Estou orgulhosa de você. — Grace enlaçou as mãos com a irmã. O sol já quase se pusera, deixando a cozinha em sombras. Os olhos de Grace, cinzentos como o entardecer, aqueceram-se. — Querida, Jonathan Breezewood III não sabe o que o espera quando se chocar com os McCabe. Tenho alguns contatos na costa.

— Não, Grace, eu preciso manter isso discreto. Ninguém deve saber, nem sequer mamãe e papai. Simplesmente não posso correr o risco.

A escritora refletiu sobre os Breezewood um instante. As famílias tradicionais e ricas tinham tentáculos compridos.

— Tudo bem. Talvez seja melhor assim. Mas, de qualquer modo, eu posso ajudar. Advogados e detetives custam caro. Tenho mais do que preciso.

Pela segunda vez, os olhos de Kathleen encheram-se de lágrimas. Mas, também dessa vez, ela conseguiu detê-las de novo. Sabia que

Grace tinha dinheiro e não queria ressentir-se do fato de que o ganhara. Contudo, ressentiu-se.

— Ai, meu Deus — disse. — Preciso fazer isso sozinha.

— Esta não é hora de ter orgulho. Você não pode travar uma batalha judicial desse porte com o salário de professora. Só porque foi uma bobona e deixou Jonathan descartar você sem um tostão, não é motivo algum pra recusar meu dinheiro.

— Eu não queria nada dele. Saí do casamento exatamente com o que entrei. Três mil dólares.

— Não vamos nos envolver em direitos femininos e no fato de que você merecia alguma coisa depois de oito anos de casamento. — Grace era uma ativista, se e quando lhe convinha. — A questão é que sou sua irmã e preciso ajudar.

— Não com dinheiro. Talvez seja orgulho, mas preciso resolver isso sozinha. Estou fazendo um bico.

— Como... vendendo Tupperware? Ensinando a crianças a Batalha de Nova Orleãs? Se prostituindo?

Com a primeira boa risada que dera em semanas, Kathleen serviu mais vinho às duas.

— Isso mesmo.

— Está vendendo Tupperware? — Grace pensou na ideia por um momento. — Ainda existem aqueles potinhos com tampa pra cereal?

— Não tenho a menor ideia. Não estou vendendo Tupperware, mas me prostituindo.

Quando a irmã se levantou para acender a luz, Grace pegou sua taça. Era raro Kathleen fazer uma piada, por isso não soube se era para rir ou não. Decidiu-se contra.

— Achei que você tinha dito que não estava interessada em sexo.

— Pra mim mesma, não, pelo menos no momento. Ganho um dólar o minuto por uma ligação de sete minutos, dez dólares pela ligação, se for um pedido reincidente específico pra mim. A maioria dos meus é. Recebo em média vinte telefonemas por noite, três dias na semana, e entre vinte e cinco e trinta nos fins de semana. Isso resulta em cerca de novecentos dólares por semana.

— Minha nossa.

O primeiro pensamento foi que a irmã tinha muito mais energia do que ela desconfiava. O segundo, que toda a história era uma enorme piada de mau gosto para fazê-la não se intrometer com o que não era de sua conta.

Na fria luz fluorescente, Grace encarou a irmã. Nada nos olhos dela indicava que estivesse brincando. Mas a caçula reconheceu aquele olhar de satisfação consigo mesma. O mesmo que exibia quando tinha doze anos e Kathleen vendera mais cinco caixas de biscoitos da Associação das Pioneiras que ela.

— Minha nossa — repetiu, e acendeu mais um cigarro.

— Não vai ter sermão sobre moralidade, Gracie?

— Não. — Ela ergueu o vinho e engoliu-o com dificuldade. Ainda não sabia que posição tomar sobre a questão em termos morais. — Fala sério?

— Totalmente.

Claro. Kathleen sempre falava sério. Vinte por noite, tornou a pensar, e afastou a imagem da mente.

— Não vai ter sermão sobre moralidade, mas você vai ouvir um sobre bom-senso. Santo Deus, Kathleen, sabe que espécie de canalhas e maníacos existem por aí? Até eu sei, e não tenho um encontro que não seja relacionado a trabalho há quase seis meses. Não se trata só de não engravidar, mas de pegar alguma coisa que não possa expelir em nove meses. É uma idiotice, Kathleen, idiotice e burrice. E você vai parar já, senão eu...

— Conta à mamãe?

— Isso não é brincadeira, Kathy. — Grace ajeitou-se sem graça na cadeira, pois era exatamente o que tinha na ponta da língua. — Se não pensa em si mesma, pense em Kevin. Se Jonathan ficar sabendo, nem rezando você conseguirá seu filho de volta.

— Eu penso em Kevin. Ele é tudo em que penso. Tome o vinho e escute, Grace. Você sempre teve tendência a criar uma história sem conhecer todos os fatos.

— É um fato bem concreto que minha irmã faz um extra como garota de programa, por mais flexível que seja o extra.

— Não é bem isso. Garota de programa pelo telefone. Vendo minha voz, Grace, não meu corpo.

— Duas taças de vinho e fico com a cabeça logo nublada. Por que não me explica direitinho, Kathy?

— Eu trabalho pra uma empresa chamada Fantasia. É uma pequena empresa mantida num escritório com fachada na rua que se especializa em serviços telefônicos.

— Serviços telefônicos? — a caçula repetiu, soprando fumaça.

— Serviços telefônicos? — Desta vez ergueu as duas sobrancelhas. — Está falando de telessexo?

— Falar de sexo é o mais próximo a que cheguei em um ano.

— Um ano? — Grace precisou engolir em seco primeiro. — Eu ofereceria meus pêsames, mas no momento estou fascinada demais. Quer dizer que você faz o que anunciam nas costas das revistas masculinas?

— Desde quando começou a ler revistas masculinas?

— Pesquisa. E você me diz que ganha quase mil dólares por semana conversando com homens pelo telefone?

— Eu sempre tive uma boa voz.

— É. — Grace recostou-se para absorver. A vida toda não conseguia lembrar de Kathleen fazendo uma única coisa inconveniente. Chegou até a esperar o casamento para dormir com Jonathan. Sabia disso porque perguntara à irmã. Aos dois. Então lhe pareceu não apenas em desacordo total com a personalidade da primogênita, mas muito esquisito. — A irmã Mary Francis dizia que você tinha a melhor voz pra oratória da oitava série. Imagino o que a coitada da querida velhinha diria se soubesse que você é prostituta pelo telefone.

— Não gosto muito desse termo, Grace.

— Ah, por favor, soa bonito. — A irmã riu dentro da taça de vinho. — Desculpe. Bem, me diga como funciona.

Devia ter sabido que Grace veria o lado leve da coisa. Com ela, raras vezes se ouviam recriminações. Kathleen sentiu os músculos dos ombros relaxarem quando tornou a tomar o vinho.

— Os caras ligam pro escritório da Fantasia; se são assíduos podem pedir uma mulher específica. Se são novos, pedem que eles relacionem suas preferências pra indicar alguém de acordo.

— Que tipo de preferências?

Kathleen sabia que Grace tinha uma tendência a entrevistar. Três taças de vinho impediram-na de irritar-se.

— Alguns preferem ficar com a maior parte da conversa, dizer o que vão fazer com a mulher, o que estão fazendo em si mesmos. Outros gostam que a mulher fale o tempo todo, tipo apenas conduzi-los durante a coisa toda até o clímax, você sabe. Querem que ela se descreva, a roupa que está usando, o quarto. Alguns querem falar de sadomasoquismo ou servidão. Não aceito esses telefonemas.

Grace esforçava-se para levar tudo a sério.

— Você só fala de sexo normal?

Pela primeira vez em meses, Kathleen se sentia agradavelmente relaxada.

— Isso mesmo. E sou boa no que faço. Sou muito popular.

— Parabéns.

— De qualquer modo, os homens ligam para a Fantasia, deixam o número do telefone e de um cartão de crédito dos mais conhecidos. O escritório se certifica de que o cartão é válido e entra em contato com uma de nós. Se eu concordo em aceitar a chamada, ligo de volta pro homem no telefone que a Fantasia instalou aqui, mas a ligação é emitida diretamente ao endereço do escritório.

— Claro. E depois?

— Depois a gente conversa.

— Depois você conversa — murmurou Grace. — Por isso é que tem um telefone extra no escritório.

— Você sempre nota as pequenas coisas.

Kathleen percebeu, com grande satisfação, que se achava bem encaminhada para um porre. Era gostoso sentir a zonzeira na cabeça, o peso fora dos ombros, e a irmã sentada do outro lado da mesa.

— Kath, que é que existe pra impedir que esses caras descubram seu nome e endereço? Um deles poderia decidir que não quer mais apenas falar.

Ela fez que não com a cabeça, limpando o leve círculo do copo que se formou na mesa.

— As fichas das empregadas da Fantasia são estritamente confidenciais. O nosso número jamais, em circunstância alguma, é revelado aos clientes. A maioria de nós usa nomes falsos também. Eu sou Désirée.

— Désirée — repetiu Grace com certo respeito.

— Tenho vinte e cinco anos, loura e um corpo insaciável.

— Verdade? — Embora lidasse melhor com a bebida, Grace comera apenas uma barra de chocolate Milky Way a caminho do aeroporto. A ideia de Kathleen ter um *alter ego* não apenas parecia plausível, mas lógica. — Mais uma vez, parabéns. Mas, Kathy, digamos que um dos caras na Fantasia decidisse querer relações mais íntimas que as de patrão/empregada?

— Você está escrevendo um livro de novo — respondeu a irmã, com desdém.

— Talvez, mas...

— Grace, é totalmente seguro. Não passa de um contrato comercial. Eu apenas falo, os homens obtêm o equivalente ao dinheiro que gastaram, sou bem paga e a Fantasia recebe sua parcela. Todo mundo fica satisfeito.

— Parece lógico. — Grace girou o vinho e tentou repelir quaisquer dúvidas. — E na moda. A nova onda de sexo avançando a toda em direção aos anos noventa. Não se pega AIDS num telefonema.

— Sadio, do ponto de vista médico. Do que está rindo?

— Só sacando a imagem. — Grace enxugou a boca com as costas da mão. — "Medo de compromisso, farto do cenário de solteiros? Ligue para a empresa Fantasia, converse com Désirée, Dalila ou DeeDee. Orgasmos garantidos ou seu dinheiro de volta. Aceitam-se os principais cartões de crédito." Nossa, eu devia escrever textos publicitários.

— Nunca pensei nisso como uma piada.

— Você nunca considerou muita coisa na vida uma piada — disse Grace, com doçura. — Escute, na próxima vez em que estiver trabalhando, posso participar como ouvinte?

— Não.

Grace fez pouco-caso da recusa com um encolhimento dos ombros.

— Bem, falaremos disso depois. Quando vamos comer?

Ao enfiar-se na cama naquela noite, no quarto de hóspedes de Kathleen, saciada de massa e vinho, Grace sentia um bem-estar em relação à irmã que não sentira desde quando eram crianças. Não saberia dizer a última vez em que as duas haviam ficado juntas até tarde, bebendo e conversando, como amigas. Era difícil admitir que isso nunca acontecera.

Kathleen finalmente fazia uma coisa incomum e se virava sozinha como podia, disposta a vencer. Desde que não houvesse riscos para a irmã... estaria tudo bem para Grace. Kathleen estava tomando pé das coisas e iria ficar muito bem, com certeza.

ELE FICOU OUVINDO COM TODA ATENÇÃO DURANTE TRÊS horas aquela noite, à espera dela. Désirée não se apresentou. Havia outras mulheres, claro, de nomes exóticos e voz sexy, mas não eram Désirée. Enroscado na cama, tentou aliviar-se imaginando a voz dela, mas não bastou. Assim, ficou ali deitado frustrado e suado, imaginando quando iria reunir coragem para procurá-la.

Logo, pensou. Ela ficaria tão feliz ao vê-lo. Iria tomá-lo nos braços, despi-lo, da mesma maneira que descrevia. E o deixaria tocá-la. Faria qualquer coisa que ele quisesse. Tinha de ser logo.

No luar sombreado, levantou-se e retornou ao computador. Queria conferir mais uma vez antes de ir dormir. O terminal despertou zumbindo baixo. Com dedos finos, mas competentes, digitou uma série de números. Em segundos, surgiu o endereço na tela. O endereço de Désirée.

Logo.

Capítulo Dois

Grace ouviu o zumbido baixo vindo de dentro da cabeça, monótono, e culpou o vinho. Não grunhiu nem resmungou pela ressaca. Haviam-lhe ensinado que todo pecado, perdoável ou mortal, exigia penitência. Esse era um dos poucos aspectos da formação católica inicial que trouxera consigo para a vida adulta.

O sol subira forte o bastante para filtrar-se pelas cortinas de gaze transparente nas janelas. Para defender-se, ela enterrou o rosto no travesseiro. Conseguiu bloquear a entrada de luz, mas não do zunido. Precisava levantar, porém detestava a ideia.

Pensando em aspirina e café, saiu da cama. Foi então que percebeu que o zumbido não soava dentro de sua cabeça, mas fora de casa. Remexeu numa das sacolas e retirou um roupão de toalha amarfanhado. No armário em casa tinha um de seda, presente de um antigo amor. Embora guardasse afetuosas lembranças dele, preferia o roupão de toalha. Ainda grogue, cambaleou até a janela e afastou a cortina.

Fazia um lindo dia, frio e com apenas um leve aroma de primavera e terra revolvida. Uma arqueada cerca de tela entrelaçada separava o jardim da irmã do da casa ao lado. Emaranhado e malcuidado contra a cerca, um arbusto de forsítia lutava para florescer, e Grace achou que as minúsculas flores amarelas se mostravam valentes e ousadas. Não lhe ocorrera até aquele momento como estava farta de flores de estufa e pétalas perfeitas.

Viu-o então, no quintal da casa ao lado. Tábuas compridas e estreitas foram presas a cavaletes de marceneiro. Com aquela fácil competência que ela admirava, ele media, marcava e serrava. Intrigada, a escritora empurrou a janela e abriu-a para dar uma olhada melhor. O ar matinal estava frio, mas ela se debruçou ao seu encontro, satisfeita porque lhe clareou a mente. Como a forsítia, o cara era uma visão e tanto.

Paul Bunyan, o lendário madeireiro gigantesco do folclore norte-americano, pensou Grace, e riu. O homem sem dúvida tinha um metro e noventa e cinco de altura, com a compleição física de um zagueiro. Mesmo com a distância, ela via a força dos músculos movendo-se sob a jaqueta, além da juba de cabelos ruivos e a barba cheia — não uma pequena imitação aparada, mas a coisa verdadeira. Também reparou na boca que se mexia ao ritmo da música country saída de um rádio portátil.

Quando o zumbido parou, ela sorria-lhe lá de cima, os cotovelos apoiados no parapeito.

— Oi — chamou. Alargou o sorriso quando o homem se virou e ergueu os olhos. Notou que ele retesou o corpo, não tanto de surpresa, concluiu, mas de presteza. — Gosto da sua casa.

Ed relaxou ao ver a mulher na janela. Trabalhara mais de sessenta horas naquela semana e matara um homem. A visão de uma mulher sorrindo-lhe de uma janela no segundo andar em muito contribuiu para acalmar seus nervos em frangalhos.

— Obrigado.

— Consertando?

— Pedaço por pedaço. — Ele protegeu os olhos contra o sol e examinou-a. Não era a sua vizinha. Embora não houvesse trocado mais de uma dezena de palavras com Kathleen Breezewood, conhecia-a de vista. Mas identificou alguma coisa familiar no rosto sorridente e nos cabelos desgrenhados. — De visita?

— Sim. Kathy é minha irmã. Acho que já saiu. Ela dá aulas.

— Ah. — Ed soubera mais sobre a vizinha em dois segundos que em dois meses. O apelido era Kathy, tinha uma irmã e era professora. Ed ergueu outra tábua e estendeu-a no cavalete. — Vai ficar muito tempo?

— Não sei. — Ela curvou-se um pouco mais à frente para a brisa despentear-lhe os cabelos, um pequeno prazer que o ritmo e a conveniência de Nova York negavam-lhe. — Foi você quem plantou as azaleias lá na frente?

— Foi. Semana passada.

— São maravilhosas. Acho que vou plantar umas pra Kath. — Tornou a sorrir. — Até mais.

Pôs a cabeça para dentro e desapareceu. Ed fitou a janela vazia. Ela deixara-a aberta, notou, e a temperatura ainda não subira a quinze graus centígrados. Pegou o lápis de carpinteiro para marcar a madeira. Conhecia aquele rosto. Era ao mesmo tempo uma questão de sua profissão e personalidade nunca esquecer um rosto. Voltava-lhe sempre.

Dentro de casa, Grace vestiu um conjunto de moletom. Continuava com os cabelos molhados da ducha, mas não estava a fim de perturbar-se com o secador e escovas modeladoras. Havia café a tomar, jornal a ler e um crime a desvendar. Pelos seus cálculos, poderia pôr mãos à obra no Maxwell e trabalhar o suficiente para satisfazer-se antes de Kathleen retornar da escola Nossa Senhora da Esperança.

No primeiro andar, pôs o bule de café para aquecer e depois conferiu o conteúdo da geladeira. A melhor aposta era o resto de espaguete da noite anterior. Grace contornou os ovos e retirou a embalagem de plástico. Levou um minuto para perceber que a cozinha não era civilizada o suficiente para ter um forno de micro-ondas. Aceitando o fato sem muita preocupação, jogou a tampa na pia e começou a comê-lo com energia, frio mesmo. Ao mastigar, notou o bilhete na mesa da cozinha. Kathleen sempre deixava bilhetes.

Sirva-se do que quiser na cozinha. Grace sorriu e abocanhou mais espaguete frio. *Não se preocupe com o jantar, comprarei dois filés.* E isso, pensou, era o jeito educado de dizer-lhe que não bagunçasse a cozinha. *Reunião de pais esta tarde. Chego às cinco e meia. Não use o telefone do escritório.*

Grace franziu o nariz e enfiou o bilhete no bolso. Exigiria tempo, e um pouco de pressão, mas decidira informar-se mais sobre as aventuras do trabalho extra da irmã. E havia a questão de descobrir o nome do advogado que contratara. Objeções e orgulho de Kathleen à parte, queria conversar com ele em pessoa. Se o fizesse com todo o cuidado, o ego dela não sofreria contusão. De qualquer modo, às vezes era necessário fazer vista grossa a algumas contusões e chutar para o gol. Até ter Kevin de volta, a irmã jamais iria conseguir pôr a vida em ordem. Aquele desprezível Breezewood não tinha o menor direito de usar o menino como arma contra Kathleen.

Sempre fora um especulador, pensou. Jonathan Breezewood III era um manipulador frio e calculista que usava a posição da família e políticos endinheirados para se dar bem. Mas dessa vez, não. Talvez fossem necessárias algumas manobras, porém Grace encontraria um meio de corrigir e pôr tudo nos eixos.

Desligou o aquecimento sob o bule de café, no momento em que alguém bateu à porta da frente.

O baú, concluiu, e pegou o recipiente de espaguete e saiu pelo corredor. Dez dólares extras deveriam convencer o cara da entrega a içá-lo até o andar de cima. Tinha um sorriso persuasivo no rosto ao abrir a porta

— G. B. McCabe, certo?

Parado em pé na varanda, Ed esperava-a com um exemplar de capa dura de *Assassinato com Classe*. Quase serrara um dedo ao ligar o nome ao rosto na janela.

— Isso mesmo. — Ela olhou de relance a foto na contracapa. Os cabelos haviam sido escovados e ondulados, e o fotógrafo empregara alto contraste preto e branco para fazê-la parecer misteriosa. — Você tem um bom olho. Eu mal me reconheço nessa foto.

Agora que chegara ali, Ed não tinha a mínima ideia do que fazer consigo mesmo. Esse tipo de coisa sempre acontecia, sabia, todas as vezes que agia por impulso. Sobretudo com uma mulher.

— Gosto de seus livros. Acho que já li a maioria.

— Só a maioria? — Grace enfiou o garfo de volta no espaguete e sorriu-lhe. — Você não sabe que os escritores têm egos imensos e frágeis? Devia dizer que leu cada palavra que já escrevi e adorou todas.

Ele relaxou um pouco, porque o sorriso dela o exigia.

— Que tal "você conta uma história dos diabos"?

— Serve.

— Quando percebi quem era você, acho que simplesmente quis vir aqui e confirmar que eu estava certo.

— Bem, ganhou o prêmio. Entre.

— Obrigado. — Ele mudou o livro de uma mão para a outra. — Mas não quero incomodá-la.

Grace lançou-lhe um olhar demorado e solene. Ele era ainda mais impressionante de perto do que parecera da janela. E os olhos azuis, um azul escuro interessante.

— Então não quer meu autógrafo?

— Bem, sim, mas...

— Entre, então. — Ela tomou-lhe o braço e puxou-o para dentro. — O café está quente.

— Não tomo café.

— Não toma café? Como sobrevive? — Depois ela sorriu e indicou o caminho com o garfo. — Venha aqui nos fundos; de qualquer modo, é provável que tenha alguma coisa que você toma. Então gosta de histórias policiais?

Ele admirou o jeito de ela andar, devagar, despreocupado, como se pudesse mudar de ideia a qualquer momento sobre a direção a tomar.

— Acho que se pode dizer que histórias policiais são a minha vida.

— A minha também. — Na cozinha, Grace abriu mais uma vez a geladeira. — Não tem cerveja — murmurou e decidiu remediar isso na primeira oportunidade. — Nem refrigerantes. Santo Deus, Kathy. Tem suco. Parece de laranja.

— Ótimo.

— Tenho um pouco de espaguete. Quer dividir?

— Não, obrigado. É seu café da manhã?

— É. — Serviu o suco dele e indicou, sem cerimônia, uma cadeira enquanto ia ao fogão servir-se mais café. — Mora na casa ao lado há muito tempo?

Ele sentiu-se tentado a falar de nutrição, mas conseguiu controlar-se.

— Apenas há dois meses.

— Deve ser fantástico restaurar a casa como quiser. — Grace deu outra mordida na massa. — É isso o que você é, carpinteiro? Tem mãos que combinam com a profissão.

Ed sentiu um agradável alívio por ela não lhe ter perguntado se jogava bola.

— Não, sou policial.

— Tá de gozação. Sério? — Grace largou a embalagem de lado e curvou-se para frente. Eram aqueles olhos que a tornavam linda, ele percebeu de estalo. Tão cheios de vida e de fascinação. — Sou louca por policiais. Algumas de minhas melhores personagens são policiais, mesmo as más.

— Eu sei. — Ed teve de sorrir. — Você tem intuição para o trabalho policial. Revela na forma como tece a trama de um livro. Tudo funciona com base na lógica e na dedução.

— Toda minha lógica vai para a literatura. — Ela ergueu o café e lembrou que esquecera o creme. Em vez de levantar-se, tomou-o puro. — Que tipo de policial é você...? Uniformizado, secreto?

— Homicídio.

— Coisa do destino. — Grace riu e apertou-lhe a mão. — Não dá pra acreditar, venho visitar minha irmã e caio bem ao lado de um detetive de homicídios. Tá trabalhando em algum caso no momento?

— Na verdade, acabamos de resolver e encerrar um ontem.

Cabeludo, ela imaginou, a julgar pela maneira como ele respondeu, com uma levíssima mudança de tom. Embora despertasse sua curiosidade, Grace controlou-a com solidariedade.

— Tenho um assassinato excelente em andamento agora mesmo. Uma série deles, na verdade. Tenho... — Calou-se. Ed viu os olhos dela se obscurecerem. Grace recostou-se e apoiou os pés descalços numa cadeira vazia. — Posso mudar o lugar da ação — começou, devagar. — Encaixar tudo aqui mesmo na capital americana. Fica melhor. Funcionaria. Que acha?

— Bem, eu...

— Talvez eu deva dar um pulo à delegacia qualquer dia. Você poderia me mostrar as dependências. — Já levando a sequência de ideias ao estágio seguinte, ela enfiou a mão no bolso do roupão para pegar um cigarro. — É permitido, não?

— Eu provavelmente poderia resolver.

— Maravilha. Escute, você tem esposa, amante ou alguma coisa assim?

Ele encarou-a quando ela acendeu o cigarro e soprou fumaça.

— No momento, não — respondeu cauteloso.

— Então talvez tenha duas horas de vez em quando à noite pra mim.

Ed pegou o suco e tomou um longo gole.

— Duas horas — repetiu. — De vez em quando?

— É. Eu não ia esperar que me desse todo seu tempo livre, apenas me espremer quando você estiver a fim.

— Quando eu estiver a fim — ele murmurou.

O roupão dela mergulhava até o chão, mas se abrira ao meio, revelando as pernas, brancas do inverno e lisas como mármore. Talvez os milagres verdadeiros ainda acontecessem.

— Você poderia ser meio meu consultor especialista, entende? Quer dizer, quem conheceria melhor as investigações de assassinato locais que um detetive de homicídios do Distrito Federal?

Consultor. Um tanto perturbado pelos próprios pensamentos, Ed afastou a mente das pernas dela.

— Certo. — Ele exalou um longo suspiro e riu: — Você arregaça as mangas e entra logo em ação, não, Srta. McCabe?

— É Grace, e sou impositiva, mas não ficarei amuada por muito tempo se você disser não.

Ed se perguntou, ao examiná-la, se algum homem de carne e osso no mundo conseguiria dizer não àqueles olhos. Mas, também, seu parceiro, Ben, sempre o chamara de bundão.

— Tenho duas horas livres de vez em quando.

— Obrigada. Escute, que tal jantar amanhã? A essa altura, Kathy vai ficar emocionada por se livrar de mim. Podemos falar de assassinato. Eu convido.

— Eu adoraria.

Ele levantou-se, sentindo-se como se acabasse de dar um passeio rápido e inesperado.

— Me deixe autografar seu livro. — Após uma procura rápida, ela encontrou uma caneta num suporte magnético junto ao telefone. — Não sei seu nome.

— É Ed. Ed Jackson.

— Oi, Ed. — Ela rabiscou qualquer coisa na página do título e, sem perceber, enfiou a caneta no bolso. — Até amanhã, por volta das sete?

— Combinado. — Ela tinha sardas, notou Ed. Meia dúzia delas espalhadas no cavalete do nariz. E os pulsos finos e frágeis. Trocou mais uma vez o livro de mão. — Obrigado pelo autógrafo.

Grace acompanhou-o até a porta dos fundos. Ele tinha um cheiro gostoso, de aparas de madeira e sabonete. Então, esfregando uma mão na outra, ela subiu para ligar o Maxwell.

Trabalhou o dia todo, saltando o almoço em favor da barra de chocolate que encontrou no bolso do roupão. Sempre que subia à tona do mundo criado e transformado por ela para o que a circundava, ouvia o martelar e serrar na casa ao lado. Instalara seu posto de trabalho perto da janela porque gostava de olhar aquela casa e imaginar o que acontecia lá dentro.

Uma vez notou um carro parar na entrada da garagem. Um homem alto, magro, de pernas longas e cabelos escuros saltou, atravessou animado a calçada e entrou na casa sem bater. Grace especulou sobre ele um instante e tornou a mergulhar na trama. Na vez seguinte que se deu ao trabalho de olhar, haviam se passado duas horas e o carro fora embora.

Ela arqueou-se para trás; então, pescando o último cigarro do maço, releu do princípio ao fim os últimos parágrafos.

— Bom trabalho, Maxwell — declarou.

Apertou uma série de botões e fechou-o por aquele dia. Como os pensamentos divagaram para a irmã, levantou-se para arrumar a cama.

O baú ficara no meio do quarto. O cara da entrega na verdade levara-o até em cima para ela, e com o mínimo de incentivo o teria esvaziado. Grace olhou-o, porém pensou e optou por lidar com o caos ali dentro depois. Em vez disso, desceu, encontrou no rádio uma estação das quarenta músicas mais tocadas e encheu a casa com o último sucesso da banda de rock ZZ Top.

Kathleen encontrou-a na sala de estar, refestelada no sofá com uma revista e uma taça de vinho. Teve de reprimir uma onda de impaciência. Acabara de passar o dia batalhando para enfiar alguma coisa na mente de cento e trinta adolescentes. A reunião com os pais não a levara a lugar algum, e o carro começara a fazer ruídos agourentos no caminho de volta para casa. E lá estava a irmã, sem nada além de tempo de sobra nas mãos e dinheiro no banco.

Carregando o saco do supermercado no braço, foi até o rádio e desligou-o. Grace ergueu os olhos, focou-os e sorriu.

— Oi. Não ouvi você entrar.

— Não me surpreende. Pôs o rádio no volume máximo.

— Desculpe. — Grace lembrou de pôr a revista de volta na mesa, em vez de deixá-la deslizar para o chão. — Dia difícil?

— Alguns de nós têm.

Virou-se e dirigiu-se à cozinha.

Grace jogou os pés no chão, e depois continuou sentada por mais um instante, com a cabeça nas mãos. Após inspirar fundo algumas vezes, levantou-se e seguiu a irmã até a cozinha.

— Adiantei e reforcei a salada de ontem à noite. Ainda é a coisa que sei fazer melhor.

— Ótimo.

Kathleen já forrava uma grelha com papel-alumínio.

— Quer um pouco de vinho?

— Não, trabalho essa noite.

— No telefone?

— Isso mesmo. No telefone.

Bateu a carne na grelha.

— Escute, Kath, estou perguntando, não criticando. — Como não obteve resposta alguma, Grace pegou o vinho e encheu sua taça. — Na verdade, me passou pela cabeça talvez eu usar o que você faz como um ângulo no meu livro.

— Você não muda, muda? — A irmã rodopiou numa meia-volta. Dos olhos, a fúria desprendia-se quente e pulsante. — Nada jamais é privado no que lhe diz respeito.

— Pelo amor de Deus, Kathy, eu não quis dizer que vou usar seu nome, nem sequer sua situação, apenas a ideia, só isso. Foi apenas um pensamento que me ocorreu.

— Tudo é grão pra ser moído no moinho, seu moinho. Quem sabe não gostaria de usar meu divórcio enquanto o vê se desenrolando.

— Eu nunca usei você — disse Grace, em voz baixa.

— Usa todo mundo... amigos, amantes, família. Ah, você se solidariza com a dor e os problemas deles por fora, mas por dentro fica arquivando na mente, imaginando como aproveitar tudo em seu favor. Será que consegue ouvir alguma coisa, ver alguma coisa, sem pensar em como usar num livro?

Grace abriu a boca para negar, protestar, depois tornou a fechá-la com um suspiro. A verdade, por mais sem atrativos que fosse, era melhor quando enfrentada.

— Não, acho que não. Lamento.

— Então deixa pra lá, combinado? — A voz de Kathleen de repente tornou a acalmar-se: — Não quero brigar esta noite.

— Nem eu. — Esforçando-se, Grace começou tudo mais uma vez: — Eu estava pensando que podia alugar um carro enquanto ficar aqui, dar uma de turista por um tempo. E se ficar motorizada poderia fazer as compras e poupar algumas horas suas.

— Ótimo. — Kathleen ligou a grelha, mudando o corpo de posição o suficiente para Grace ver que não tinha a mão firme. — Tem uma representante da Hertz no caminho da escola. Posso deixar você lá de manhã.

— Tudo bem. — E agora, que dizer?, perguntou-se Grace ao tomar o vinho. — Ah, conheci o cara da casa ao lado esta manhã.

— Tenho certeza que sim.

Com a voz tensa, a irmã deslizou a carne para a grelha sobre a chama. Surpreendia-a que Grace não houvesse feito amizade com todos no bairro inteiro a essa altura.

Grace tomou mais um gole de vinho e controlou a irritação. Em geral, era ela quem perdia primeiro as estribeiras, lembrou. Dessa vez não se irritaria.

— Ele é muito legal. Acabei sabendo que é policial. Vamos jantar juntos amanhã.

— Que coisa mais adorável! — Kathleen botou com força uma panela no fogão e encheu-a com água. — Você trabalha rápido, Gracie, como sempre.

A irmã tomou mais um gole de vinho e largou com todo o cuidado a taça no balcão.

— Acho que vou sair pra dar uma volta.

— Desculpe. — Com os olhos fechados, Kathleen curvou-se sobre o fogão. — Eu não pretendia fazer isso, não pretendia ser grosseira com você.

— Tudo bem. — Não era rápida no perdão, mas só tinha uma irmã. — Por que não se senta? Está cansada.

— Não, estou de plantão esta noite. Quero terminar o jantar antes de o telefone começar a tocar.

— Eu acabo o jantar. Você supervisiona. — Grace tomou o braço da irmã e empurrou-a delicadamente para uma cadeira. — Que é que entra na panela?

— Tem um pacote no saco do supermercado.

Kathleen enfiou a mão na bolsa, retirou um frasco e deixou cair duas pílulas.

Grace remexeu no saco de compras e pegou um envelope.

— Talharim no molho de alho. Prático. — Rasgou-o e despejou-o sem ler as instruções. — Eu já teria feito tudo, se você não saltasse pra cima da minha garganta de novo, mas não quer conversar sobre isso?

— Não, foi apenas um dia longo. — A irmã engoliu as pílulas sem água. — Tenho testes pra corrigir e dar notas.

— Bem, não serei capaz de ajudar em nada aí. Eu poderia atender aos telefonemas pra você.

Kathleen conseguiu esboçar um sorriso.

— Não, obrigada.

Grace pegou a saladeira e pôs na mesa.

— Talvez eu pudesse apenas fazer anotações.

— Não. Se não mexer aquele talharim, vai grudar todo.

— Oh. — Disposta a ser prestativa, Grace virou-se para a panela. No silêncio, ouviu a carne começar a chiar. — A Páscoa é na semana que vem. Você não tem uns dias de folga?

— Cinco, incluindo o fim de semana.

— Que tal fazermos uma viagem rápida, nos juntarmos à loucura em Fort Lauderdale, tomar um pouco de sol?

— Não posso arcar com as despesas.

— Por minha conta, Kathy. Vamos, será divertido. Lembra a primavera no último ano da faculdade, quando pedimos e imploramos à mãe e ao pai pra nos deixar ir?

— Você pediu e implorou — lembrou-lhe Kathleen.

— Não importa, acabamos indo. Por três dias, fomos a festas, bebemos à beça, ficamos bronzeadas e conhecemos dezenas de rapazes. Lembra aquele, Joe, ou Jack, que tentou subir na janela do nosso quarto no motel?

— Depois que você disse ao cara que eu estava interessada no corpo dele.

— Bem, estava mesmo. O coitado quase se matou. — Com uma risada, Grace espetou um talharim e perguntou-se se estava pronto. — Meu Deus, a gente era tão jovem e tão idiota. Puxa, Kathy, ainda somos bastante enxutas pra fazer alguns universitários nos desejarem.

— Farras etílicas e estudantes universitários não me interessam. Além disso, acertei fazer plantão o fim de semana todo. Baixe o fogo do talharim pra médio, Grace, e vire a carne.

Ela obedeceu e nada disse ao ouvir Kathleen pôr a mesa. Não era apenas a bebida nem os homens, pensou. Só queria resgatar alguma coisa da relação entre irmãs que haviam partilhado.

— Você tem trabalhado demais.

— Não tenho a sua posição, Grace. Não posso me dar ao luxo de me deitar no sofá e ler revistas a tarde toda.

Grace pegou mais uma vez o vinho. E mordeu a língua. Em alguns dias, ficava sentada diante de uma tela durante doze horas, noites em que trabalhava até às três. Durante a turnê de lançamento de livro, comparecia a programas de entrevistas de TV, rádio, jornais o dia inteiro e metade da noite até ter energia apenas para arrastar-se até a cama e cair num sono de estupor. Talvez se considerasse sortuda, talvez ainda se surpreendesse com a quantidade de dinheiro que não parava de entrar dos cheques de direitos autorais, mas merecia. Era uma constante fonte de aborrecimento o fato de a irmã jamais haver entendido isso.

— Estou de férias.

Tentou soar leve, mas a rispidez se revelou:

— Eu não.

— Ótimo. Se não quer viajar, se incomoda de eu vadiar mexendo no jardim?

— Nem um pouco. — Kathleen esfregou a têmpora. As dores de cabeça já não pareciam desaparecer por completo. — Na verdade, ficaria grata. Não me ligo mais muito nisso. Tínhamos um jardim lindo na Califórnia. Lembra?

— Claro. — Grace sempre o achara ordenado e formal demais, como Jonathan. Como Kathleen. Detestou a pequena punhalada de ressentimento e afastou-a. — Podíamos tentar um visual mais de amores-perfeitos, e como eram mesmo aquelas coisas que mamãe sempre adorou? Ipomeias.

— Tudo bem. — Mas a irmã tinha a mente em outras coisas. — Grace, a carne vai queimar.

Depois, Kathleen fechou-se no escritório. Grace ouvia a campainha do telefone, o telefone Fantasia, como decidira chamá-lo. Contou dez chamadas antes de subir. Agitada demais para dormir, ligou o computador. Mas não pensava em trabalho, nem nos assassinatos que criava.

A sensação de contentamento que não a deixara na noite anterior e durante quase o dia todo desaparecera. Kathleen não estava bem. As mudanças de humor da irmã eram demasiado rápidas e intensas. Chegara-lhe à ponta da língua sugerir uma terapia, mas tivera pleno conhecimento de qual seria a reação. Sua irmã lhe lançaria um daqueles olhares duros, contidos, e a conversa terminaria.

Grace mencionara Kevin apenas uma vez. Kathleen avisara-a de que não queria falar dele nem de Jonathan. Conhecia-a bem demais para perceber que já se arrependia dessa visita. O pior ainda era que Grace também começava a arrepender-se. Kathleen sempre dava um jeito de enfatizar os piores aspectos dela, aspectos que, em outras circunstâncias, a própria Grace tentava relevar.

Mas viera para ajudar. De algum modo, apesar das duas, ia ajudar. Porém, seria necessário um pouco de tempo, disse a si mesma para consolar-se, apoiando o queixo no braço. Via luzes nas janelas da casa ao lado.

Não ouvia a campainha do telefone tocar, agora com a porta do escritório fechada e a sua encostada. Imaginava quantos mais telefonemas a irmã iria receber naquela noite. Quantos homens mais ela satisfaria sem sequer ver-lhes o rosto? Corrigiria testes e daria notas entre as ligações? Devia ser divertido. Torcia para que assim fosse, mas não conseguiu parar de ver a tensão no rosto de Kathleen enquanto revolvia a comida no prato durante o jantar.

Nada podia fazer, disse a si mesma, esfregando as mãos sobre os olhos. A irmã decidira conduzir tudo à sua maneira.

Era maravilhoso ouvir de novo a voz dela, ouvi-la fazer promessas e dar aquela rápida e rouca risada. Usava preto dessa vez, uma coisa fina e transparente que um homem rasgava sem pensar com repentino desejo. Ela gostaria disso, ele pensou. Gostaria que estivesse ali ao seu lado, rasgando-lhe as roupas.

O homem com quem ela conversava mal chegava a falar. Sentia-se alegre. Se fechasse os olhos, imaginava-a falando com ele. E só com ele. Vinha escutando-a durante horas, ligação após ligação. Depois de algum tempo, as palavras não tinham mais importância. Apenas a voz dela, a voz cálida, provocativa, que atravessava os fones de ouvido e entrava-lhe na cabeça. De algum lugar na casa, imagens e sons passavam na tela de uma televisão, mas ele não ouvia. Só ouvia Désirée.

Ela o queria.

Ele às vezes ouvia-a na mente dizer seu nome. Jerald. Dizia-o com um riso entrecortado que muitas vezes tinha na voz. Quando a procurasse, Désirée abriria os braços e diria de novo, devagar, sem ar: Jerald.

Fariam amor de todas as formas descritas por ela.

Jerald, Jerald, Jerald.

Ele estremeceu e recostou-se, esgotado, na cadeira giratória diante do computador.

Tinha dezoito anos e só fizera amor com mulheres em sonhos. Nessa noite, os sonhos foram apenas com Désirée.

E ele era louco.

Capítulo Três

—Então aonde você vai?

Como ganhara no jogo de cara ou coroa, era Ed quem se sentava atrás do volante. Ele e o parceiro, Ben Paris, passaram quase o dia todo no tribunal. Não bastava pegar os bandidos, tinham de ficar horas depondo contra eles.

— O quê?

— Perguntei aonde vai. — Ben levava um saco gigante de M&M's e comia sem parar. — Com a escritora.

— Eu não sei. — Ed reduziu a marcha num sinal vermelho, hesitou e depois atravessou o cruzamento.

— Você não fez uma parada completa no sinal. — Ben mastigou o confeito. — O trato é que, se você ia dirigir, teria de obedecer a todos os sinais de trânsito.

— Não vinha ninguém. Acha que devo usar gravata?

— Como vou saber, se não sei aonde vai? Além disso, você fica ridículo de gravata. Parece um touro com uma sineta pendurada no pescoço.

— Obrigado, parceiro.

— Ed, o sinal está mudando. O sinal... merda. — Jogou o confeito no bolso quando o colega avançou. — Então, quanto tempo a romancista vai ficar na cidade?

— Eu não sei.

— Que quer dizer com não sei? Conversou com ela, não?

— Não perguntei. Achei que não era da minha conta.

— As mulheres gostam que a gente faça perguntas. — Ben apertou o freio imaginário com o pé, quando Ed fez uma curva cantando os pneus. — G. B. McCabe escreve coisas boas, com certa garra e coragem. Acho que lembra que fui eu quem deu o toque a você dos livros dela.

— Quer que eu dê o seu nome ao nosso primeiro filho?

Com um riso baixo, Ben empurrou o isqueiro do carro.

— E aí? Ela se parece com a foto no livro, hem?

— Melhor. — Ed riu, mas baixou a janela quando Ben acendeu o cigarro. — Tem grandes olhos cinza. E sorri sem parar. Um sorriso maravilhoso.

— Não é preciso muito tempo pra você ficar amarradão, é?

O parceiro deslocou-se sem graça no assento e manteve os olhos na rua.

— Não sei o que você quer dizer.

— Já vi acontecer antes. — Ben relaxou o pé no freio quando o parceiro se encaixou atrás de um sedã que seguia devagar. — Alguma pessoinha de olhos grandes e sorriso maravilhoso adeja as pestanas e você se perde. Não tem resistência quando se trata de mulheres, meu chapa.

— Estudos mostram que os homens casados há menos de seis meses adquirem uma tendência irritante a dar conselhos.

— *Redbook*?

— *Cosmopolitan*.

— Aposto. Em todo caso, quando tenho razão, tenho razão. — A única pessoa que ele conhecia melhor que a si mesmo era Ed Jackson. Ben seria o primeiro a admitir que não conhecia nem sua esposa tão intimamente. Não precisava de uma lente de aumento para reconhecer os primeiros sinais de uma paixão cega. — Por que não a leva lá em casa pra um drinque ou qualquer coisa? Assim, Tess e eu podemos fazer um exame minucioso.

— Eu faço o meu próprio exame, obrigado.

— Apoio moral, parceiro. Você sabe, agora que sou um homem casado, tenho uma opinião muito objetiva sobre as mulheres.

Ed riu por trás da barba.

— Papo-furado.

— Verdade. Absoluta verdade. — Ben jogou o braço sobre o encosto do banco. — Ouça o que eu digo, falo com Tess e a gente combina de se encontrar com vocês esta noite. Só pra protegê-lo de você mesmo.

— Obrigado, mas quero tentar lutar sozinho até o fim desta vez.

— Já contou a ela que você só come nozes e bagas?

Ed lançou-lhe um olhar indulgente ao virar na curva seguinte.

— Poderia influenciar a escolha do restaurante. — Ben fez o cigarro voar pela janela, mas o sorriso desfez-se quando o parceiro parou num estacionamento. — Ah, não, a loja de ferragens de novo, não.

— Preciso comprar umas dobradiças.

— Claro, é sempre isso que você diz. Tem sido um pé no saco desde que comprou aquela casa, Jackson.

Quando desceram do carro, Ed atirou-lhe uma moeda de vinte e cinco centavos.

— Vá até a 7-Eleven do outro lado da rua e compre uma xícara de café. Não me demoro.

— Só dez minutos. Já é ruim demais perder a manhã no tribunal, tendo de descobrir as estratégias do defensor público Torcelli, e agora ainda tenho de aguentar o Dono de Casa Ed.

— Você me disse pra comprar uma casa.

— Não tem nada a ver. E não dá pra comprar um café com vinte e cinco centavos.

— Mostre o distintivo, talvez lhe deem um desconto.

Resmungando, Ben atravessou a rua numa corridinha. Se seria obrigado a esperar o parceiro, melhor faria com um café e um bolo dinamarquês.

A pequena loja de conveniência estava quase vazia. Faltavam duas horas para o pessoal do rush parar e comprar um pão de forma ou tomar uma saideira. A caixa lia um livro de bolso, mas ergueu os olhos e sorriu quando ele passou. Com objetividade, notou que ela tinha um belo busto.

Nos fundos da loja, ao lado de placas de aquecimento e um forno de micro-ondas, serviu-se um café grande, depois pegou o bule de água quente e encheu uma xícara para Ed, que sempre tinha um saquinho de chá no bolso.

Houve uma época em que tinha certeza de que o amigo cometera um erro imenso ao comprar aquela casa caindo aos pedaços. Mas a verdade era que ver a casa refazer-se um pouco de cada vez o fizera pensar melhor. Talvez ele e Tess devessem começar a procurar uma também. Nada com buracos nem ratos no sótão, como a de Ed, mas uma casa com um verdadeiro jardim. Em que pudessem criar os filhos, pensou, e depois disse a si mesmo para ir devagar. Devia ser o casamento que o fazia pensar no ano seguinte com a mesma frequência que pensava no dia seguinte.

Emborcando o café, Ben encaminhou-se para a caixa. Mal teve tempo de praguejar quando foi empurrado e o café derramou na camisa.

— Porra! — gritou, logo silenciando e imobilizando-se ao ver uma faca tremendo na mão de um garoto de uns dezessete anos.

— O dinheiro. — O garoto cutucava-o com a faca, enquanto gesticulava para a caixa. — Todo. Já.

— Formidável — resmungou o detetive e olhou a mulher atrás do balcão, que empalideceu e congelou-se no ato. — Escute, garoto, não guardam nada nessas caixas registradoras.

— O dinheiro. Eu mandei você me dar a porra do dinheiro! — A voz do garoto elevou-se e rompeu-se. Uma fina trilha de saliva esguichou quando ele falou, tingida de sangue do lábio inferior que não parava de morder. Precisava de uma injeção de heroína e com urgência. — É melhor mexer esse rabo já, sua cadela idiota, senão vou esculpir minhas iniciais na sua testa.

A mulher deu outra olhada para a faca e impeliu-se à ação. Agarrou a bandeja e jogou-a no balcão. Moedas ricochetearam e bateram no chão.

— A carteira — ele disse a Ben, começando a enfiar notas e moedas nos bolsos. Era seu primeiro roubo. Não tinha a menor ideia de que seria assim tão fácil. Mas sentia o coração ainda preso na garganta e as axilas pingavam. — Tire devagar e jogue no balcão.

— Tudo bem. Fique calmo.

Pensou em enfiar a mão na jaqueta e pegar a arma. O garoto suava como um porco e tinha mais terror nos olhos que a mulher atrás do balcão. Em vez disso, Ben pegou a carteira com dois dedos. Ergueu-a, vendo o garoto acompanhá-la com o olhar. Então a jogou a menos de dois centímetros do balcão. Tão logo o assaltante baixou os olhos, ele avançou.

Derrubou a faca sem dificuldade. O aperto estava escorregadio de suor. Foi então que a mulher atrás do balcão se pôs a berrar, um grito agudo após outro, e continuou em pé, enraizada. E o assaltante lutava como um urso ferido. Ben firmou os braços em volta da cintura dele, mas, mesmo enquanto fincava os pés, sentiu-os empurrados e atingiu com eles uma prateleira do mostruário, que se rebentou e caiu com os dois. Pirulitos Ho-Ho e chicletes espalharam-se. O garoto gritava e xingava, debatendo-se como um peixe enquanto apalpava o caminho à procura da faca. O cotovelo de Ben estalou contra o freezer de comida congelada com força suficiente para fazê-lo ver estrelas dançando na cabeça. Embaixo dele, o garoto era um frangote e molhava-se agora com a bexiga cheia devido ao nervosismo. O detetive fez o que pareceu o mais fácil: sentou-se em cima do moleque.

— Você está preso, amigo. — Retirou o distintivo e enfiou-o na frente do rosto do menino. — E, do jeito que está tremendo, é a melhor coisa que poderia ter lhe acontecido. — O garoto já chorava quando ele sacou as algemas. Irritado e sem ar, Ben ergueu os olhos para a caixa. — Quer chamar a polícia, benzinho?

Ed saiu da loja de ferragens com um saco de dobradiças, meia dúzia de maçanetas de metal e quatro puxadores de cerâmica. Os puxadores foram um verdadeiro achado, pois iam combinar com a cor dos azulejos que escolhera para o banheiro do andar de cima. O próximo projeto de reforma. Como encontrou o carro vazio, olhou o outro lado da rua e viu a viatura preta e branca. Com um suspiro, largou o saco com cuidado no carro e saiu à procura do parceiro. Deu uma olhada na camisa de Ben e depois no garoto que soluçava e tremia no fundo da viatura.

— Vejo que tomou seu café.

— É. Por conta da casa, seu safado. — Ben acenou para o policial uniformizado e, depois, com as mãos enfiadas nos bolsos, voltou ao outro lado da rua. — Agora vou ter de preencher um formulário. E olhe esta camisa. — Afastou-a da pele, onde se grudara, fria e pegajosa. — Que diabos devo fazer com essas manchas de café?

— Borrifar Vanish.

$\mathcal{E}$RAM QUASE SEIS HORAS QUANDO ED PAROU NA SUA ENTRADA para carros. Demorara-se na delegacia, perdera tempo à escrivaninha e procurara trabalho inútil. A simples verdade era que se sentia nervoso. Gostava muito de mulheres, sem pretender entendê-las. O próprio trabalho impunha certos limites à vida social, mas, quando ele namorava, em geral via-se atraído pelas garotas de convivência fácil, e não pelas brilhantes demais. Jamais tivera o jeito do parceiro para arrebanhar mulheres aos montes ou fazer malabarismos com elas como um número de circo. Nem passara pelo repentino e total compromisso de Ben com uma única mulher.

Preferia as que não avançavam rápido demais nem apertavam demasiados botões. Era verdade que gostava de conversas longas e estimulantes, mas raras vezes namorava uma mulher que sabia proporcionar-lhe essas conversas. E jamais analisara por quê.

Admirava o cérebro de G. B. McCabe. Só não sabia como iria lidar com a escritora num nível social. Não tinha o hábito de ser convidado a sair por uma mulher, que, ainda por cima, marcava a hora e o lugar. Estava mais habituado a papariçar e guiar — teria ficado horrorizado e insultado se alguém o acusasse de chauvinismo.

Fora um convicto defensor da lei ERA, de igualdade entre os gêneros, mas isso era política. Embora trabalhasse com Ben fazia anos, não piscaria duas vezes para uma parceira. Só no serviço profissional, porém.

Sua mãe trabalhara desde que ele se entendia por gente, criando ao mesmo tempo três filhos e uma filha, sem pai presente. Como o mais velho, Ed assumira a função de chefe da casa antes de chegar à adolescência. Habituara-se a ver a mulher ganhar o próprio sustento, além de administrar o contracheque e tomar decisões sozinha.

Em algum lugar no fundo da mente, sempre alimentara a ideia de que, quando se casasse, sua mulher não precisaria trabalhar. Ele cuidaria dela, como o pai jamais cuidara de sua mãe. Como Ed sempre quisera cuidar.

Um dia, quando concluísse a reforma da casa, pintasse as paredes e cultivasse o jardim, encontraria a mulher certa e a traria para o lar. E cuidaria dela.

Ao trocar-se, olhou pela janela a casa ao lado. Grace deixara as cortinas abertas e a luz acesa. Enquanto pensava em dar-lhe uma delicada sugestão sobre intimidade quando a visse, ela bateu com força a porta do quarto. Embora só a visse dos quadris para cima, teve certeza de que chutara alguma coisa. Depois começou a andar de um lado para outro.

O QUE IRIA FAZER? GRACE PASSOU AS MÃOS PELOS CABELOS como se pudesse arrancar as respostas. A irmã metera-se em apuros, estava mais enrascada do que já imaginara. E ela, impotente.

Não devia ter perdido as estribeiras, pensou. Gritar com Kathleen era o equivalente a ler *Guerra e Paz* no escuro. Conseguia apenas uma enxaqueca e nenhum entendimento. Alguma coisa tinha de ser feita. Jogando-se na cama, apoiou a cabeça nos joelhos. Desde quando isso vinha acontecendo?, perguntou-se. Desde o divórcio? Não obtivera respostas de Kathleen, portanto tirara conclusões precipitadas de que isso também era culpa de Jonathan.

Mas que iria fazer a respeito? Kathleen ficara furiosa com ela agora e não iria escutar. Grace sabia tudo sobre drogas — vira com demasiada frequência o que faziam às pessoas. Reconfortara algumas que vinham lutando para retomar o caminho de volta e distanciara-se de outras que avançavam a toda para a destruição. Rompera um relacionamento por causa disso e afastara por completo o cara de sua vida.

Mas agora se tratava de sua irmã. Ela apertou os dedos nos olhos e tentou pensar.

Valium. Três frascos receitados por três médicos diferentes. E, pelo que sabia, Kathleen poderia ter mais guardados escondidos na escola, no carro, sabia Deus onde.

Não estivera xeretando, pelo menos como acusara a irmã. Precisara de um maldito lápis e sabia que Kathleen teria guardado um na cômoda ao lado da cama. Encontrara o lápis, certo. Recém-apontado. E os três frascos de pílulas.

— Você não sabe o que é sofrer dos nervos — Kathleen enfurecera-se com ela. — Não sabe o que é ter problemas reais. Tudo o que já tocou acabou saindo exatamente como você queria. Eu perdi meu marido, perdi meu filho. Como ousa me passar sermão sobre alguma coisa que faço pra atenuar a dor?

Ela não encontrara as palavras certas, apenas raiva e recriminações. Enfrente-a, droga. Pelo menos desta vez, enfrente-a. Por que não dissera "Vou ajudar você"? Estou aqui por você. Fora o que pretendera dizer. Podia voltar lá embaixo agora e pedir, rastejar, gritar e obter apenas uma reação. Erguera-se a parede. Enfrentara essa mesma parede antes. Quando Kathleen rompera com um namorado antigo, quando Grace conseguira o papel principal na peça da classe.

Família. Não podemos dar as costas quando se trata da família. Com um suspiro, Grace desceu para tentar mais uma vez.

Kathleen fechara-se no escritório, com a porta trancada. Prometendo que iria permanecer calma, Grace bateu.

— Kath, eu sinto muito.

A irmã terminou de conferir um trabalho de oitava série e ergueu os olhos.

— Não tem do que se desculpar.

— Tudo bem. — Então se acalmara de novo, pensou Grace. Não sabia ao certo se era por causa das pílulas ou se o ataque de raiva esfriara. — Escute, pensei que eu devia dar uma corrida à casa ao lado e dizer a Ed que a gente sai outra noite. Assim podíamos conversar.

— Não temos mais nada a conversar. — Kathleen pôs o trabalho já corrigido na pilha e pegou mais um em outra pilha. Sentia-se inteiramente calma agora. As pílulas lhe haviam proporcionado isso. — E vou ficar de plantão esta noite. Vá se divertir.

— Kathy, estou preocupada com você. Eu gosto de você.

— Eu também gosto de você. — Era sincera, desejava apenas poder mostrar o quanto era. — E você não tem nada com que se preocupar. Sei o que faço.

— Sei que você se acha sob muita pressão, terrível pressão. Quero ajudar.

— Eu agradeço. — Kathleen marcou uma resposta errada e perguntou-se por que os alunos não prestavam mais atenção. Ninguém parecia prestar atenção suficiente. — Eu dou conta. Já disse que é um prazer ter você aqui, e é mesmo. Também me alegra que fique quanto tempo quiser... desde que não interfira.

— Querida, a dependência de Valium é muito perigosa. Não quero ver você machucada.

— Não sou dependente. — Ela deu ao trabalho um C menos. — Assim que tiver Kevin de volta e minha vida estiver em ordem, não vou precisar de pílulas. — Sorriu e pegou outro trabalho. — Pare de se preocupar, Gracie. Sou uma menina crescida agora. — Quando o telefone tocou, levantou-se da escrivaninha e transferiu-se para a poltrona. — Sim? — Pegou um lápis. — Sim, aceito. — Anotou e baixou o botão de desconectar. — Boa-noite, Grace. Deixarei a luz da varanda acesa pra você.

Como a irmã já discava o número, Grace recuou do escritório. Pegou o casaco no armário do corredor onde Kathleen o pendurara e saiu apressada.

A fisgada do ar de início de abril a fez pensar mais uma vez na Flórida. Talvez ainda conseguisse convencer Kathleen a viajar. Talvez ao Caribe ou ao México. Qualquer lugar quente e sossegado. E assim que ela saísse da cidade, se afastasse do pior da pressão, poderiam realmente conversar. Se isso malograsse, Grace retivera na memória os nomes dos três médicos que apareciam nos rótulos dos frascos de pílulas. Iria procurá-los.

Ainda lutando para vestir o casaco, bateu à porta de Ed.

— Sei que cheguei adiantada — disse, assim que ele a abriu. — Espero que não se importe. Achei que podíamos tomar um drinque primeiro. Posso entrar?

— Claro. — Ele recuou, entendendo que ela não queria uma resposta a nenhuma das outras perguntas, só à última. — Você está bem?

— É visível? — Com uma risada entrecortada, Grace retirou os cabelos caídos no rosto. — Tive uma briga com minha irmã, só isso. A gente nunca conseguiu passar mais de uma semana sem altercações. Em geral, culpa minha.

— Em geral, quando um não quer, dois não brigam.

— Não quando a briga é comigo. — Seria fácil demais abrir-se e extravasar. Mas se tratava de assunto de família. Deliberadamente, ela virou-se para olhar a casa. — É maravilhosa.

Olhou, além do papel de parede descascado e das pilhas de madeira empilhada, as dimensões e o espaço da sala. Via mais a altura do pé-direito do que o reboco descascado e a beleza da madeira maciça antiga sob as manchas e arranhões.

— Ainda não comecei nesta sala. — Mas, em sua mente, ele já a via concluída. — A cozinha foi minha prioridade.

— É sempre a minha. — Ela sorriu e estendeu a mão. — Bem, vai me mostrar?

— Claro, se quiser.

Era estranho, mas em geral Ed sentia como se engolisse a mão de uma mulher. A dela era pequena e fina, mas segurava a sua com firmeza. Ela olhou a escada ao passarem.

— Assim que você arrancar essa madeira, vai encontrar uma coisa bastante especial. Adoro essas casas antigas, com todos esses aposentos empilhados um em cima do outro. É engraçado, porque meu apartamento num condomínio em Nova York não passa de um aposento enorme, e eu me sinto muito confortável lá, mas... oh, é maravilhosa.

Ele arrancara tudo, lixara, limpara com vapor d'água e reconstruíra. A cozinha era o resultado de quase dois meses de trabalho. Pelo que Grace sabia, fosse qual fosse a astronômica quantidade de tempo que o vizinho investira, valia cada momento. Os balcões eram em tom rosa-escuro, cor que ela jamais esperaria que um homem apreciasse. Pintara os armários de um verde mentolado como contraste. Os eletrodomésticos eram branquinhos e saídos direto da década de 1940. A lareira e o fogão de tijolos haviam passado por uma bela restauração. O piso devia ser de linóleo velho, mas fora raspado e agora era de carvalho.

— Mil novecentos e quarenta e cinco, o fim da guerra, e morar nos Estados Unidos não poderia ser melhor. Adoro. Onde encontrou esse fogão?

Era estranho como ela parecia bem ali, pensou Ed, com aqueles cabelos frisados esvoaçantes e o casaco acolchoado nos ombros.

— Eu, ah, tem uma loja de antiguidades em Georgetown. Foi um inferno conseguir encontrar as partes que faltavam.

— É um deslumbre. Realmente um deslumbre. — Ela podia relaxar ali, pensou, ao encostar-se na pia. De porcelana branca, fazia-a lembrar-se de casa e de tempos mais simples. Na janela, viam-se pequenos potes em forma de pera com brotos verdes já espetados. — O que está cultivando aqui?

— Algumas ervas.

— Ervas? Tipo alecrim e outros temperos?

— E temperos. Quando eu tiver uma chance, vou abrir um lugar no jardim.

Olhando pela janela, Grace viu onde ele trabalhara na véspera. Era atraente imaginar um pequeno canteiro de ervas brotando, embora não soubesse distinguir tomilho de orégano. Ervas na janela, velas na mesa. Seria uma casa feliz, não formal e tensa como a do lado. Afastou o mau humor com um suspiro:

— Você é um cara ambicioso, Ed.

— Por quê?

Ela sorriu e virou-se para ele.

— Não tem lava-louças. Venha. — Ofereceu-lhe mais uma vez a mão. — Vou pagar-lhe uma bebida.

SENTADA NA CADEIRA, KATHLEEN TINHA OS OLHOS FECHAdos, o telefone enfiado entre o ombro e a orelha. Era um daqueles clientes que só queria falar, sem ouvir, quase o tempo todo. Cabia a ela apenas emitir ruídos de aprovação. *Belo trabalho eu fui arranjar*, pensou, e retirou uma lágrima dos cílios.

Não devia deixar Grace irritá-la assim. Sabia exatamente o que fazia e, embora precisasse de uma pequena ajuda para impedi-la de perder a cabeça, tinha todo direito aos comprimidos.

— Não, é maravilhoso. Não, não quero que você pare.

Reprimiu um suspiro e desejou ter-se lembrado de deixar um bule de café pronto. Grace desconcertara-a. Kathleen mudou o telefone de orelha e conferiu o relógio. Ele tinha dois minutos para gozar. Às vezes parecia incrível como dois minutos podiam ser longos.

Ergueu os olhos uma vez, achando que ouvira um barulho, então retornou a atenção ao cliente. Talvez devesse deixar Grace levá-la à Flórida para um fim de semana. Talvez lhe fizesse bem sair, tomar um pouco de sol. O problema era que, com a irmã por perto, nunca parava de pensar em seus próprios defeitos e fracassos. Sempre fora assim, e ela aceitara que sempre seria. Apesar disso, não devia ter-se descontrolado com Grace, disse a si mesma, massageando a têmpora. Mas agora já estava feito e ela precisava trabalhar.

O coração de Jerald batia como um tarol. Ele ouvia-a murmurar, sussurrar. Aquele riso baixo inundou-o de cima a baixo. As palmas das mãos pareciam gelo. Imaginava como seria aquecê-las nela.

Désirée ficaria feliz ao vê-lo. Deslizou as costas da mão sobre a boca ao aproximar-se. Queria surpreendê-la. Foram-lhe necessárias duas horas e três carreiras de cocaína, mas ele acabou por reunir coragem para ir procurá-la.

Sonhara com ela na noite anterior. Ela pedia-lhe que viesse, suplicava. Désirée. Queria ser sua primeira mulher.

O corredor estava escuro, mas ele via a luz sob a porta do escritório. E ouvia a voz atravessá-la. Acenando-lhe. Provocando-o.

Precisou parar um instante, apoiando a palma da mão na parede para descansar. Só para recuperar o fôlego. O sexo com ela seria mais desvairado que qualquer barato bombeado ou inalado pelo corpo. O sexo com Désirée seria o auge, o pináculo supremo. E, quando os dois terminassem, ela lhe diria que ele era o melhor.

Désirée parara de falar. Jerald ouviu-a deslocar-se. Aprontar-se para ele. Devagar, quase desfalecendo de excitação, abriu a porta.

E lá estava ela.

Balançou a cabeça. Ela era diferente, diferente da mulher de suas fantasias. Morena, não loura, e não usava preto transparente nem renda branca, mas saia e blusa simples. Confuso, ficou apenas ali parado no vão da porta, olhando.

Quando a sombra caiu sobre a escrivaninha, Kathleen ergueu os olhos, meio à espera de Grace. A primeira reação não foi de medo. O garoto que a fitava podia ser um de seus alunos. Ela levantou-se, como teria feito para repreender.

— Como entrou aqui? Quem é você?

Não era o rosto, mas aquela voz. Tudo o mais desapareceu, menos a voz. Jerald aproximou-se, sorrindo.

— Não precisa fingir, Désirée. Eu disse que viria.

Quando ele avançou para a luz, ela sentiu o gosto de medo. Não era necessário ter experiência com a loucura para reconhecê-la.

— Não entendo o que você está falando. — Ele a chamara de Désirée, mas não era possível. Ninguém sabia. Ninguém podia saber. Tateou a mesa, à procura de uma arma, enquanto calculava a distância. — Terá de sair ou chamarei a polícia.

Mas ele continuou sorrindo.

— Tenho ouvido você durante semanas e semanas. Então, ontem à noite, você me mandou vir. Estou aqui agora. Pra você.

— Você é louco. Eu nunca falei com você. — Tinha de ficar calma, muito calma. — Você cometeu um erro, agora quero que saia.

Aquela voz. Ele a teria reconhecido entre milhares.

— Toda noite, eu escutava você. — Sentia tesão, o desconfortável tesão, e tinha a boca seca como pedra. Enganara-se, era loura, sim, loura e linda. Devia ter sido um efeito da luz antes, ou a própria magia dela. — Désirée — murmurou. — Eu amo você.

Com os olhos nos dela, começou a desafivelar o cinto. Kathleen agarrou um peso de papel, arremessou-o e precipitou-se para a porta. Atingiu-o de raspão na cabeça.

— Você prometeu. — Ele a tinha agora, os braços rijos, magros, mas resistentes, apertados à sua volta. A respiração saiu em arquejos quando colou o rosto no dela. — Você prometeu me dar todas aquelas coisas de que falava. E eu quero tudo. Quero mais que conversa agora, Désirée.

Era um pesadelo, ela pensou. Désirée era um faz de conta, e também aquilo. Um sonho, só isso. Mas os sonhos não machucavam. Kathleen ouviu a blusa rasgar-se enquanto lutava. O louco tinha as mãos por todo o seu corpo, por mais que ela lutasse e chutasse. Quando afundou os dentes no ombro dele, o garoto ganiu, mas a arrastou para o chão e rasgou-lhe a saia.

— Você prometeu. Você prometeu — repetia sem parar.

Sentia a pele dela agora, macia e quente, igual ao que imaginara. Nada o deteria.

Quando ela o sentiu penetrá-la, pôs-se a gritar.

— Pare. — A paixão explodia na cabeça de Jerald, mas não como ele queria. Os gritos dela o rasgavam, estragando a paixão. Não podia ser estragada. Esperara demais, desejara demais. — Eu mandei parar! — Estocava-a com força, querendo a glória de todas as promessas que recebera. Mas ela não parava de gritar. Arranhava, mas a dor apenas inflamava a necessidade e a fúria dele. Désirée mentira. Não devia ser assim. Ela não passava de uma mentirosa, uma prostituta, mas, mesmo assim, ele a queria.

Lançando a mão com ímpeto, ela empurrou-o e bateu na mesa. O telefone caiu no chão ao lado da cabeça do louco.

E ele pegou o fio, enrolou-o no pescoço de Kathleen e puxou-o com força até os gritos cessarem.

—Então seu parceiro é casado com uma psiquiatra.

Grace baixou a janela, acendendo um cigarro. O jantar relaxara-a. Ed relaxara-a, corrigiu. Era uma pessoa tão fácil com quem se conversar e tinha uma forma bem doce e divertida de ver a vida.

— Se conheceram num caso em que trabalhávamos alguns meses atrás. — Ele lembrou-se de parar no cruzamento. Afinal, Grace não era Ben. Não se parecia com ninguém mais que conhecera. — Você na certa se interessaria, pois se tratava de um assassino em série.

— Sério? — Ela nunca questionou sua fascinação pelo assassinato. — Já saquei, foi chamada pra traçar um perfil psiquiátrico.

— Sacou mesmo.

— É boa de verdade?

— A melhor.

Grace assentiu com a cabeça, pensando em Kathleen.

— Eu gostaria de conversar com ela. Talvez a gente possa fazer um jantar festivo. Kathleen quase não confraterniza com ninguém.

— Está preocupada com ela.

A escritora exalou um pequeno suspiro quando contornaram a esquina.

— Sinto muito. Não queria estragar a sua noite, mas acho que não fui a melhor das companhias.

— Eu não estava me queixando.

— Porque é educado demais. — Quando ele parou na garagem, ela curvou-se e deu-lhe um beijo no rosto. — Por que não entra e toma um café... não, você não toma café, é chá. Faço um chá pra compensar.

Já saltara do carro antes que ele pudesse descer e abrir-lhe a porta.

— Não tem de compensar nada pra mim.

— Eu gostaria da companhia. É provável que Kath já tenha ido dormir a essa hora, e eu vou apenas ficar ansiosa. — Remexeu na bolsa à procura das chaves. — Também podemos conversar sobre quando você vai me levar na excursão ao distrito policial. Droga, sei que está em algum lugar aqui. Seria mais fácil achar se Kathy tivesse deixado a luz da varanda acesa. Pronto. — Ela destrancou a porta e largou as chaves descuidadamente no bolso. — Por que não se senta na sala de estar e liga o estéreo, ou qualquer coisa, enquanto eu pego o chá?

Despiu o casaco enquanto andava e jogou-o com negligência numa cadeira. Ed pegou-o quando escorregou para o chão e dobrou-o. Cheirava como ela, pensou. Então, dizendo a si mesmo que era tolice, estendeu-o no encosto da cadeira. Atravessou a sala até a janela para examinar o trabalho de acabamento. Era um hábito adquirido desde que comprara a casa. Passando um dedo pelo remate, tentou imaginá-lo na própria janela.

Ouviu Grace gritar o nome da irmã, como uma pergunta, e depois chamá-la repetidas vezes.

Encontrou-a ajoelhada ao lado do corpo da irmã, puxando-o, gritando. Quando a levantou, ela se engalfinhou com ele como um tigre.

— Me solte. Maldito, me solte. É Kathy.

— Vá pro outro quarto, Grace.

— Não. É Kathy. Oh, meu Deus, me solte. Ela precisa de mim.

— Obedeça. — Com as mãos firmes nos ombros dela, ele protegeu-a do corpo com o seu próprio e deu-lhe duas sacudidas fortes. — Vá agora pro outro quarto. Eu cuido dela.

— Mas eu preciso...

— Quero que me escute. — Ele manteve o olhar duro nos olhos de Grace, reconhecendo o choque. Mas não podia mimá-la, acalmá-la nem envolvê-la com uma manta. — Vá pro outro quarto. Ligue para o 911. Pode fazer isso?

— Sim — concordou e cambaleou para trás. — Sim, claro. Emergência.

Ele viu-a sair correndo e virou-se para o cadáver.

O 911 não iria ajudar Kathleen Breezewood, Ed pensou. Agachou-se ao lado dela e agiu como um policial.

Capítulo Quatro

Era como uma cena saída de um dos livros dela. Depois do assassinato, chegava a polícia. Alguns tiras cansados, alguns taciturnos, outros cínicos. Dependia do clima da história. Às vezes dependia da personalidade da vítima. E dependia, sempre, da imaginação.

A ação podia ocorrer num beco ou numa sala de visitas. A atmosfera era sempre uma intricada parte de qualquer cena. No livro que escrevia agora, tramara um assassinato na biblioteca do secretário de Estado. Gostava da perspectiva de incluir o Serviço Secreto, políticos e espionagem, além da polícia.

Seria sobre veneno e beber do copo errado. O assassinato era sempre mais interessante quando um pouco confuso. Grace deleitava-se com o desenrolar do enredo até então, porque ainda não se decidira bem quem seria o assassino. Sempre a fascinava resolver quem era e surpreender-se.

O bandido sempre tropeçava no fim.

Grace estava sentada no sofá, calada e com os olhos fixos. Por algum motivo, não conseguia ir além desse pensamento. O mecanismo mental de autodefesa transformara a histeria em choque entorpecido, de modo que até seus próprios tremores pareciam pulsar através do corpo de outra pessoa. Um bom assassinato tinha mais vigor se a vítima deixasse algum relacionamento chocado ou arrasado. Era um fato quase infalível atrair o leitor se feito de maneira certa. Ela sempre tivera talento para retratar emoções: dor, fúria, desolação. Assim que entendia as personagens, também conseguia senti-las. Às vezes trabalhava durante horas e dias nelas, alimentando-se das emoções, regozijando-se com elas, deliciando-se ao mesmo tempo com os lados claros e obscuros da natureza humana. Depois as desligava despreocupada, como desligava a máquina, e seguia com a própria vida.

Não passava de uma história, afinal, e a justiça venceria no último capítulo.

Reconheceu as profissões dos homens que entravam e saíam da casa da irmã — o médico-legista, a equipe da perícia, o fotógrafo da polícia.

Certa vez usara um fotógrafo da polícia como o protagonista num romance, retratando os detalhes nítidos e arenosos da morte com uma espécie de deleite. Conhecia o procedimento, descrevera-o repetidas vezes, sem uma piscadela ou estremecimento. As visões e cheiros de um assassinato não eram estranhos, para sua imaginação, não. Mesmo agora, quase acreditava que, se fechasse com força os olhos, todos se desvaneceriam e se reagrupariam em personagens que pudesse controlar, personagens reais apenas em sua mente, personagens que criava e destruía com o aperto de um botão.

Mas não a irmã. Não Kathy.

Ela mudaria o enredo, disse a si mesma, quando ergueu as pernas e enroscou-as sob o corpo. Reescreveria, apagaria a cena do assassinato e reestruturaria as personagens. Mudaria toda a narrativa até tudo funcionar exatamente como queria. Fechou os olhos e, envolvendo os braços apertados nos seios, lutou para fazer tudo desenrolar-se.

— Ela não se foi com facilidade — murmurou Ben, enquanto via o médico-legista examinar o corpo de Kathleen McCabe Breezewood. — Acho que vamos constatar que um pouco do sangue é dele. Podemos obter algumas impressões digitais do fio telefônico.

— Há quanto tempo?

Ed anotava os detalhes no caderno, lutando ao mesmo tempo para deixar de pensar em Grace. Não podia permitir-se pensar nela agora. Podia perder alguma coisa, alguma coisa vital, se pensasse na forma como a irmã da vítima se sentava no sofá, parecendo uma boneca quebrada.

O médico-legista deu-se um soco no peito com o punho fechado. A pimenta e as cebolas que comera no jantar não paravam de retornar.

— Não mais que duas horas, provavelmente menos. — Olhou o relógio. — Neste momento, eu poria a hora entre nove e onze. Devo determinar com mais precisão quando der entrada nela.

Fez sinal a dois homens. Enquanto ele se levantava, o corpo era transferido para um grosso saco plástico preto.

— É, obrigado. — Ben acendeu um cigarro, examinando o contorno em giz no tapete. — Pelo aspecto do aposento, ele a surpreendeu aqui dentro. Porta dos fundos forçada. Não foi necessária muita força, por isso não me surpreende que ela não tenha ouvido.

— É um bairro muito tranquilo — murmurou Ed. — A gente nem precisa trancar o carro.

— Sei que é mais difícil quando acontece tão perto de casa. — Ben esperou, mas não recebeu resposta alguma. — Vamos ter de conversar com a irmã.

— É. — Ed enfiou o caderno de volta no bolso. — Vocês aí, caras, podem me dar dois minutos antes de levarem isso pra fora?

Fez um aceno com a cabeça para o médico-legista. Não pudera impedir Grace de descobrir o corpo, mas podia impedi-la de participar do que acontecia agora.

Encontrou-a onde a deixara, sentada encolhida no sofá. Como Grace tinha os olhos fechados, ele pensou e esperou que estivesse dormindo. Então a viu olhando-o com olhos imensos e totalmente secos. Reconhecia bem demais aquele brilho baço de choque.

— Não consigo fazer o enredo se desenrolar. — Ela disse isso com a voz firme, mas tão baixa que mal saiu além dos lábios. — Não paro de tentar reestruturar a cena. Voltei cedo. Nem cheguei a sair de casa. Kath decidiu sair junto com a gente esta noite. Nada funciona.

— Grace, vamos pra cozinha. Tomaremos chá e conversaremos.

Ela aceitou a mão que ele estendeu, mas não se levantou.

— Nada funciona porque é tarde demais pra mudar o enredo.

— Sinto muito, Grace. Por que não vem comigo agora?

— Ainda não a levaram, levaram? Eu devia vê-la, antes...

— Ainda não.

— Preciso esperar até a levarem. Sei que não posso ir junto com ela, mas preciso esperar até que a levem. É minha irmã.

Levantou-se então, mas só foi até o corredor e esperou.

— Deixe-a em paz — aconselhou Ben quando o parceiro se adiantou. — Ela precisa disso.

Ed enfiou as mãos nos bolsos.

— Ninguém precisa.

Já vira outros se despedirem de alguém que amavam assim. Mesmo após todas as cenas, todas as vítimas e todas as investigações, ele não conseguia não sentir *nada*. Mas disciplinara-se a sentir o mínimo possível.

Grace ficou ali parada, as mãos frias e cerradas uma na outra, quando levaram Kathleen para fora. Não chorou. Enterrou-se no fundo de si à procura de sentimentos, mas nada encontrou. Queria a dor da perda, precisava dela, mas parecia que a dor tinha ido embora furtivamente, se enfiado num canto e se enroscado em si mesma, deixando-a vazia. Quando sentiu as mãos de Ed nos ombros, não se sobressaltou nem estremeceu, mas inspirou fundo.

— Vocês têm de me fazer perguntas agora?
— Se estiver preparada.
— Estou. — Grace pigarreou. A voz devia ser mais forte. Ela sempre fora a forte. — Vou fazer o chá. — Na cozinha, pôs a chaleira no fogo e depois se alvoroçou ao procurar as xícaras e os pires. — Kath sempre mantém tudo tão arrumado. Só preciso me lembrar onde minha mãe guardava as coisas, e...

Interrompeu-se. A mãe. Teria de ligar e contar aos pais.

Lamento, mãe, lamento muito. Eu não estava aqui. Não pude impedir.

Agora, não, disse a si mesma, mexendo nos saquinhos de chá.

— Imagino que você não quer açúcar.
— Não.

Ed mudou de posição na cadeira, aflito, e desejou que ela se sentasse. Embora com movimentos firmes, Grace não tinha um laivo de cor no rosto. Não fazia muito tempo desde que ele a encontrara curvada sobre o corpo da irmã.

— E você? É o detetive Paris, não é? O parceiro de Ed?
— Ben. — Ele pôs a mão no encosto de uma cadeira para afastá-la da mesa. — Aceito duas colheres de chá de açúcar.

Como Ed, notou a ausência de cor nela, mas também reconheceu a determinação de prosseguir com aquilo até o fim. Não era tão fraca quanto frágil, pensou, como um pedaço de vidro que se racha em vez de quebrar-se.

Ao pôr as xícaras na mesa, ela olhou a porta dos fundos.

— Ele entrou por ali, não foi?
— É o que parece. — Ben pegou o saquinho e colocou-o junto ao pires. Ela repelia a dor, e como policial ele tinha de aproveitar-se. — Lamento termos de examinar isso.

— Não tem importância. — Ela ergueu o chá e tomou um gole. Sentiu o calor do líquido na boca, mas nenhum gosto. — Não tenho muita coisa a dizer a vocês, na verdade. Kath estava no escritório quando saí. Ia trabalhar. Eram, não sei, seis e meia. Quando voltamos, achei que já tinha ido para a cama. Não tinha deixado a luz da varanda acesa. — Detalhes, pensou, ao conter outra luta com a histeria. A polícia precisava de detalhes, como qualquer bom romance. — Eu ia me dirigir à cozinha e notei que a porta, a porta do escritório, estava aberta e a luz, acesa. Então entrei.

Ergueu de novo o chá e fechou com todo cuidado a mente para o que aconteceu em seguida.

— Ela vinha saindo com alguém?

— Não. — Grace relaxou um pouco. Iam falar de outras coisas, coisas lógicas, e não da cena absurda além da porta do escritório. — Ela acabou de passar por um divórcio medonho e ainda não tinha se recuperado. Trabalhava. Não confraternizava com ninguém. Kathy tinha a mente fixada em ganhar muito dinheiro pra ir ao tribunal e ganhar de volta a custódia do filho.

Kevin. Amado Deus, Kevin. Ela pegou a xícara com as duas mãos e bebeu de novo.

— O marido dela era Jonathan Breezewood III, de Palm Springs. Dinheiro antigo, linhagem antiga, temperamento péssimo. — Grace endureceu os olhos ao tornar a olhar a porta. — Talvez, apenas talvez, vocês descubram que ele fez uma viagem pro leste.

— Tem algum motivo pra achar que o marido ia querer assassinar sua irmã?

Grace então ergueu os olhos para Ed.

— A separação deles não fora nada amigável. Ele vinha enganando-a há anos e ela contratou um advogado e um detetive particular. Ele talvez tenha descoberto. Breezewood é o tipo de nome que não tolera sujeira associada a ele.

— Sabe se ele chegou alguma vez a ameaçar sua irmã?

Ben provou o chá, embora pensasse desejoso no bule de café.

— Não que ela tivesse me dito, mas Kath sentia medo dele. Não lutou a princípio por Kevin por causa do temperamento do exmarido e do poder que a família dele exerce. Ela me contou que, certa vez, ele mandou um dos jardineiros para o hospital apenas por causa de uma briga sobre uma roseira.

— Grace. — Ed pôs a mão na dela. — Você notou alguém na vizinhança que a deixou aflita? Alguém veio à porta, entregar ou pedir alguma coisa?

— Não. Só teve o homem que entregou meu baú, mas era inofensivo. Fiquei sozinha com ele na casa por quinze ou vinte minutos.

— Qual o nome da empresa? — perguntou Ben.

— Ágil e Fácil. Não, Rápido e Fácil. O nome do rapaz era, hum, Jimbo. É, Jimbo. Tinha o nome bordado em cima do bolso da camisa. Falava com sotaque interiorano.

— Sua irmã era professora? — quis saber Ben.

— Isso mesmo.

— Algum problema com os outros empregados da escola?

— A maioria é de freiras. É difícil brigar com freiras.

— É. E os alunos?

— Ela não me disse nada. A verdade é que nunca dizia. — Esse pensamento lhe fez o estômago revirar-se de novo. — No dia em que cheguei à cidade, conversamos, tomamos vinho um pouco demais. Foi quando ela me falou de Jonathan. Mas desde então, e durante quase toda a nossa vida, sempre se manteve fechada. Posso dizer que Kathleen não fazia inimigos, tampouco amigos, pelo menos íntimos. Nos últimos anos, levou uma vida limitada à família na Califórnia. Não tinha voltado pra Washington por tempo suficiente pra criar laços, conhecer alguém que quisesse... que poderia fazer isso com ela. Foi Jonathan ou um estranho.

Ben nada disse por um instante. Quem quer que tivesse invadido a casa não viera para roubar, mas para estuprar. Todos os cômodos, menos o escritório, estavam arrumados e com tudo no lugar. A casa exalava um cheiro de estupro.

— Grace. — Ed já chegara à mesma conclusão que o parceiro, mas se adiantara um passo. Quem quer que tivesse invadido a casa viera por causa da mulher que violentara, ou por causa da que estava sentada ao seu lado. — Alguém guarda algum rancor contra você? — Diante do olhar sem expressão dela, continuou: — Alguém com quem se envolveu recentemente poderia querer machucar você?

— Não. Não tive tempo de me envolver com alguém o bastante pra isso. — Mas a pergunta foi o suficiente para dar início ao pânico. Teria sido ela a razão? — Acabei de chegar de uma turnê. Não conheço ninguém que faria isso. Ninguém.

Ben passou para o estágio seguinte:

— Quem sabia que você estava aqui?

— Meu editor, o divulgador, o relações-públicas. Muita gente, de fato. Acabei de viajar por doze cidades com muita RP. Se alguém quisesse chegar a mim, poderia ter feito uma dezena de vezes, em quartos de hotel, no metrô, no meu próprio apartamento. É Kathleen quem está morta. Eu nem estava aqui. — Ela parou um momento para acalmar-se. — Ele a estuprou, não? — Então balançou a cabeça, antes que Ed pudesse responder. — Não, não. Não quero pensar nisso com clareza no momento. Na verdade, não posso pensar com clareza em nada. — Levantou-se, pegou uma garrafinha de conhaque no armário ao lado da janela, um copo redondo, despejou a bebida até a metade. — Tem mais alguma coisa?

Ed sentiu vontade de tomar-lhe a mão, afagar-lhe os cabelos e dizer-lhe que não pensasse mais. Mas era um policial com um trabalho a fazer.

— Grace, sabe por que sua irmã tinha duas linhas telefônicas no escritório?

— Sim. — Ela tomou um rápido gole do conhaque, esperou o golpe, depois tomou outro. — Não tem nenhuma maneira de manter isso confidencial, tem?

— Faremos o que pudermos.

— Kathleen odiaria a publicidade. — Com o copo enconchado nas mãos, ela tornou a sentar-se. — Ela sempre defendeu sua intimidade. Escute, na verdade, não acho que a outra linha telefônica se aplica a tudo isso.

— Precisamos de tudo. — Ed esperou-a beber de novo. — Não vai fazer mal a ela agora.

— Tem razão. — O conhaque não ajudava, ela percebeu, mas não conseguia pensar num remédio para aquele padecimento, e a bebida parecera a melhor ideia. — Eu disse que ela contratou um advogado e tudo o mais. Precisava de um bom pra lutar com Jonathan, e não se contratam bons advogados facilmente com o salário de professora. Ela não quis aceitar dinheiro algum de mim. Kathy tinha muito orgulho e, pra ser franca, sempre se ressentiu... deixa pra lá. — Inspirou fundo. O conhaque descia direto para o estômago e revirava-o. Apesar disso, tomou-o mais uma vez. — A outra linha era de trabalho. Ela fazia um bico. Pra uma empresa chamada Fantasia.

Ben ergueu uma sobrancelha e anotou o nome.

— Chamadas Fantasia?

— Uma maneira atenuada de descrever as ligações. — Com um suspiro, Grace esfregou as mãos sob os olhos. — Sexo por telefone. Achei que ela estava sendo muito inovadora, cheguei até a imaginar como poderia inserir isso numa trama. — O estômago revirou-se mais uma vez, por isso ela pegou um cigarro. Quando se atrapalhou com o isqueiro, Ben pegou-o, acendeu-o e largou-o ao lado do copo de conhaque. — Obrigada.

— Só fume devagar — ele aconselhou.

— Eu estou bem. Ela ganhava muito dinheiro, e a coisa parecia inofensiva. Nenhum dos homens que telefonavam tinha o nome ou o endereço dela, porque tudo era filtrado num escritório principal, que Kath chamava de John... acho que era essa a palavra. Ela ligava de volta a cobrar.

— Ela falou algum dia em alguém que ficou um pouco entusiasmado demais?

— Não. E tenho certeza de que falaria. Falou do trabalho na primeira noite que cheguei aqui. Na verdade, me pareceu um pouco divertida e também um pouco entediada. Mesmo que alguém quisesse um contato mais pessoal, não ia conseguir encontrá-la. Como eu disse, não usava o próprio nome. Ah, e Kath me disse que não conversava sobre nada além de sexo. — Grace espalmou a mão na mesa. Elas ficaram sentadas naquele mesmo lugar na primeira noite, enquanto o sol se punha. — Nada de servidão, nem sadomasoquismo. Quem quisesse alguma coisa, bem, não convencional, tinha de ir a outro lugar.

— Nunca conheceu alguém com quem falava? — perguntou Ed.

Não era um fato que ela podia provar, mas um dos que tinha certeza.

— Não, ninguém. Era um trabalho que ela fazia tão profissionalmente quanto o ensino. Kathleen não saía, não ia a festas. Sua vida era a escola e esta casa. Você mora na casa ao lado — disse a Ed. — Já viu alguém entrar aqui? Viu algum dia ela chegar depois das nove da noite?

— Não.

— Precisamos checar a informação que você nos deu — começou Ben, levantando-se. — Se você lembrar mais alguma coisa, é só ligar.

— Sim, eu sei. Obrigada. Vocês telefonam quando... quando eu puder ir buscá-la?

— Tentaremos fazer isso logo. — Ben olhou mais uma vez o parceiro. Sabia, mais que a maioria, como era frustrante misturar assassinato e emoção, assim como sabia que Ed teria de trabalhar naquele envolvimento da sua própria maneira e tempo. — Eu preencho o relatório. Por que você não amarra as pontas aqui?

— É. — Ed concordou com um aceno da cabeça ao parceiro e levantou-se para levar as xícaras à pia.

— Ele é um homem legal — disse Grace. — É um bom policial?

— Um dos melhores.

Ela comprimiu os lábios, querendo, precisando, aceitar a palavra dele.

— Sei que é tarde, mas se importa de não ir embora ainda? Preciso telefonar para meus pais.

— Claro que não. — Ed enfiou as mãos nos bolsos, porque ela ainda parecia delicada demais para ser tocada. Haviam apenas começado a ser amigos, e agora era mais uma vez um policial. Um distintivo e uma arma punham muita distância entre ele e uma "civil".

— Não sei o que dizer a eles. Não sei como dizer qualquer coisa.

— Eu posso dizer por você.

Grace tragou fundo o cigarro, porque queria aceitar.

— Alguém sempre toma conta das coisas horríveis por mim. Acho que é hora de eu fazer isso sozinha. Se alguma coisa como essa pode ser mais fácil, será mais fácil pra eles ouvirem de mim.

— Eu espero na outra sala.

— Obrigada.

Ela viu-o sair e preparou-se para dar o telefonema.

Ed pôs-se a andar de um lado para outro na sala de estar. Sentiu-se tentado a voltar ao local do assassinato e examinar tudo com todo o cuidado, mas se conteve. Não quis correr o risco de Grace entrar e vê-lo. Ela não precisava disso, pensou, ver tudo, lembrar tudo, de novo. Morte violenta era sua ocupação, mas ele não ficava completamente imune às reverberações que causava.

Uma vida acabava e muitas vezes essa perda afetava dezenas de outras. Era seu trabalho examinar o fato com lógica, verificar os detalhes, os óbvios e os enganosos, até compilar provas suficientes para uma prisão. Para Ed, era a compilação o aspecto mais satisfatório do trabalho policial. Ben era todo instinto e intensidade. Ele, método. Construía-se um caso camada lógica por camada lógica, fato detalhado por fato detalhado. As emoções tinham de ser controladas — ou melhor, evitadas por completo. Tratava-se de uma corda bamba sobre a qual aprendera a andar, entre envolvimento e cálculo. Se um policial pisasse na borda de qualquer um dos lados, era inútil.

Sua mãe não quisera que ele se tornasse policial, mas que se juntasse ao tio no ramo da construção. Você tem boas mãos, dizia-lhe.

Tem costas fortes. Mesmo agora, anos depois, ela ainda esperava que ele trocasse o distintivo por um capacete de operário.

Ed nunca conseguiu explicar-lhe por que não podia, por que entrara naquilo enquanto durasse. Não era a excitação. Vigilâncias policiais, café frio ou, como no seu caso, chá tépido e relatórios em triplicata não excitavam ninguém. E ele, sem a menor dúvida, não entrara na carreira pelo pagamento.

Era a sensação. Não a sensação de quando pendurava a arma no ombro. Jamais a de quando se via obrigado a sacá-la. Mas a que levava para a cama à noite, às vezes, apenas às vezes, que o fazia compreender que agira certo. Se estivesse no clima filosófico, falaria da lei como a mais importante invenção da humanidade. Mas no fundo sabia que era uma coisa mais essencial.

Ele era o mocinho. Talvez, apenas talvez, fosse muito simples.

Então surgiam ocasiões como aquela, momentos em que terminava o dia examinando um corpo estendido no chão e sabia que tinha de participar da descoberta de quem causara aquilo... e prendê-lo. Impunha a lei e dependia do tribunal para lembrar o essencial da questão.

Justiça. Era Ben quem falava de justiça. Ed reduzia-a a certo e errado.

— Obrigada por esperar.

Ele virou-se e viu-a parada no vão da porta. Se isso era possível, parecia ainda mais pálida. Os olhos sombrios e imensos, os cabelos desgrenhados, como se houvesse passado os dedos por eles repetidas vezes.

— Você está bem?

— Acho que acabei de perceber que, independentemente do que aconteça na minha vida, não importa o quê, nunca terei de fazer algo mais doloroso do que acabei de fazer. — Retirou um cigarro de um maço amarrotado e acendeu-o. — Meus pais vão tomar o primeiro voo de manhã. Menti e disse que tinha chamado um padre. Era importante pra eles.

— Pode chamar um amanhã.

— Jonathan precisa ser avisado.

— Isso será feito.

Ela concordou. Começava a ficar com as mãos mais uma vez trêmulas. Deu uma longa tragada no cigarro, esforçando-se para mantê-las firmes.

— Eu... eu não sei a quem chamar para as providências necessárias. O enterro. Sei que Kath ia querer uma coisa discreta. — Sentiu o puxão no peito e encheu os pulmões de fumaça. — Precisaremos encomendar uma missa. Meus pais precisam. — Tragou mais uma vez o cigarro até a ponta ficar uma bola vermelha. — Quero resolver o máximo possível antes que eles cheguem. Tenho de ligar para a escola.

Ele reconheceu os sinais do degelo das emoções. Os movimentos eram sacudidos, a voz vacilava entre tensa e trêmula.

— Amanhã, Grace. Por que não se senta?

— Eu estava zangada com ela quando saí, quando fui para a porta ao lado. Transtornada e frustrada. Ao inferno com isso, pensei. Ao inferno com ela. — Puxou outra tragada trêmula. — Não parava de pensar que, se conseguisse apenas superar as dificuldades e chegar ao final, se insistisse com força suficiente, se tivesse ficado em casa pra resolver tudo com ela, então...

— É um erro, é sempre um erro assumir a responsabilidade por coisas pelas quais você não tem controle algum.

Ele estendeu a mão para pegar-lhe o braço, mas ela se afastou, sacudindo a cabeça.

— Eu poderia ter controle. Será que você não entende? Ninguém manipula como eu. Só com Kath não conseguia encontrar os botões certos. Vivíamos tensas uma com a outra. Eu nem sabia o suficiente da vida dela pra dar o nome de seis pessoas com quem ela mantinha contato. Se tivesse, poderia telefonar agora. Ah, eu perguntaria. — Grace deu uma risada rápida, sem ar. — Kath me repelia e eu não insistia. Era mais fácil assim. Só hoje à noite descobri que ela era dependente... de drogas legais, vendidas com receita.

Não lhes contara isso, percebeu. Não pretendera contar isso à polícia. Exalando um suspiro trêmulo, compreendeu que não mais falava com um policial, mas com Ed, o cara da casa ao lado. Era tarde demais para recuar; embora nada dissesse, era tarde demais para recuar e lembrar que ele não era apenas um cara legal com olhos bondosos.

— Havia três malditos frascos de Valium na gaveta da mesinha de cabeceira dela. Encontrei e nós brigamos; então, quando não consegui esclarecer o caso a fundo, apenas fui embora. Foi mais fácil. — Ela esmagou o cigarro com três golpes rápidos e violentos. — Ela tinha problemas, sentia-se ferida, e foi mais fácil eu me afastar.

— Grace. — Ed aproximou-se para tirar-lhe o cigarro. — Em geral, também é mais fácil pôr a culpa na gente.

Ela encarou-o um instante. Levou as mãos ao rosto quando a emoção rompeu a barragem.

— Ai, meu Deus, ela deve ter ficado tão desesperada. Sozinha, sem ninguém pra ajudar. Ed, por quê? Santo Deus, por que alguém faria isso com Kath? Não consigo entender. Não consigo entender mesmo.

Ele abraçou-a e segurou-a delicadamente. Quando ela enroscou os dedos em sua camisa e enterrou-os, ele abraçou-a delicadamente. Sem falar, acariciou-lhe as costas.

— Eu a amava. Amava de verdade. Quando cheguei aqui, fiquei tão feliz ao vê-la que por algum tempo pareceu que talvez fôssemos nos aproximar. Depois de todos esses anos. Agora ela se foi, assim tão de repente, e não posso mudar isso. Minha mãe. Ai, meu Deus, minha mãe. É insuportável.

Ele fez a única coisa que pareceu certa. Erguendo-a no colo, levou-a ao sofá para embalá-la e acalmá-la. Sabia pouco sobre como reconfortar mulheres, as palavras certas a usar ou o tom certo. Sabia muito sobre a morte, o choque e a incompreensão que se seguiam, mas Grace não era apenas outra estranha a interrogar ou a quem oferecer solidariedade policial. Era uma mulher que o chamara por uma janela aberta numa manhã primaveril. Conhecia o perfume e o som da voz dela, e o jeito de um ligeiro movimento dos lábios revelar pequenas covinhas. Agora ela chorava encostada em seu ombro.

— Não quero imaginá-la morta — conseguiu dizer Grace. — Não suporto pensar no que aconteceu com ela... no que está acontecendo agora.

— Não pense. Não te fará bem algum. — Abraçou-a com mais força, apenas um pouco mais. — Você não deve ficar aqui esta noite. Posso levá-la à porta ao lado.

— Não, se meus pais telefonarem... não posso. — Enterrou o rosto no ombro dele. Não conseguia pensar. Enquanto as lágrimas continuassem a escorrer, não conseguiria pensar. E tinha tanta coisa a fazer. Mas o choque cobrava seu preço em exaustão, e ela não conseguia decidir-se. — Você poderia ficar? Por favor, não quero ficar sozinha. Poderia?

— Claro. Tente relaxar. Eu não vou a lugar algum.

JERALD DEITOU-SE NA CAMA COM O CORAÇÃO A MARTELAR E os gritos ainda ecoando na cabeça. A parte macia do braço continuava a latejar onde ela rasgara com os dentes. Enfaixara-o para impedir o sangue de manchar os lençóis. A mãe era cheia de nove-horas com a roupa de cama. Mas a dor constante representava um lembrete. Um suvenir.

Meu Deus, jamais soubera que seria assim. O corpo, a mente, talvez até a alma, se é que existia tal coisa, se haviam elevado a alturas imensas e retesado ao máximo. Todos os outros artifícios que ele usava, o álcool, as drogas, o jejum, nenhum deles chegara nem perto daquele tipo de intenso prazer.

Sentia-se nauseado. Sentia-se forte. Sentia-se invencível.

Era o sexo ou o assassinato?

Rindo um pouco, mudou de posição no lençol molhado de suor. Como poderia saber, quando fora a primeira experiência com os dois? Talvez houvesse sido a combinação de ambos. De qualquer modo, teria de descobrir.

Por um frio e breve momento, pensou em descer e matar uma das empregadas que dormiam. Como a ideia não lhe agitou o sangue, descartou-a com a mesma frieza e rapidez. Precisava esperar alguns dias, pensar logicamente nisso a fundo. De qualquer modo, não o excitaria matar alguém que significava tão pouco para ele. Como uma empregada.

Mas Désirée...

Virando-se mais uma vez, desatou a chorar. Não tivera a intenção de matá-la. Queria amá-la, mostrar-lhe o quanto ele tinha a dar. Mas ela não parara de gritar, e aqueles gritos o haviam enlouquecido, e o levado a uma paixão cuja existência desconhecia. Fora lindo. Perguntou-se se ela sentira aquela violenta e crescente inundação pouco antes de morrer. Esperava que sim. Quisera dar-lhe o melhor.

Agora Désirée se fora. Embora houvesse morrido pelas mãos dele, e ele tivesse extraído um prazer inesperado, podia chorar por ela. Não mais ouviria aquela voz, excitante, provocante e promissora.

Precisaria encontrar outra, apesar de a ideia fazer-lhe os músculos tremerem. Outra voz que falasse apenas com ele. Sem dúvida, tal glória não foi feita para apenas uma vez na vida. Encontraria Désirée de novo, não importa o nome que ela se houvesse dado.

Rolando de costas, viu a fraca luz do amanhecer entrar pela janela. Iria encontrá-la.

Capítulo Cinco

Grace acordou à primeira luz do dia. Não sentiu qualquer alívio de desorientação, qualquer embalo de confusão. A irmã morrera, e esse único fato desolador martelava-lhe a cabeça quando se esforçou para levantar-se e lutou para enfrentá-lo.

Kathleen se fora, e ela nada podia mudar. Da mesma forma como nunca conseguira mudar as falhas no relacionamento das duas. Era mais difícil enfrentar o fato agora, à luz do dia, quando a primeira explosão de dor se entorpecera numa espécie de sofrimento embotado.

Haviam sido irmãs, mas jamais amigas. A verdade é que nem chegara a conhecer Kathleen, pelo menos da maneira como afirmaria conhecer no mínimo uma dezena de outras pessoas. Nunca partilhara dos sonhos, esperanças, fracassos e desespero dela. Jamais haviam dividido segredos frívolos, nem pequenas infelicidades. E jamais insistira, na verdade, com força suficiente, para conseguir quebrar aquela barreira.

Agora jamais saberia. Grace apoiou o rosto nas mãos um instante, apenas para reunir forças. Nunca teria a oportunidade de descobrir se poderia transpor a lacuna. Só lhe restava uma coisa a fazer agora: cuidar dos detalhes que a morte insensivelmente espalhara para os vivos varrerem.

Afastou a manta com que Ed a cobrira em algum momento durante a noite. Tinha de agradecer a ele. Sem a menor dúvida, ele fora muito acima e além da obrigação ao fazer-lhe companhia até ela conseguir adormecer. Agora precisava de litros de café para poder pegar o telefone e dar os telefonemas necessários.

Não queria parar diante do escritório da irmã. Queria passar direto sem sequer dar uma olhada. Mas parou, sentiu-se obrigada a parar. Sabia que a porta estaria trancada. O cordão de isolamento da polícia já se estendia de um lado ao outro, mas a imaginação de escritora tornava-lhe fácil demais ver além da madeira. Lembrava agora o que mesmo em choque absorvera na mente. A mesa derrubada, a enormidade de papéis espalhados, o peso de papel quebrado e o telefone, o telefone em pé no chão.

E a irmã. Machucada, cheia de sangue, seminua. No fim, não lhe fora permitida nem a dignidade.

Kathleen era um caso agora, um arquivo, uma manchete para os curiosos lerem com atenção no café da manhã e durante o transporte solidário. Não a ajudava perceber que, se Kathleen fosse uma estranha, ela também teria lido a manchete enquanto engolia o café. Com os pés apoiados na mesa, teria absorvido cada minúsculo detalhe. Depois recortaria a matéria e arquivaria como possível referência.

O assassinato sempre a fascinara. Afinal, era com isso que ganhava a vida.

Afastando-se, atravessou o corredor. Detalhes, encheria o tempo com detalhes até ter força para enfrentar as emoções. Para variar, seria prática. Pelo menos isso podia fazer.

Não esperava encontrar Ed na cozinha. Para um homem do tamanho dele, movia-se em silêncio. Foi estranho o momento de mal-estar que Grace sentiu. Não se lembrava de ter-se sentido sem graça com ninguém antes.

Ele ficara, não até ela dormir, mas a noite inteira. Ficara com ela. Talvez fosse a bondade básica dele que causara o mal-estar. Parou no vão da porta e perguntou-se como se agradecia a alguém por ser decente.

Com as mangas da camisa enroladas, pés descalços, ele mexia alguma coisa diante do fogão que emitia um cheiro desanimador de mingau de aveia. Acima disso, agradecida, ela sentiu o aroma de café.

— Oi.

Ele se virou e numa rápida olhada notou que ela estava amarrotada, os olhos encovados, porém mais forte que na noite anterior.

— Oi. Achei que você talvez conseguisse dormir mais duas horas.

— Tenho um monte de coisas a fazer hoje. Não esperava que ainda estivesse aqui.

Ed pegou uma caneca e serviu-lhe café. Também não esperava estar ali, mas não conseguira ir embora.

— Você me pediu pra ficar.

— Eu sei. — Por que ela sentia vontade de chorar de novo? Precisou engolir em seco e depois dar duas inspiradas para estabilizar-se. — Você na certa não dormiu nada.

— Tirei uma soneca de algumas horas na poltrona. Os policiais dormem em qualquer lugar. — Como Grace não se mexeu, ele foi até ela e ofereceu o café. — Desculpe, faço um café abominável.

— Esta manhã eu beberia até óleo de motor. — Ela pegou a caneca e então a mão dele antes que Ed se afastasse. — Você é um homem bom, Ed. Não sei o que teria feito sem você ontem à noite.

Como nunca sabia se tinha as palavras certas, ele apenas apertou a mão dela.

— Por que não se senta? Você precisa comer alguma coisa.

— Acho que não...

Ela sobressaltou-se e derramou café na mão quando o telefone tocou.

— Sente-se. Eu atendo.

Ed acomodou-a numa cadeira antes de pegar o receptor do aparelho na parede. Escutou um instante, tornou a olhar para Grace e apagou o bico de gás sob a panela.

— A Srta. McCabe não tem comentários a fazer a esta hora.

Depois de desligar, Ed começou a pôr mingau de aveia numa tigela.

— Não demora muito tempo, não é?

— É. Grace, com certeza você vai receber telefonemas o dia inteiro. A imprensa sabe que é irmã de Kathleen e que está aqui.

— Escritora de livros policiais encontra o corpo da irmã — ela concordou, preparando-se. — Sim, daria uma matéria interessante de primeira página. — Olhou para o telefone. — Posso cuidar da imprensa, Ed.

— Seria melhor que se mudasse para um hotel por alguns dias.

— Não. — Ela sacudiu a cabeça. Não pensara a respeito, mas a decisão foi logo tomada. — Preciso ficar aqui. Não se preocupe, eu entendo os repórteres. — Conseguiu sorrir antes que ele pudesse argumentar. — Não quer que eu coma isso, quer?

— Quero. — Ele pôs a tigela diante dela e entregou-lhe uma colher. — Você vai precisar de mais do que espaguete frio.

Curvando-se, ela inalou.

— Cheira à primeira série do curso fundamental. — Como achava que devia, enfiou a colher. — Tenho de ir à delegacia e assinar uma declaração?

— Quando estiver pronta. Como eu estava aqui, isso simplifica as coisas.

Ela assentiu e conseguiu comer a primeira colherada. Não parecia o da mãe. Ele fizera alguma coisa no mingau, mel, açúcar mascavo, alguma coisa. Mas mingau de aveia era mingau de aveia. Grace mudou para o café.

— Ed, você me daria uma resposta franca?

— Se puder.

— Você acha, quer dizer, pelo seu julgamento profissional, acha que quem quer... quem quer que fez isso escolheu esta casa aleatoriamente?

Ele já reexaminara todo o aposento de novo na noite anterior, assim que tivera certeza de que ela caíra mesmo no sono. Pouco havia de valor ali, além de uma máquina de escrever eletrônica intocada, e lembrou que viu um pequeno medalhão de ouro, que seria empenhado por cinquenta ou sessenta dólares, no pescoço de Kathleen, antes de a enfiarem no saco plástico. Poderia dizer uma mentira confortável ou a verdade. Foram os olhos dela que o fizeram decidir-se. Grace já sabia a verdade.

— Não.

Assentindo com a cabeça, ela fitou o café.

— Tenho de ligar pra Nossa Senhora da Esperança. Espero que a madre superiora recomende um padre e uma igreja. Quando acha que me deixarão ter Kathleen?

— Vou dar alguns telefonemas. — Ele queria fazer mais, porém apenas cobriu a mão dela com a sua, o gesto desajeitado, pensou. — Eu gostaria de ajudar você.

Ela olhou a mão dele. As dela caberiam com facilidade numa só. Viu força ali, o tipo de mão que sabia defender sem sufocar. Olhou o rosto. Também desprendia força. Confiável. O pensamento a fez curvar um pouco os lábios. Em tão poucas coisas na vida era possível verdadeiramente confiar.

— Eu sei. — Levou a mão ao rosto dele. — E você já ajudou. Os próximos passos eu terei de dar sozinha.

Ed não queria deixá-la. Pelo que lembrava, nunca se sentira assim em relação a uma mulher antes. Por isso mesmo, decidiu que era melhor ir embora logo.

— Vou deixar o número da delegacia. Telefone quando estiver pronta pra ir lá.

— Tudo bem. Obrigada por tudo. De verdade.

— Providenciamos patrulha pra fazer rondas, mas eu me sentiria melhor se você não ficasse sozinha.

Ela morara sozinha tempo suficiente para não se considerar vulnerável.

— Meus pais vão chegar logo.

Ed escreveu um número num guardanapo e levantou-se.

— Estou logo ali.

Grace esperou a porta fechar-se atrás dele e levantou-se para ir ao telefone.

— NINGUÉM VIU NADA, NINGUÉM OUVIU NADA.

Ben curvou-se contra o seu lado do carro e pegou um cigarro. Haviam visitado casa a casa durante toda a manhã com o mesmo resultado. Nada. Agora se detinha um instante para examinar o bairro com as casas envelhecidas e os jardins bem padronizados.

Onde andavam os bisbilhoteiros?, perguntava-se. Onde estavam aquelas pessoas que ficavam junto das janelas espreitando por aberturas nas cortinas todas as chegadas e saídas? Ele fora criado num bairro não muito diferente daquele. E, pelo que se lembrava, se um novo abajur era entregue, a notícia corria de um lado a outro da rua antes de os orgulhosos donos o ligarem. A vida de Kathleen Breezewood parecia tão insípida que ninguém se interessara.

— Segundo disseram, Kathleen Breezewood jamais recebia quaisquer visitantes, chegava sem falta em casa entre quatro e meia e seis. Isolava-se de forma obsessiva dos outros. Ontem à noite, tudo estava silencioso. A não ser o cachorro da casa 634, que entrou numa farra de latidos por volta das nove e meia. Isso se encaixa, se o cara parou uma quadra adiante e cortou caminho pelo jardim deles. Não faria mal investigar a próxima rua e ver se alguém notou um carro estranho ou um cara a pé. — Olhou o parceiro e viu-o de olhos fixos na casa de Breezewood. Parecia vazia, mas Grace se encontrava lá dentro. — Ed?

— Sim?

— Quer fazer uma pausa enquanto eu checo a próxima casa?

— Eu apenas detesto a ideia de pensar nela ali sozinha.

— Então vá fazer companhia a ela. — Ben deu um piparote no cigarro e jogou-o na rua. — Eu cuido disso.

Ele hesitou e quase decidiu ir ver como ela estava quando um táxi passou. O carro diminuiu a velocidade e parou três portas adiante. Juntos, os dois viram um homem e uma mulher saltarem de lados opostos. Enquanto o homem pagava ao motorista e pegava uma única mala, a mulher atravessava a calçada. Mesmo a distância, Ed viu a semelhança com Grace, a compleição física e o colorido. Então a própria Grace já saía correndo da casa. Os soluços da mulher os alcançaram quando ela o abraçou.

— Papai.

Ed viu-a estender o braço e tomar-lhe a mão, de modo que os três ficaram ali por um momento, tomados pela dor em público.

— É duro — murmurou Ben.

— Vamos. — Afastando-se, Ed enfiou as mãos nos bolsos. — Quem sabe agora a gente dá sorte.

Bateu à porta, resistindo à intensa vontade de virar-se e olhar para Grace. Vê-la agora era uma intrusão. Em sua atividade, já tinha de fazer isso o suficiente com estranhos.

— Maggie Lowenstein está investigando o ex-marido — disse Ben. — Deve ter alguma coisa pra nós quando voltarmos.

— É. — Ed esfregou a mão na nuca. Dormir na poltrona deixara-a rígida. — Pra mim é difícil engolir o cara voar até aqui, entrar sorrateiramente na casa e liquidar a ex-esposa.

— Coisas estranhas aconteceram. Lembra a... — Ben interrompeu-se quando uma fresta da porta se abriu. Teve um vislumbre de um punhado de cabelos brancos e uma mão nodosa enfeitada com anéis de vidro baratos. — Agentes da polícia, madame. — Ergueu o distintivo. — A senhora se incomodaria de responder a algumas perguntas?

— Entrem, entrem. Estava esperando vocês. — A voz tornou-se áspera, aguda, de velhice e excitação: — Mexam-se agora, Boris,

Lillian. É, temos companhia. Entrem, entrem — ela repetiu um pouco impaciente, ao se curvar, com os ossos estalando, e pegar um indolente gato gordo. — Pronto, Esmeralda, não tenha medo. São policiais. Pode se sentar bem aqui. — A mulher serpeou a passagem por entre os gatos. Ben contou cinco, até uma empoeirada salinha com cortinas de renda e paninhos de mesa desbotados. — Sim, eu disse a Esmeralda ainda esta manhã que devíamos esperar alguma visita. — Sentem-se, sentem-se, sentem-se. — Indicou com um aceno da mão um sofá cheio de pelo de gato. — É sobre aquela mulher, claro, aquela pobre mulher mais adiante na rua.

— Sim, madame.

Ed reprimiu um espirro ao sentar-se na beira das almofadas. Um gato laranja acocorou-se aos seus pés e sibilou.

— Comporte-se, Bruno. — A mulher sorriu e redistribuiu a sinfonia de rugas no rosto. — Ora, mas não é confortável? Sou a Sra. Kleppinger. Ida Kleppinger, mas na certa já sabe disso. — Com alguma cerimônia, encaixou os óculos no nariz, franziu os olhos e focalizou-os. — Ora, você é o rapaz de duas casas adiante. Comprou a casa dos Fowler, não? Pessoas terríveis. Não gostavam de gatos, você sabe. Sempre se queixando do lixo espalhado. Bem, eu disse que, se pusessem as tampas bem fechadas, meus bebês jamais sonhariam em se dar ao trabalho de fuçar aquele lixo asqueroso. Não são selvagens, entendem? Meus bebês, quer dizer. Ficamos felizes ao vê-los irem embora, na verdade esfuziantes. Não ficamos, Esmeralda?

— Sim, madame. — Ed pigarreou e tentou não inspirar muito fundo. Era mais que visível que as caixas de areia haviam sido dispostas generosamente pela casa toda. — Gostaríamos de fazer algumas perguntas.

— Sobre aquela coitada da Sra. Breezewood, sim, sim. Ouvimos ainda nesta manhã no rádio, não foi, queridos? Não tenho aparelho de televisão. Sempre achei que deixam a gente estéril. Ele a estrangulou, não foi?

— Gostaríamos de saber se notou alguma coisa ontem à noite.

Ben tentou não se sacudir quando um gato saltou no seu colo e enterrou-se, perigosamente, na virilha dele.

— Boris gosta de você. Não é um amor? — A velha tornou a sentar-se e afagou o gato. — Ficamos meditando ontem à noite. Retornei ao século dezoito. Era uma das damas de companhia da rainha, você sabe. Um tempo tão penoso!

— Hum-hum. — Já bastava. Ben levantou-se e lutou para desprender o gato da perna. — Bem, agradecemos seu tempo.

— De modo algum. Claro, não me surpreendeu saber de tudo isso. Eu já esperava.

Ed, mais preocupado com que Boris se aliviasse nos seus sapatos, tornou a olhá-la.

— Já?

— Ah, com toda certeza. A coitada nunca teve uma chance. Os pecados do passado alcançam a pessoa.

— Pecados do passado? — Mais uma vez interessado, Ben hesitou. — Conhecia bem a Sra. Breezewood?

— Intimamente. Sobrevivemos a Vicksburg juntas. Uma batalha terrível. Ora, ainda ouço o fogo de canhão. Mas a aura dela... — A Sra. Kleppinger deu uma pesarosa sacudida da cabeça. — Amaldiçoada, receio. Foi assassinada por um grupo de atacantes ianques.

— Madame, nós estamos mais interessados no que aconteceu com a Sra. Breezewood ontem à noite.

A paciência de Ed, em geral generosa, esgotava-se.

— Bem, claro que estão. — Os óculos escorregaram pelo nariz abaixo, por isso ela os encarou com um olhar míope por cima deles. — Uma mulher tão triste. Reprimida sexualmente, tenho certeza. Achei que ficaria feliz quando a irmã chegou para visitá-la, mas não pareceu ser o caso. Vejo-a saindo para trabalhar toda manhã enquanto eu aguava minhas gardênias. Tensa. A mulher era tensa, um feixe de nervos, do jeito como me lembro dela em Vicksburg. Então teve o carro que a seguiu uma manhã.

Ben sentou-se de novo, ignorando os gatos.

— Que carro?

— Ah, um escuro, um daqueles carros ricos, muito grande e silencioso. Eu não teria achado nada, mas, como aguava minhas gardênias, a gente precisa ser muito cuidadosa com essas flores. Coisas frágeis. Em todo caso, enquanto as aguava, vi bem o carro descer a rua, atrás da Sra. Breezewood, e senti muitas palpitações. — A mulher brandiu a mão diante do rosto como para esfriá-lo. O vidro nos dedos era opaco demais para cintilar na luz. — Meu coração simplesmente martelou e saltou até eu precisar me sentar. Igual a Vicksburg... e a Revolução, claro. Eu só pensava em Lucilla... era o nome dela antes, você sabe. Lucilla Greensborough. Coitada da Lucilla, vai acontecer de novo. Eu nada podia fazer, claro — explicou. — Destino é destino, afinal.

— Viu quem dirigia o carro?

— Oh, minha nossa, não. Meus olhos já não são mais o que eram.

— Notou a placa de licença?

— Meu caro, eu mal vejo um elefante no jardim da casa ao lado. — Ela tornou a puxar os óculos, ajeitá-los, e surpreendeu-se com os olhos em foco. — Tenho minhas premonições, sensações. Aquele carro me deu um mau pressentimento. Morte. Ah, sim, não fiquei de modo algum surpresa ao ouvir a notícia no rádio esta manhã.

— Sra. Kleppinger, lembra o dia em que notou o carro?

— O tempo não significa nada. É tudo um ciclo. A morte é um fato bastante natural, e muito temporário. Ela voltará, e talvez afinal seja feliz.

BEN FECHOU A PORTA DA FRENTE ATRÁS DE SI E INSPIROU fundo e forte.

— Deus do céu, que cheiro! — Cauteloso, apertou a mão na parte de cima da coxa. — Achei que aquele monstrinho tinha me tirado sangue. Na certa também não tomou as vacinas. — Ao dirigir-se para o carro, tentava em vão espanar os pelos de gato colados. — Que achou dela?

— Perdeu algumas telhas desde Vicksburg. Talvez tenha visto um carro. — Olhando para trás, Ed notou que várias janelas da casa dela permitiam uma visão clara o bastante da rua. — Que podia ou não estar seguindo o de Kathleen Breezewood. Das duas maneiras, não significa merda nenhuma.

— Tem meu voto. — Ben ocupou o lugar do motorista. — Quer parar um instante? — perguntou, indicando com um aceno da cabeça a casa adiante na rua. — Ou voltar pra delegacia?

— Vamos voltar. Ela provavelmente precisa de tempo com os pais.

$\mathcal{G}$RACE ENTUPIRA A MÃE DE CHÁ REFORÇADO. SEGURARA A mão do pai. Chorara mais uma vez, até simplesmente não ter energia para continuar. Como eles precisavam, mentiu. Em sua versão, Kathleen já ia bem encaminhada para estabelecer uma vida nova. Não falou em pílulas, nem em ressentimento controlado. Sabia, embora a irmã não, que os pais haviam alimentado grandes esperanças para a primogênita.

Sempre consideraram Kathleen a filha estável, a confiável, enquanto conseguiam sorrir e pensar em Grace como divertida. Gostavam da criatividade da caçula sem ser capazes de entendê-la. Para eles, era mais fácil assimilar Kathleen, com aquele casamento convencional, e os bonitos marido e filho.

Na verdade, o divórcio abalara-os, mas como eram pais amorosos conseguiram mudar suas crenças o bastante para aceitar, nutrindo ao mesmo tempo a esperança de que, com o tempo, a filha se reconciliasse com a família.

Agora tinham de aceitar que isso nunca aconteceria. Tinham de enfrentar o fato de que a filha mais velha, aquela em que haviam depositado as primeiras esperanças, estava morta. Isso bastava, concluíra Grace. Mais que bastava.

Assim, não lhes falou das alterações de humor, do Valium, nem do ressentimento que descobrira que vinha consumindo a irmã de dentro para fora.

— Ela era feliz aqui, Gracie?

Sentada aconchegada ao lado do marido, Louise McCabe rasgava um lenço de papel em pedacinhos.

— Sim, mãe.

Grace não sabia quantas vezes respondera a essa pergunta na última hora, mas continuou a acalmá-la. Jamais vira a mãe parecer desamparada. A vida toda Louise McCabe fora dominadora, tomava as decisões e as punha em prática. E o pai sempre estivera lá quando se precisava. Era aquela pessoa que passava uma nota de cinco dólares a uma mão estendida, ou limpava tudo depois que o cachorro fazia bobagem no tapete.

Olhando-o agora, Grace de repente percebeu pela primeira vez que ele envelhecera, os cabelos muito mais ralos do que quando ela era menina. Tinha então a pele bronzeada das horas que passava ao ar livre, o rosto mais cheio. Era um homem na flor da vida, pensou, saudável, vigoroso, mas agora, com os ombros caídos, a vitalidade sempre presente desaparecera-lhe dos olhos.

Queria abraçar aquelas duas pessoas que de algum modo fizeram tudo dar certo para ela. Queria recuar o relógio para todos eles, torná-los mais uma vez jovens, morando num belo lar suburbano com um cachorro desmazelado.

— Queríamos que ela viesse pra Phoenix por algum tempo — continuou Louise, enxugando de leve os olhos com o resto rasgado do lenço de papel. — Mitch falou com ela. Ela sempre ouvia o pai. Mas dessa vez, não. Ficamos muito felizes quando você veio visitá-la. Todas as dificuldades por que vinha passando. Coitado do pequeno Kevin. — A mãe espremeu os olhos. — Coitado do pequeno Kevin.

— Quando podemos vê-la, Gracie? — perguntou o pai.

Ela apertou a mão dele, observando-o intensamente quando falou. Ele olhou a sala em volta, tentando, achou Grace, absorver o que restara da filha mais velha. Muito pouco, alguns livros, um vaso de flores de seda. Agarrou-se a ele, esperando que não visse como a sala era fria.

— Esta noite, talvez. Pedi ao padre Donaldson que viesse hoje à tarde. Ele é da antiga paróquia. Por que não sobe agora, mãe, pra estar descansada quando ele chegar? Vai se sentir melhor quando falar com ele.

— Grace tem razão, Lou. — E ele vira. Como Grace, ele tinha olho para detalhes. O único sinal de vida na sala era a jaqueta que ela deixara jogada ao acaso sobre uma cadeira. Sentiu vontade de chorar por isso mais que por qualquer outra coisa, porém não sabia explicar. — Deixe-me levá-la pra cima.

Louise apoiou-se com força no marido, uma mulher magra de cabelos escuros e costas fortes. Vendo-os sair, Grace percebeu que no sofrimento haviam-lhe transferido o papel de chefe da família. Só podia esperar ter força para conseguir desempenhá-lo.

Tinha a mente embotada de tanto chorar, atravancada com as providências que já tomara e as coisas que ainda precisava resolver. Sabia que, quando a dor diminuísse, os pais teriam o conforto da fé. Para ela, era a primeira vez que se vira esbofeteada pelo conhecimento de que a vida não era sempre um jogo a ser disputado com um sorriso e cérebro inteligente. O otimismo nem sempre era um escudo contra isso, e a aceitação nem sempre bastava.

Nunca levara um golpe emocional com força total antes, pessoal ou profissionalmente. Nunca considerara que levava uma vida encantadora e jamais tivera paciência com as pessoas que se queixavam do que o destino lhes reservara. As pessoas faziam sua própria sorte. Dão uma trombada, rodam com o motor desligado por algum tempo e depois encontram a melhor saída, sempre pensara assim.

Quando decidira escrever, sentara-se e fizera-o. Era verdade que possuía talento natural, imaginação fluida e disposição para trabalhar, mas também tinha uma determinação inata, que, se quisesse demais uma coisa, conseguiria obtê-la. Não passara fome num sótão nem por sofrimento criativo. Tampouco enfrentara a angústia ou agonia do artista. Pegara suas economias e mudara-se para Nova York. Um emprego de meio período pagara o aluguel enquanto levava adiante o primeiro romance durante três meses desenfreados e ofegantes.

Quando decidira apaixonar-se, fizera-o com o mesmo tipo de verve e energia. Sem arrependimentos, sem hesitação. Nutrira-se de emoção enquanto durara e, quando acabou, seguiu em frente sem lágrimas nem recriminações.

Quase com trinta anos, jamais se desiludira nem tivera os sonhos despedaçados. Abalada, uma ou duas vezes talvez, mas sempre conseguira endireitar-se e avançar. Agora, pela primeira vez no redemoinho da vida, fora de encontro a uma parede que não podia ser transposta nem aberta. A morte da irmã não era uma coisa que pudesse mudar ao adotar uma postura imparcial. O assassinato da irmã não seria uma coisa que aceitasse como uma das pequenas reviravoltas da existência.

Descobriu que queria gritar, atirar alguma coisa, enfurecer-se. As mãos tremeram quando ela ergueu as xícaras da mesa. Se estivesse sozinha, teria se rendido à fúria. Mais, teria chafurdado na entrega. Em vez disso, estabilizou-se. Os pais precisavam dela. Pela primeira vez, precisavam dela. E Grace não iria decepcioná-los.

Largou as xícaras ao ouvir a campainha da porta e foi atender. Se o padre Donaldson houvesse chegado cedo, repassaria com ele os detalhes do enterro. Mas, quando abriu a porta, não foi para um padre, mas para Jonathan Breezewood III.

— Grace. — Ele cumprimentou-a com um aceno da cabeça, mas não lhe estendeu a mão. — Posso entrar?

Ela teve de lutar contra a enorme vontade de bater a porta na cara dele. Não ligara para Kathleen quando viva, por que ligaria para a morte dela? Sem nada dizer, recuou.

— Vim assim que fui informado.

— Tem café na cozinha.

Ela deu-lhe as costas e saiu pelo corredor. Como ele pôs a mão em seu ombro, e mais, por ela não querer mostrar-lhe fraqueza alguma, Grace parou diante do escritório de Kathleen.

— Aqui?

— Sim. — Olhou-o tempo suficiente para ver algo atravessar-lhe o rosto. Dor, desgosto, remorso. Sentia-se cansada demais para importar-se. — Você não trouxe Kevin.

— Não. — Ele continuou a fitar a porta. — Não, achei melhor ele ficar com meus pais.

Como se viu forçada a concordar, ela nada disse. O sobrinho era uma criança, pequeno demais para enfrentar enterros ou os sons das lamentações.

— Os meus estão lá em cima descansando.

— Tudo bem com eles?

— Não. — Ela tornou a adiantar-se, compelida a distanciar-se da porta fechada. — Eu não sabia que você viria, Jonathan.

— Kathleen era minha mulher, mãe de meu filho.

— É. Mas parece que isso não bastou pra garantir sua fidelidade.

Ele examinou-a com olhos calmos. Era, sem a menor dúvida, um homem lindo, feições bem definidas, bastos cabelos louros da Califórnia e corpo forte, bem cuidado. Mas eram os olhos que Grace sempre achara tão sem atrativos. Calmos, sempre calmos, apenas beirando a frieza.

— É, não bastou. Sei que Kathleen lhe contou a versão dela de nosso casamento. Dificilmente me parece adequado agora contar a minha. Vim aqui para perguntar o que aconteceu.

— Kathleen foi assassinada. — Mantendo-se coesa, Grace serviu o café. Não ingerira mais nada o dia todo. — Estuprada e estrangulada no escritório ontem à noite.

Jonathan aceitou a xícara e abaixou-se devagar numa cadeira.

— Você estava aqui... quando isso aconteceu?

— Não. Tinha saído. Voltei um pouco depois das onze e a encontrei.

— Entendo. — O que quer que ele tenha sentido, na verdade, não transpareceu nessa única e breve palavra. — A polícia tem alguma ideia de quem fez isso?

— No momento, não. Sei que você é livre pra conversar com eles. Os detetives Jackson e Paris estão cuidando do caso.

Ele assentiu mais uma vez. Com suas ligações, poderia ter cópias dos relatórios policiais em uma hora sem precisar tratar diretamente com detetives.

— Já marcou uma hora para o enterro?

— Depois de amanhã. Às onze horas. Haverá uma missa na São Miguel, a igreja da qual fazíamos parte. E um velório amanhã à noite, porque é importante para os meus pais. Na funerária Pumphrey. O endereço está no catálogo.

— Eu gostaria de ajudar em qualquer um dos detalhes, ou nas despesas.

— Não.

— Tudo bem, então. — Ele levantou-se sem ter sequer provado o café. — Estou hospedado no hotel Washington, se precisar falar comigo.

— Não vou precisar.

Jonathan ergueu uma sobrancelha diante do veneno na voz dela. Como irmãs, ele jamais vira a mínima semelhança entre Kathleen e Grace.

— Você nunca suportou a minha presença, não é, Grace?

— Muito pouco. Dificilmente importa como você e eu nos sentimos em relação um ao outro a esta altura. Gostaria de dizer uma única coisa. — Ela pegou o último cigarro do maço e acendeu-o sem tremor. A aversão revelou uma força à qual só podia sentir-se grata. — Kevin é meu sobrinho. Espero poder vê-lo sempre que estiver na Califórnia.

— Claro.

— E meus pais. — Ela comprimiu os lábios um instante. — Kevin é tudo o que restou de Kathleen. Eles vão precisar de contatos regulares.

— Desnecessário dizer. Sempre achei que meu relacionamento com seus pais era razoável.

— Você se considera um homem razoável? — O ressentimento, sem querer, surpreendeu-a. Apenas por um instante, soara como Kathleen. — Achou razoável afastar Kevin da mãe?

Ele nada disse a princípio. Embora a olhasse sem expressão, ela quase ouvia sua mente trabalhando. Quando ele falou, foi breve e ainda sem expressão:

— Sim. Não precisa me acompanhar, sei o caminho.

Ela amaldiçoou-o. Rodopiando para curvar-se sobre o balcão, amaldiçoou-o até se esvaziar.

Ed mergulhou o rosto numa pia cheia de água fria e prendeu a respiração. Cinco segundos, depois dez, e sentiu a fadiga esvair-se. Um dia de dez horas não era incomum. Tampouco um dia de dez horas com duas de sono. Mas a preocupação, sim. Descobria então que minava com mais intensidade energia que uma garrafa de gim.

Que devia dizer a ela? Levantou a cabeça para a água escorrer pela barba. Não tinham nem uma pista sequer. Nem mesmo um vislumbre. Grace era esperta o suficiente para saber que, se o rastro esfriasse durante as primeiras vinte e quatro horas, desaparecia rápido.

Havia uma idosa excêntrica que podia ou não ter visto um carro que pôde ou não ter seguido o de Kathleen em uma ou outra hora. Havia um cachorro latindo. Kathleen Breezewood não tinha amigos íntimos nem companheiros, ninguém mais próximo que a própria Grace. Se esta contara tudo que sabia, a pista levava a um suspeito desconhecido. Alguém que vira a vítima a caminho do trabalho, no mercado, no jardim. A cidade tinha sua parcela de violência, provocada e em outros contextos. A essa altura, parecia que fora apenas mais um caso aleatório.

Haviam interrogado dois marginais naquela manhã. Dois caras em liberdade condicional, cujos advogados puseram em liberdade após ataques separados a mulheres. Reunir provas e fazer uma prisão clara não significava condenação, assim como a lei não significava justiça. Não tiveram o suficiente para impor nenhuma das duas coisas e, embora Ed soubesse que mais cedo ou mais tarde os dois na certa estuprariam alguma outra mulher, não haviam liquidado Kathleen Breezewood.

Mas não bastava. Ed pegou uma toalha no armário. As portas de treliça que escolhera para aquele armário inclinavam-se sobre uma parede no andar de baixo, à espera da lixa. Planejara trabalhar nelas essa noite por uma ou duas horas, a fim de deixá-las prontas para colocá-las no dia de folga. De algum modo, não achou que trabalhar com as mãos lhe acalmaria a mente dessa vez.

Enterrou o rosto na toalha e pensou em telefonar para ela. E dizer o quê? Certificara-se de que a avisassem sobre a entrega do corpo pela manhã. O relatório do médico-legista já se encontrava em sua mesa quando ele se apresentara na delegacia às seis.

De nada adiantava dar-lhe os detalhes. Ataque sexual, morte por estrangulamento. Morta entre nove e dez da noite. Café e Valium no organismo e pouco mais. Tipo sanguíneo: O positivo. O que significava que o tipo sanguíneo do perpetrador era A positivo. Kathleen não o deixara sair ileso.

Arrancara um pouco de pele e fios de cabelo com o sangue, por isso sabiam que o criminoso era branco.

Chegaram até a tirar duas impressões digitais parciais do fio telefônico, o que fez Ed imaginar que o assassino fora idiota ou o assassinato não premeditado. Mas as impressões só funcionavam se pudessem compará-las. Até agora, o computador nada apresentara.

Se o prendessem, tinham provas circunstanciais suficientes para levá-lo a julgamento. Talvez o suficiente para condená-lo. Se o prendessem.

Mas isso não bastava.

Ele jogou a toalha na borda da pia. Sentia-se nervoso porque o assassinato fora cometido na casa ao lado da sua? Porque conhecia a vítima? Porque começara a ter algumas fantasias divertidas que envolviam a irmã da vítima?

Com uma meia risada, afastou os cabelos molhados do rosto e pôs-se a descer a escada. Não, não achava que os sentimentos por Grace, fossem quais fossem, tinham alguma coisa a ver com o fato de o instinto dizer-lhe que havia algo mais hediondo nesse caso do que já se via.

Talvez fosse a proximidade, mas ele perdera pessoas que lhe haviam sido muito mais próximas que Kathleen Breezewood. Pessoas com quem trabalhara, pessoas cujas famílias eram conhecidas dele. Essas mortes deixaram-no sentindo-se furioso e frustrado, mas não nervoso.

Droga, ele se sentiria melhor se Grace estivesse fora daquela casa.

Foi à cozinha. Sentia-se mais à vontade no cômodo que redesenhara e construíra com as próprias mãos. Com a mente em outras coisas, pegou uma cesta de frutas que ia picar para uma salada. Trabalhava agilmente, como um homem que se vinha provendo a subsistência, e bem, durante quase toda a vida.

A maioria dos homens que conhecia se satisfazia contentando-se com uma latinha ou um jantar congelado comido sobre a pia. Para Ed, esse era o ato mais deprimente da vida de solteiro. O forno de micro-ondas tornara-o ainda mais deprimente. Comprava-se uma refeição completa numa caixa, punha-se no forno por cinco minutos e comia-se sem usar uma panela ou prato. Limpo, conveniente e solitário.

Ele comia sozinho com frequência, tendo apenas um livro como companhia, mas fazia mais do que controlar o colesterol e os carboidratos. Tudo era uma questão de atitude, decidira muito tempo antes. Pratos de verdade e uma mesa faziam a diferença entre a refeição solitária e a de alguém abandonado.

Jogou algumas cenouras e aipo na centrífuga e deixou-os rodopiarem até se desmancharem. A batida à porta dos fundos surpreendeu-o. Ben usava a entrada de trás de vez em quando, mas nunca batia. Os parceiros e cônjuges adquiriam intimidades semelhantes. Ele desligou o aparelho e pegou um pano de prato para as mãos antes de atender.

— Oi. — Grace deu-lhe um sorriso rápido, mas manteve as mãos nos bolsos. — Vi a luz, então pulei a cerca.

— Entre.

— Espero que você não se incomode. Os vizinhos às vezes são um pé no saco. — Ela entrou na cozinha e sentiu-se firme e segura pela primeira vez em horas. Disse a si mesma que viera fazer as perguntas que tinham de ser respondidas, mas sabia que viera igualmente atrás de conforto. — Estou atrapalhando seu jantar. Volto depois.

— Sente-se, Grace.

Ela concordou, agradecida, e prometeu a si mesma que não iria chorar nem se enraivecer.

— Meus pais foram à igreja. Eu não tinha me dado conta de como me sentiria ficando sozinha lá. — Sentou-se e transferiu as mãos do colo para a mesa e logo de volta ao colo. — Quero lhe agradecer por adiantar o trabalho com a papelada e com tudo o mais. Não sei se meus pais aguentariam passar mais um dia sem, bem, ver Kath. — Ela transferiu de novo as mãos para a mesa. — Não me deixe atrasar seu jantar, certo?

Ele percebeu que poderia satisfazer-se durante várias horas apenas a olhando. Quando se pegou encarando-a, recomeçou a mexer na salada.

— Está com fome?

Ela fez que não com a cabeça e quase conseguiu sorrir de novo.

— Comemos antes. Imaginei que a única maneira de conseguir fazer meus pais comerem era dando o exemplo. É estranho como uma coisa dessas faz a gente trocar de papéis. Que é isso?

Ela olhou o copo que Ed pôs na mesa.

— Suco de cenoura. Quer um pouco?

— Você bebe cenoura? — Era uma coisa de nada, mas bastou para arrancar-lhe o que passou por uma risada. — Tem cerveja?

— Claro.

Ele tirou uma da geladeira, lembrou-se do copo e pôs os dois na mesa diante dela. Quando desencavou um cinzeiro de uma gaveta da cozinha, ela lançou-lhe um olhar de profunda gratidão.

— Você é um amigão, Ed.

— É. Precisa de alguma ajuda amanhã?

— Acho que daremos conta. — Grace ignorou o copo e bebeu direto da garrafa. — Desculpe, mas preciso perguntar se vocês descobriram alguma coisa.

— Não. Ainda estamos nos estágios preliminares, Grace. Isso leva tempo.

Embora assentisse com a cabeça, ela sabia tão bem quanto ele que o tempo era inimigo da situação.

— Jonathan está na cidade. Vocês vão interrogá-lo?

— Sim.

— Quero dizer você. — Grace pegou um cigarro quando ele se sentou defronte. — Sei que o departamento tem muitos bons policiais, mas pode fazer isso?

— Tudo bem.

— Ele está escondendo alguma coisa, Ed.

Como ele não disse nada, ela ergueu de novo a cerveja. Não lhe faria bem algum ficar histérica, fazer as acusações que vinha cozinhando em fogo brando na mente o dia todo. Ed podia ser amável e solidário, mas não levaria a sério nada do que ela dissesse no calor da emoção.

E a verdade era que queria acreditar que Jonathan fora responsável. Seria mais fácil, seria tangível. Seria muito mais difícil detestar um estranho.

— Escute, sei que não estou funcionando no meu nível superior. E que estou partindo de um sentimento tendencioso em relação a Jonathan. — Ela inspirou fundo para estabilizar-se. A voz era calma e razoável. Não ouvia, como Ed, o leve traço de desespero nas bordas. — Mas ele está escondendo alguma coisa. Não se trata apenas de instinto, Ed. Você é um observador experiente, e eu, inata. Nasci catalogando pessoas. Não posso evitar.

— Sempre que estamos próximos demais de alguma coisa, a visão se obscurece, Grace.

Os pelos dela se eriçaram, induzidos pela tensão das últimas vinte e quatro horas. Sentiu a moderação escorregar e mal conseguiu segurá-la:

— Tudo bem. Por isso estou lhe pedindo que fale com ele. Verá por si mesmo. Depois pode me contar.

Ed comia a salada devagar. Quanto mais aquilo continuasse, pensou, mais difícil seria.

— Grace, não posso lhe falar da investigação, pelo menos dos pormenores, nada mais do que o departamento decide liberar para a imprensa.

— Eu não sou uma maldita repórter. Sou a irmã dela. Se Jonathan teve alguma coisa a ver com o que aconteceu a Kathleen, não tenho o direito de saber?

— Talvez. — Ele fixou os olhos dela, muito calmos e de repente distantes. — Mas eu não tenho o direito de lhe dizer enquanto não for oficial.

— Entendo. — Muito devagar, com uma precisão que possuía apenas quando controlava deliberadamente a irritação, Grace apagou o cigarro. — Minha irmã foi estuprada e assassinada. Eu encontrei o corpo. Sou a única que restou pra confortar meus pais. Mas o policial diz que a investigação é confidencial.

Levantou-se, percebendo-se à beira de mais um ataque de choro.

— Grace...

— Não, não me venha com chavões, eu o detestaria por isso. — Ela forçou-se a acalmar-se de novo quando o examinou. — Você tem irmã, Ed?

— Sim.

— Pense nisso — disse Grace, ao estender a mão para a porta dos fundos. — E me diga que importância teria o procedimento do departamento pra você se fosse enterrá-la.

Quando a porta se fechou, Ed empurrou o prato para o lado e pegou a cerveja dela. Liquidou-a em dois longos goles.

Capítulo Seis

Jerald não sabia bem por que enviara flores ao serviço fúnebre. Em parte, porque considerou necessário reconhecer o estranho e único papel que ela desempenhara em sua vida. Também achou que, se o reconhecesse, teria condições de encerrar o capítulo e parar de sonhar com ela.

Já procurava outra, escutando hora após hora para identificar aquela voz que lhe trouxesse precipitação e emoção. Jamais duvidou que a encontraria, que a reconheceria com uma frase, uma palavra. A voz traria a mulher, e a mulher traria a glória.

A paciência era importante, a escolha do momento vital, mas não sabia por quanto tempo podia esperar. A experiência fora muito especial, muito única. Passar por aquilo de novo seria, bem, talvez como morrer.

Vinha perdendo o sono. Até a mãe notara, e raras vezes ela notava alguma coisa entre os comitês e os coquetéis. Claro que aceitava sua desculpa de que estudava até tarde da noite, impacientava-se, dava-lhe um tapinha na face e dizia-lhe para não trabalhar tanto. Tão tola. Mesmo assim, Jerald não se ressentia, pois as preocupações dela sempre lhe proporcionavam o espaço que precisava para as próprias diversões. Em troca, dava-lhe a ilusão do filho ideal. Não tocava música alta nem ia a festas da pesada. Tais coisas não passavam de criancices, de qualquer modo.

Talvez considerasse a escola uma perda de tempo, mas mantinha notas boas, até excelentes. A maneira mais simples de impedir que as pessoas o aborrecessem era dar-lhes o que queriam. Ou fazê-las acharem que dava.

Era exigente, até mesmo minucioso, com o quarto e a higiene pessoal. Dessa forma, aceitaram que as empregadas ficassem fora de seu espaço pessoal. A mãe considerava isso uma excentricidade branda, até afetuosa. O que garantia que ninguém encontraria o esconderijo das drogas que consumia.

O mais importante era que nenhuma empregada, ninguém da família, nenhum amigo, jamais tocou no computador dele.

Jerald tinha um talento natural por máquinas. Eram muito melhores, muito mais limpas que as pessoas. Ele acabara de fazer quinze anos quando acessara ilegalmente a conta bancária da mãe. Fora muito fácil tirar o que precisava, e muito mais recompensador que pedir. Acessara outras contas, mas logo se cansara do dinheiro.

Foi então que descobriu o telefone, e como o excitava ouvir outras pessoas. Como um fantasma. A linha da Fantasia fora um acaso a princípio. Mas logo se tornara tudo que lhe interessava.

Não podia parar, pelo menos até encontrar a próxima, até encontrar a voz que acalmasse aquele martelar que sentia na cabeça. Mas precisava ser cuidadoso.

Sabia que a mãe era uma tola, mas o pai... se o pai notasse alguma coisa, haveria perguntas. Pensando nisso, Jerald tomou uma pílula, depois duas. Embora preferisse anfetaminas a barbitúricos, queria dormir essa noite, e sem sonhos. Sabia muito bem como o pai era inteligente.

O velho empregara o talento durante anos no tribunal antes de fazer a quase ininterrupta mudança para a política. Do Parlamento ao Senado, Charlton P. Hayden conquistara fama de poderoso e inteligente. Sua imagem era a de um homem rico e privilegiado, que entendia as necessidades das massas, que combatia por causas perdidas e ganhava.

Jerald não tinha a menor dúvida de que, quando terminasse o ano eleitoral, quando se contassem os votos e varressem os últimos confetes, o pai seria o mais jovem e glamouroso ocupante do Salão Oval desde Kennedy.

Charlton P. Hayden não ficaria satisfeito de saber que seu único filho, o legítimo herdeiro, estrangulara uma mulher e esperava a oportunidade de fazê-lo de novo.

Mas Jerald considerava-se muito inteligente. Ninguém jamais saberia que o filho do candidato a presidente dos Estados Unidos que despontava na frente das pesquisas tinha gosto por assassinato. Sabia que, se conseguia esconder-se do pai, poderia esconder-se de todos.

Assim, enviou as flores e ficou sentado até tarde da noite no escuro, à espera da voz e das palavras certas.

— OBRIGADA POR VIR, IRMÃ.

Grace viu que era tolice sentir-se estranha por apertar a mão de uma freira. Só que simplesmente não podia evitar a lembrança de quantas vezes tivera os nós dos dedos golpeados por uma com uma régua. Nem conseguia acostumar-se muito ao fato de que elas não usavam mais hábitos. A freira que se apresentara como irmã Alice tinha um pequeno crucifixo de prata com o conservador duas-peças preto e sapatos de salto baixo. Mas nada de touca feita de dobras nem manto.

— Todas as nossas preces estão com você e sua família, Srta. McCabe. Nos poucos meses que conheci Kathleen, passei a respeitar sua dedicação e talento como professora.

Respeito. A palavra proferida mais uma vez como antes, em frio conforto, durante uma hora. Ninguém falou de afeto nem amizade.

— Obrigada, irmã.

Havia vários membros do corpo docente, além de um punhado de alunos na igreja. Sem eles, os bancos teriam ficado quase vazios: Kathleen não tinha ninguém, pensou Grace, quando se instalou na parte de trás, ninguém que não houvesse comparecido por um senso de dever ou compaixão.

Também havia flores. Ela olhou as cestas e coroas na nave. Perguntava-se por que parecia ser a única pessoa que achava as cores obscenas nas circunstâncias. A maioria vinha da Califórnia. Um ramo de gladíolos e um cartão formal aparentemente bastavam das pessoas que haviam antes feito parte da vida de Kathleen. Ou da vida da Sra. Jonathan Breezewood.

Grace detestou o perfume delas, assim como o brilhante caixão branco do qual se recusara a aproximar-se. Detestou a música que fluía em tom baixo pela nave e soube que jamais conseguiria ouvir de novo um órgão sem pensar na morte.

As armadilhas que os mortos esperavam dos vivos. Ou que os vivos esperavam dos mortos? Não tinha certeza de nada, a não ser de que, quando chegasse sua hora, não haveria cerimônias, lamentações, amigos e parentes fitando com olhos lacrimosos o que restara dela.

— Grace.

Ela virou-se, esperando que nada transparecesse de seu rosto.

— Jonathan. Você veio.

— Claro.

Ao contrário de Grace, ele olhava na nave o caixão branco e a ex-esposa.

— Ainda preocupado com a própria imagem, percebo.

Ele notou que cabeças se viraram ao ouvir a declaração da cunhada, mas apenas olhou o relógio.

— Receio poder ficar apenas para o serviço religioso. Tenho uma entrevista marcada com o detetive Jackson em uma hora. Depois preciso ir ao aeroporto.

— Que bondade sua encaixar o funeral da ex-esposa em seu horário. Não o incomoda, Jonathan, ser tão hipócrita? Kathleen não significa nada, menos que nada, pra você.

— Não creio que seja o momento nem o lugar apropriado para essa discussão.

— Engana-se. — Ela puxou-o pelo braço, antes que ele pudesse adiantar-se e seguir em frente. — Jamais haverá melhor momento ou lugar.

— Se insistir, Grace, vai ouvir coisas que preferiria não saber.

— Ainda não comecei a insistir. Eu fico nauseada vendo você aqui dar uma de marido enlutado após tudo que a fez passar.

Foram os murmúrios que o levaram a decidir-se. Os murmúrios e os olhares irônicos e quase condenatórios. Apertando o braço de Grace, ele a arrastou para fora.

— Prefiro manter as discussões de família em privado.

— Não somos da mesma família.

— É verdade, e seria tolice fingir que algum dia existiu qualquer afeição entre nós. Você jamais se deu ao trabalho de disfarçar seu desprezo por mim.

— Não gosto de vernizes, principalmente sobre sentimentos. Kathleen jamais deveria ter se casado com você.

— Quanto a isso, estamos de pleno acordo. Kathleen jamais devia ter se casado com ninguém. Mal chegava a ser uma mãe adequada e, como esposa, era uma lastimável imitação.

— Como ousa? Como ousa vir aqui, agora, e falar assim? Você a humilhou, esfregou suas aventuras amorosas na cara dela.

— Seria melhor se eu fizesse isso pelas costas dela? — Com uma risada interrompida, ele olhou atrás de Grace um olmo plantado quando se pusera a pedra angular da igreja. — Acha que ela ligava? Você é mais tola do que eu julgava.

— Ela amava você. — Agora a voz de Grace saíra furiosa. Como aquilo doía, doía mais do que algum dia imaginara, ali, parada na escada onde ficara tantas vezes antes com a irmã. Na procissão dos festejos de Nossa Senhora, em maio, as duas metidas em vestidos brancos com babados; no domingo de Páscoa, com gorros amarelos e sapatos de couro fechados com uma tira no peito do pé. Haviam descido e subido aqueles mesmos degraus tantas vezes juntas na infância, e agora lá estava ela sozinha. A música saía baixa e pesarosa pelas frestas das portas. — Você e Kevin eram toda a vida dela.

— Você está muito enganada, Grace. Vou lhe falar sobre sua irmã. Ela não gostava de ninguém. Não tinha paixão alguma, nem capacidade pra ter. Não apenas paixão física, mas emocional. Nunca deu um sinal de ligar pros meus casos, desde que fossem discretos, desde que não interferissem com a única coisa que realmente valorizava. Ser uma Breezewood.

— Pare com isso.

— Não, agora você vai escutar. — Ele segurou-a antes que ela corresse de volta para a igreja. — Não era só no sexo que ela se mostrava ambivalente, mas com tudo que não se encaixasse em seus planos. Kathleen queria um filho, um Breezewood, e tão logo teve Kevin, seu dever acabou. Ele era mais um símbolo que um filho pra sua irmã.

Isso a atingiu em cheio, perto demais do lugar por onde seus pensamentos vagavam ao longo dos anos. E deixou-a envergonhada.

— Não é verdade. Ela amava Kevin.

— Tanto quanto era capaz. Agora me diga, Grace, algum dia você viu um único ato espontâneo de afeição dela, com você, com seus pais?

— Kathy não era expansiva. Isso não significa que não sentisse.

— Era fria. — Grace atirou a cabeça para trás, como se houvesse levado um tapa. Não foi uma surpresa para ela; a surpresa foi compreender que nutrira a mesma opinião secreta durante a vida toda. — E o pior é que acho que ela não podia evitar. Durante quase todo o casamento, cada um seguiu o próprio caminho, porque convinha a ambos.

Isso a deixou pior que envergonhada. Deixou-a doente. Porque sempre soubera, vira, mas se recusara a acreditar. Percebeu o jeito como ele ajeitou os cabelos quando a brisa leve os despenteou. Era o gesto casual de um homem que preferia não ter qualquer imperfeição. Kathleen podia ter sido culpada, mas não o fora sozinha.

— Então deixou de ser conveniente pra você.

— Correto. Quando pedi o divórcio, Kathleen mostrou a primeira emoção que eu tinha visto em anos. Negou, ameaçou, até implorou. Mas não era a mim que tinha medo de perder, era a posição na qual se habituara a se sentir bem. Quando viu minha determinação, foi embora. Recusou qualquer tipo de acordo. Já tinha partido três meses antes quando me telefonou e perguntou por Kevin. Durante três meses, não viu nem falou com o filho.

— Ela estava sofrendo.

— Talvez. Não me importava mais. Eu disse que ela não ia arrancar Kevin da sua vida, mas faríamos acordos pra que ela o visse durante as férias escolares dele.

— Ela ia lutar com você por Kevin.

— Eu sei.

— Você sabia — disse Grace, devagar. — Você sabia o que ela estava fazendo?

— Sabia que tinha contratado um advogado e um detetive.

— E o que você teria feito pra impedi-la de ficar com a custódia?

— Tudo que se tornasse necessário. — Mais uma vez, ele olhou o relógio. — Parece que estamos atrasando o serviço.

Abriu a porta do vestíbulo e entrou.

BEN TIROU UMA ROSCA DE UM SACO DE PAPEL BRANCO AO parar num sinal vermelho. Esquentara o suficiente para deixar as janelas meio abaixadas, para que as melodias da estação de música fácil e convencional, no rádio do carro ao lado, chegassem acima de sua própria escolha de B. B. King.

— Como alguém pode ouvir essa bosta? — Ele olhou, viu que o carro era um Volvo e revirou os olhos. — Imagino que seja uma conspiração soviética. Eles se apoderaram das transmissões de rádio, as encheram de bobagem vazia orquestrada e vão continuar tocando até a mente dos americanos normais virar geleia. Enquanto isso, à espera de nos ver mergulhar num coma de Manilow, ouvem os Stones. — Deu outra mordida na rosca antes de aumentar King um nível acima. — E nós aqui preocupados com mísseis de médio alcance na Europa.

— Você devia escrever ao Pentágono — sugeriu Ed.

— Tarde demais. — Ben atravessou o cruzamento e virou à direita na esquina seguinte. — Na certa já vivem assobiando baladas dos Carpenters. Querem nos amolecer, Ed, nos amolecer e apenas esperar que nos moldemos.

Como o parceiro nada disse, ele tornou a baixar o volume do rádio. Se não ia conseguir afastar a mente de Ed da coisa, melhor atirar direto nela:

— O enterro é hoje, não é?

— É.

— Quando terminarmos isso, você poderia tirar duas horas de tempo pessoal.

— Ela não vai querer me ver, a não ser que tenha alguma coisa pra dizer.

— Talvez a gente tenha alguma coisa. — Ben começou a verificar os números na rua secundária. — Quando ela vai voltar pra Nova York?

— Não sei — respondeu Ed. E fazia o possível para não pensar nisso. — Um dia ou dois, imagino.

— Ainda não tive tempo para pensar nisso.

— É séria a coisa com a escritora?

Ben guinou o carro para o meio-fio.

— É melhor pensar rápido. — Olhou além de Ed a minúscula lojinha aninhada no meio de meia dúzia de outras. Talvez houvesse sido uma butique moderna antes ou uma loja de artesanato. Agora, era a empresa Fantasia.

— Não parece um covil de iniquidade.

— Você já sabe como é. — Distraído, Ben lambeu a cobertura de açúcar do polegar. — Pra uma empresa que vem crescendo com todo esse ruído e tendo um lucro estável, não parece investir muito em imagem.

— Eu vejo *Miami Vice*.

Ed esperou dois carros passarem para abrir a porta e sair à rua.

— Eu não diria que eles recebem muitas visitas sociais de clientes.

Dentro, o escritório tinha o tamanho de um quarto médio, sem ornamentação alguma, as paredes pintadas de branco e o tapete tipo industrial. Duas cadeiras desiguais poderiam ter sido compradas numa venda de quintal. O espaço era mínimo, porque as duas escrivaninhas ocupavam quase de parede a parede. Ben reconheceu-as como de fabricação do Exército. Mas o computador era de última geração.

Atrás de um dos monitores, uma mulher parou de digitar no teclado quando eles entraram. Puxou a cascata de cabelos castanhos para trás do rosto bonito, redondo. O paletó do terninho colocado no encosto da cadeira. Sobre uma blusa branca, ela usava três correntes douradas. Com um meio sorriso, levantou-se.

— Olá. Posso ajudar vocês?

— Gostaríamos de falar com o proprietário. — Ben exibiu o distintivo policial. — Assunto de polícia.

Ela estendeu a mão, pegou a identificação, examinou-a e devolveu-a.

— Eu sou a proprietária. Que posso fazer por vocês?

Ele enfiou de novo o distintivo no bolso. Não sabia o que esperava, mas não uma jovem toda arrumada que parecia ter acabado de planejar uma excursão escolar para escoteiros.

— Gostaríamos de conversar sobre uma de suas empregadas, Srta...

— Sra. Cawfield. Eileen Cawfield. Trata-se de Kathleen Breezewood, não?

— Sim, senhora.

— Sente-se, por favor, detetive Paris.

Ela olhou para Ben.

— Jackson.

— Por favor, sente-se. Posso lhes servir um café?

— Não, obrigado — respondeu Ed, antes que o parceiro pudesse aceitar. — Sabe que Kathleen Breezewood foi assassinada?

— Li no jornal. Horrível. — Ela tornou a sentar-se atrás da mesa e juntou as mãos sobre um impecável bloco de anotações cor-de-rosa. — Só a vi uma vez, quando veio para a entrevista, mas me sinto muito próxima de minhas empregadas. Ela era popular. De fato, Désirée... desculpe, receio que a gente adquira o hábito de pensar nelas como seus *alter egos*... Kathleen era uma das mais populares. Tinha uma voz tão calmante. Isso é muito importante nesta atividade.

— Kathleen se queixou de algum dos que telefonavam? — Ed passou uma página do seu caderno. — Alguém a deixou nervosa, a ameaçou?

— Não. Kathleen era muito seletiva em relação aos telefonemas que aceitava, uma mulher muito conservadora, e nós respeitávamos isso. Temos uma ou duas que topam as fantasias mais... incomuns. Com licença — disse, quando o telefone tocou. — Empresa Fantasia. — Com a eficiência de uma recepcionista veterana, já tinha uma caneta na mão. — Sim, claro. É um prazer checar se Louisa está disponível. Preciso do número de um cartão de crédito. E a data de validade. Agora o número em que posso encontrar o senhor. Se Louisa não estiver disponível, tem outra preferência? Sim, cuidarei disso. Obrigada.

Após desligar o telefone, Eileen enviou a Ben e Ed um sorriso de pesar.

— Só mais um minuto. Ele é assíduo, por isso simplifica tudo. — Apertou alguns botões no teclado e tornou a pegar o telefone. —

Louisa? Sim, é Eileen. Vou bem, obrigada. O Sr. Dunnigan gostaria de falar com você. Sim, o número de sempre. Já tem? É esse. Não há de quê. Tchau, então. — Repôs o telefone no gancho e juntou mais uma vez as mãos. — Desculpe a interrupção.

— Recebe muitos desses? — perguntou Ben. — Chamadas de volta, assíduos?

— Ah, sim. Há um monte de pessoas solitárias, pessoas sexualmente frustradas. No clima atual, preferem cada vez mais a segurança e o anonimato de uma chamada telefônica aos riscos dos bares de solteiros. — Ela recostou-se e cruzou as pernas sob a mesa. — Todos sabemos da escalada das doenças sexualmente transmissíveis. Os estilos de vida das décadas de sessenta e setenta tiveram de sofrer uma grande alteração na última metade da de oitenta. Os telefonemas da Fantasia são apenas uma alternativa.

— É. — Ed imaginou que ela poderia expandir essa prática à cidade de Donahue com algum sucesso. Na verdade, não discordava, porém estava apenas mais interessado em assassinato que em filosofia ou costumes. — Kathleen tinha muitos clientes assíduos?

— Como eu disse, era popular. Vários clientes ligaram à procura dela nos últimos dois dias. Ficaram muito decepcionados quando informei que ela não estava mais entre nós.

— Alguém que devia ter ligado não ligou?

Eileen parou para pensar bem, virou-se mais uma vez para o computador e acionou-o.

— Não. Sei que teriam de interrogar todos os conectados com Kathleen. Mas, entendam, os homens que ligam para cá só conhecem Désirée. Era uma voz, sem identidade ou, melhor dizendo, com qualquer rosto que escolhessem para ela. Somos muito cuidadosos aqui, por questões legais, assim como profissionais. As mulheres não têm sobrenomes, são proibidas de dar os números de telefone de casa a qualquer cliente ou de se encontrar com eles, jamais. O anonimato faz parte da ilusão, além de parte da proteção. Nenhum dos clientes tem como entrar em contato com uma mulher, a não ser pelos números de telefone do escritório.

— Quem tem acesso a esses arquivos?
— Eu, meu marido e a irmã dele. Trata-se de um negócio de família — ela explicou quando o telefone começou a tocar de novo. — Minha cunhada, para financiar os estudos universitários, cuida dos telefonemas durante as noites. Só um instante.

Ela cuidou do telefonema seguinte com a mesma rotina. Ed olhou o relógio. Doze e quinze. Obviamente o telessexo era uma atividade popular na hora do almoço. Então se perguntou se o enterro acabara e se Grace estaria em casa sozinha.

— Desculpe — ela tornou a dizer. — Antes que perguntem, nossos arquivos são confidenciais. Nenhum de nós discute sobre clientes ou empregadas com estranhos. É uma atividade comercial, mas não do tipo sobre a qual conversamos em coquetéis. Tomamos todo cuidado para manter as coisas legítimas e bem dentro da lei. Nossas mulheres não são prostitutas. Não vendem o corpo, mas conversas. Selecionamos nossas empregadas com todo o rigor e, se alguma viola qualquer uma das nossas regras, é despedida. Sabemos que há empresas semelhantes à nossa, em que um adolescente pode telefonar e debitar a ligação na conta telefônica dos pais. Eu por acaso acho isso irresponsável e triste. Servimos apenas a adultos, e nossos termos são explicados na íntegra logo de saída, antes que se faça qualquer acusação.

— Somos do Departamento de Homicídios, não do que trata de atentados ao pudor e prostituição, Sra. Cawfield — disse Ben. — De qualquer modo, já investigamos sua empresa e vocês têm tudo dentro da ordem. No momento, estamos interessados apenas em Kathleen Breezewood. Poderia nos ajudar se tivéssemos uma lista dos clientes dela.

— Não posso fazer isso. Minha lista de clientes é confidencial, por motivos óbvios, detetive Paris.

— Assassinato não é algo confidencial, Sra. Cawfield, por motivos óbvios.

— Eu entendo sua posição. Terá de entender a minha.

— Podemos conseguir um mandado de busca — lembrou-lhe Ed. — Só levará tempo.

— Vai precisar de um mandado, detetive Jackson. Até conseguir um, sou obrigada a proteger meus clientes. Vou repetir, nenhum deles poderia localizá-la, a não ser que tivesse acesso a esta máquina e violasse o código do programa.

— Teremos de falar com seu marido e cunhada.

— Claro. Fora quebrar o sigilo de clientes, queremos cooperar de toda maneira.

— Sra. Cawfield, sabe onde seu marido estava na noite de 10 de abril?

Ed lançou-lhe um olhar calmo ao segurar o lápis junto ao caderno. Ben viu-a logo enrijecer os dedos.

— Suponho que tenha de fazer essa pergunta, mas considero-a de mau gosto.

— É. — Ben cruzou as pernas. — Assassinato também não tem gosto agradável.

Eileen umedeceu os lábios.

— Allen joga softball. Teve um jogo na noite do dia 10. Lançou em todos os nove tempos da partida; eu estava lá. Acabou por volta das nove, talvez um pouco antes. Depois, saímos para comer com vários outros casais. Chegamos em casa um pouco depois das onze.

— Se constatarmos que precisamos de nomes, pode fornecê-los?

— Claro. Lamento, lamento muito por Kathleen, mas minha empresa não está envolvida no assassinato dela. Agora, se me derem licença, preciso atender a essa ligação.

— Obrigado pelo seu tempo. — Ed abriu a porta e esperou Ben juntar-se a ele na calçada. — Se ela estiver jogando limpo, e acho que está, nenhum dos clientes teria obtido o endereço de Kathleen pelo escritório principal.

— Talvez Kathleen tenha violado as regras. — Ele pegou um cigarro. — Dado o endereço e o nome real dela. Talvez tenha se encontrado com um dos caras e ele a seguiu na volta, decidiu que queria mais do que papo.

— Talvez. — Mas era difícil para Ed imaginar a vizinha como uma mulher que violava as regras. — Gostaria de saber o que Tess diria sobre a possibilidade de um homem com um MasterCard para debitar conversa de sexo cometer estupro e assassinato.

— Ela não está neste caso, Ed.

— Só uma ideia. — Como reconheceu o tom na voz do parceiro, ele deixou a coisa por aí. Ben já tivera de lidar com a esposa envolvida numa investigação de homicídio. — Sabe, é mais provável que alguém tenha invadido a casa, deu de cara com ela e perdeu o controle.

— Mas isso não parece certo.

— Não — concordou Ed, ao abrir a porta do carro. — Não parece.

— Vamos ter de conversar de novo com Grace.

— Eu sei.

Ele precisava ouvir de novo. Fazia tempo demais. Assim que as aulas terminaram, voltou para casa e trancou-se no quarto. Quisera livrar-se da escola naquele dia, mas sabia que o pai seria envolvido se fosse informado. Assim, ficara sentado até o fim de todas as aulas, um garoto bem-comportado, tranquilo, brilhante, que se expressava em voz clara. A verdade era que se misturava tão bem na turma que nenhum dos professores o teria notado se não fosse filho de um presidente em potencial.

Jerald não gostava de ser intrometido. Não gostava que as pessoas o olhassem, pois se olhassem por tempo demasiado poderiam ver algum segredo.

Era raro ter a chance de acessar ilegalmente a linha da Fantasia durante o dia. Gostava mais do escuro; imaginava muito melhor no escuro. Mas, desde Désirée, ficara obcecado. Encaixou os fones de ouvido e deu o sinal do terminal. Recostando-se, esperou a voz certa.

Conhecia a de Eileen. Não o interessava. Executiva demais. A outra, a que trabalhava à noite, também não servia. Jovem demais, recatada demais. Nenhuma das duas jamais fazia promessas.

Ele fechou os olhos e esperou. De algum modo, sabia, tinha absoluta certeza de que encontraria logo a certa.

Quando encontrou, chamava-se Roxanne.

Capítulo Sete

Jacintos. Grace sentou-se nos degraus diante da casa da irmã e fitou os jacintos cor-de-rosa e brancos que se haviam aberto, agradecida porque tinham o perfume leve demais para alcançá-la. Já se fartara da fragrância de flores naquele dia. Os jacintos também pareciam diferentes — vigorosos e esperançosos ao lado do concreto rachado. Não a faziam lembrar-se do caixão branco e do pranto.

Não aguentara ficar sentada com os pais nem mais um minuto. Embora se odiasse por isso, deixara-os aconchegados um no outro em torno de infindáveis xícaras de chá e escapou, precisando de ar, sol, solidão. Tinha de parar de chorar, mesmo que por apenas uma hora.

De vez em quando um carro passava, ela olhava. Algumas crianças do bairro aproveitavam o tempo mais quente e os dias mais longos para passear de bicicleta ou pranchas de skate na calçada irregular. Os gritos de uns para os outros eram os chamados do verão já quase prestes a chegar. Um ou outro fitava a casa com os olhos redondos, ávidos, dos curiosos. A notícia espalhara-se, pensou Grace, e pais cautelosos haviam avisado os filhos e filhas para que se mantivessem distantes. Se a casa permanecesse vazia por muito tempo, aquelas crianças estariam desafiando-se a chegar à varanda para tocar o proibido. As muito valentes talvez corressem até a janela e espiassem.

A casa mal-assombrada. A Casa do Assassinato. E a turma ficaria com as palmas das mãos suadas, os corações a martelar, ao se afastarem correndo de novo para contar suas bravuras aos amigos menos corajosos. Ela fizera exatamente o mesmo na infância.

Assassinato era algo tão fascinante, tão irresistível...

Sabia que o assassinato de Kathleen já teria sido comentado nas tranquilas casinhas de um lado a outro da rua. Novas fechaduras haviam sido compradas e instaladas. Janelas e portas seriam conferidas com cuidado extra. Então se passariam algumas semanas e, com o amortecimento do tempo, as pessoas esqueceriam. Afinal, não acontecera com elas.

Mas Grace não esqueceria. Esfregou os dedos sob os olhos. Não esqueceria.

Quando reconheceu o carro de Ed parando, inspirou fundo. Não percebera que estivera à espera dele, mas não teve a menor dificuldade de admitir isso agora. Levantou-se e atravessou o gramado a toda, chegando ao carro no momento em que ele saía.

— Fez longas horas extras, detetive.

— Combina com o território. — Ele fez tilintar as chaves e abriu a mala do carro. Só haviam restado da maquiagem dela algumas pinceladas de rímel. — Tudo bem com você?

— Até agora. — Ela olhou para trás em direção à casa. A mãe acabara de acender a luz da cozinha. — Vou levar meus pais ao aeroporto de manhã. Não os ajuda, nem a mim, ficarem aqui, por isso os convenci a ir embora. Estão se amparando um ao outro. — Deslizou as mãos pelos quadris da calça, depois, não encontrando nada melhor a fazer com elas, enfiou-as nos bolsos. — Sabe, só percebi o quanto eles eram casados, como eram realmente casados, nos dois últimos dias.

— Em momentos como esse, ajuda ter alguém.

— Acho que vai dar tudo certo com os dois. Eles... eles aceitaram.

— E você?

Grace ergueu os olhos para ele e tornou a afastá-los. A resposta revelou-se naqueles olhos. A aceitação ainda se achava a uma longa distância.

— Eles vão pra casa por alguns dias e depois embarcam num voo para a costa; vão visitar Kevin, o filho de minha irmã.

— Você vai com eles?

— Não. Pensei nisso, mas... agora não. Eu não sei, a cerimônia e o enterro pareceram estabilizá-los.

— E você?

— Detestei. A primeira coisa que vou fazer quando voltar a Nova York é pesquisar cremações. — Ela enfiou as mãos nos cabelos. — Minha nossa, que coisa mais doentia!

— As cerimônias fúnebres obrigam a gente a enfrentar o fato de morrer. É esse o objetivo, não?

— Fiquei tentando entender o objetivo o dia todo. Acho que prefiro a forma como os viquingues faziam. No mar aberto, num barco em chamas. *Isso*, sim, é uma despedida. Não gosto de pensar nela numa caixa. — Caindo em si, Grace virou-se de volta para ele. Era melhor, muito melhor, pensar nas crianças brincando no outro lado da rua e nas flores recém-abertas. — Desculpe. Saí de casa pra parar de remoer isso. Disse aos meus pais que ia dar uma volta. Não fui muito longe.

— Quer andar?

Grace fez que não com a cabeça e tocou-lhe o braço. Decente. Ela acertara no alvo quando o rotulara com essa descrição de uma única palavra.

— Você é um homem bom. Quero me desculpar por despejar tudo em você ontem à noite.

— Está tudo bem. Você tinha razão.

Uma mãe chamou os filhos de uma varanda no outro lado da rua e seguiu-se uma barganha por mais quinze minutos.

— Não me desculpo pelo que disse, mas pela forma como disse. Passo longas estiradas sem ter muito contato com pessoas, então, quando tenho, sempre acabo sendo impositiva. — Ela se virou para ver mais uma vez as crianças. Lembrou que brincava assim, correndo rápido para vencer o pôr do sol. Junto com Kathleen, numa rua não muito diferente daquela. — Então, continuamos amigos?

— Claro.

Ele aceitou a mão oferecida e segurou-a.

Era exatamente disso que Grace precisava. Até o contato ser feito, não se dera conta.

— Quer dizer que podemos jantar ou qualquer coisa assim antes de eu voltar?

Ed não soltou a mão, mas enroscou os dedos na dela.

— Quando vai embora?

— Não sei. Tem um monte de pontas soltas. Provavelmente semana que vem.

Sem pensar, só levada pela intensa vontade, ela levou as mãos deles juntas à face. A sensação do contato era gostosa. Sabia que precisava tanto disso quanto de longos períodos de tempo sozinha. No momento, não queria pensar em solidão.

— Já esteve em Nova York?

— Até agora, não. Você está ficando com frio — ele murmurou, roçando os nós dos dedos pela pele dela. — Não devia ter saído sem um casaco.

Ela sorriu ao soltar a mão, que se demorou mais alguns segundos em sua face. Grace sempre agira por instinto, aceitava os arranhões junto com os prazeres. Antes que Ed pudesse desprender a mão, ela o abraçou.

— Você se importa? Preciso de alguma coisa pra me mostrar que continuo viva.

Ela ergueu o rosto e colou a boca calmamente na dele.

Sólido. Foi o primeiro pensamento que atravessou a mente de Grace. Algo sólido, tangível. A boca colada na dela era quente e disposta. Ele não forçou, nem tateou, nem tentou impressioná-la com desimpedida técnica. A camada de barba trouxe conforto a ela. O repentino aperto dos dedos em sua pele trouxe-lhe excitação. Que maravilha era descobrir que ainda podia precisar e apreciar as duas coisas. Estava viva, tudo bem. E era maravilhoso.

Ela o pegara de surpresa, mas ele encontrou o ponto de apoio com muita rapidez. Queria abraçá-la assim, deixar as mãos vagarem por aqueles cabelos. O crepúsculo caía com frio ao redor dos dois, por isso Ed puxou-a para mais perto e aqueceu-a. Sentiu o ritmo do seu pulso acelerar-se quando o corpo dela amoleceu contra o dele.

Grace afastou-se devagar, um tanto estonteada pela sua própria reação. Ele soltou-a, embora a imagem loucamente romântica de arrastá-la nos braços e levá-la para a casa dele não tivesse desaparecido.

— Obrigada — ela conseguiu dizer.

— Disponha sempre.

Ela riu, surpresa ao ver que ficara nervosa, maravilhada por ter se emocionado.

— Melhor eu deixar você ir embora. Sei que trabalha à noite. As luzes — ela explicou quando ele ergueu uma sobrancelha.

— Estou montando o banheiro. Estou quase terminando com o papel de parede.

Ela olhou a mala aberta do carro e viu quatro baldes de cinco galões de cola.

— Deve ser um banheiro e tanto.

— A cola estava em liquidação.

— Minha mãe ia adorar você — ela disse, sorrindo. — É melhor eu entrar, não quero que eles se preocupem. Até logo.

— Amanhã. Vou fazer um jantar pra você.

— Combinado. — Ela atravessou de volta o gramado, parou e olhou para trás. — Suspenda o suco de cenoura.

Roxanne nascera Mary. Sempre se ressentira de uma leve falta de imaginação dos pais. Se lhe tivessem dado um nome mais exótico, sofisticado, exuberante, também se perguntava, teria sido uma pessoa diferente?

Mary Grice era solteira, vinte e oito anos e estava com uns trinta quilos de excesso de peso. Começara a correr para perder a gordura na adolescência e logo culpava os pais por tudo isso. Genes gordurosos, a mãe se habituara a dizer, e com alguma verdade. A verdade completa, porém, é que os Grice, como família, haviam desfrutado um duradouro caso amoroso com a comida. Comer era uma experiência religiosa, e eles — a mãe, o pai e Mary —, uma congregação devota.

Mary fora criada numa casa em que a despensa e a geladeira transbordavam de frituras, enlatados e potes de calda de chocolate. Aprendera a construir um sanduíche em forma de arranha-céu, depois engolir tudo com a ajuda de um litro de leite achocolatado e ainda ter espaço para uma caixa de pirulitos Ho-Ho's.

Sua pele revoltara-se na adolescência e parecia uma das pizzas borbulhantes de que ela tanto gostava, de modo que agora, beirando os trinta, ainda exibia os buracos e as marcas. Mary adquirira o hábito de cobri-la com pesada base de maquiagem, e no tempo quente, quando as glândulas sudoríferas se abriam, a maquiagem rachava-se e escorria como o rosto de uma boneca de borracha derretida.

Cursara todo o ensino médio e a faculdade sem um único namorado. Sua personalidade se tornara tal que ela não conseguira alcançar a posição de amiga e confidente. A comida mais uma vez veio socorrê-la. Sempre que seus sentimentos eram feridos ou o instinto sexual entrava em ruidosa atividade, Mary enfiava um cheeseburguer duplo e um pacote de cookies com lascas de chocolate na boca.

Perdera a visão do seu pescoço aos vinte anos. Simplesmente desaparecera numa rebelião de dobras flácidas. Usava os cabelos compridos e lisos, presos atrás com um rabo-de-cavalo. Havia espelhos demais no salão de beleza. Na verdade, uma vez ou outra, quando lhe dava na veneta, ela mesma os tingia de vermelho brilhante, preto retinto e, numa ocasião, de louro berrante ao estilo Jean Harlow.

Quando o médico a advertiu sobre pressão alta e o esforço no coração, ela ajeitou a balança para que pesasse menos cinco quilos. Gostara tanto dessa ilusão que logo ganhara mais dez e considerou-se de volta ao normal.

Então inventou Roxanne.

Roxanne era provocante. Era, Deus a abençoe, uma vagabunda, em dose quatro vezes maior. Transformava um iceberg numa massa de vapor, desde que o iceberg fosse masculino. Sem inibições, fingimentos ou moral; assim era Roxanne.

Gostava de sexo, a qualquer hora, em qualquer lugar, de qualquer maneira... se um homem queria falar de sexo, do tipo pesado, rápido e sujo, era a menina ideal.

Mary fora à Fantasia levada por um capricho. Não precisava do dinheiro extra. Concluíra muito estudo em torno de rosbife e queijo derretido Cheez Whiz na faculdade. Especializara-se em economia e agora trabalhava numa das principais corretoras do país. Para a maioria dos clientes, não passava de uma voz ao telefone. E fora isso que despertara a ideia.

Talvez houvesse sido uma das pequenas brincadeiras da natureza dotá-la de uma bela voz. Era suave, o tom agradável e harmonioso. Tinha tendência a ficar enrouquecida quando se excitava, de modo que projetava a imagem de mulher bem-educada, pequena e delicada. A ideia de usá-la para fazer mais que vender títulos isentos de impostos e ações de fundo mútuo fora demasiado tentadora para resistir.

Considerava-se uma prostituta ao telefone. Sabia que Eileen encarava isso como um serviço social, mas Mary gostava da ideia de ser prostituta. Trabalhava no ramo de aluguel de sexo e usava pistolas quentes e fumegantes. Cada frustração, cada desejo, cada sonho empapado de suor que tivesse podiam ser aliviados por sete minutos de papo.

Na mente, caíra na cama com todo homem a quem atendera. Na realidade, jamais fizera sexo. As conversas com homens sem rosto constituíam as válvulas de escape da panela de pressão de seus próprios desejos. Realizava as fantasias dos clientes a um dólar por minuto, e recebia mais que o valor do dinheiro.

De dia, vigiava o índice da bolsa de valores, vendia obrigações do Tesouro e comprava *commodities* no comércio a prazo. À noite, trocava o conjunto completo do trabalho pela melhor lingerie da Frederick's de Hollywood e tornava-se Roxanne.

E ela amava isso.

Mary, ou Roxanne, era uma das poucas empregadas da empresa Fantasia que recebia telefonemas sete noites por semana. Se uma das outras achasse um homem intenso demais, ou se suas predileções fossem muito estranhas, ela aceitava mais que de bom grado preencher a lacuna. O dinheiro que ganhava ia para lingerie de seda vermelha, incenso de baunilha e comida. Sobretudo comida. Entre as ligações, às vezes devorava uma lata gigantesca de batata frita acompanhada de uma caixa de meio litro de creme de leite com alho.

Conhecia muito bem a voz e as preferências de Lawrence. Embora ele não fosse um dos clientes mais excêntricos, gostava de ser surpreendido de vez em quando com imagens de chicote de couro e algemas. Fora honesto com ela quanto à aparência. Ninguém mentiria sobre uma oclusão defeituosa dos dentes incisivos e caninos superiores, e astigmatismo. Ela conversava com ele três vezes por semana. Uma rapidinha de três minutos e duas normais de sete. Como Lawrence era contador, os dois, além de sexo, tinham uma ligação profissional.

Roxanne punha velas acesas em todo o quarto. Vermelhas. Gostava de criar uma atmosfera para si mesma quando se esparramava na cama queen-size com uma garrafa de dois litros de Coca-

Cola. Gastava uma fortuna em travesseiros de cetim e apoiava-se neles. Ao falar, enrolava o fio do telefone entre os dedos.

— Sabe que eu adoro falar com você, Lawrence. Fico excitada só de pensar em ouvir sua voz. Pus uma camisola nova. É vermelha, transparente, você pode ver tudo através dela. — Roxanne riu e aconchegou-se nos travesseiros. Naquele momento, era uma criança abandonada de sessenta e oito quilos, com pernas que não paravam. — Você é tão perverso, Lawrence. Se é isso que quer que eu faça, já estou fazendo e fingindo que é você. Tudo bem, apenas escute. Escute, que vou lhe dizer tudo.

JERALD SABIA QUE APRESSAVA A COISA, MAS, DROGA, TINHA DE ver se podia acontecer de novo. Roxanne parecia tão linda. Assim que ouvira a voz dela, soubera. A carne nos braços contraiu-se e a dor entre as pernas chegara intensa e rápida.

Tinha de ser a seguinte. Esperava-o. Não provocante, nem promissora como Désirée. Seria o nível seguinte. Roxanne falava de coisas que nem na imaginação ele imaginara. Queria que ele a machucasse. Como resistir?

Mas precisava ser cuidadoso.

Aquele bairro não era tão tranquilo quanto o anterior. O tráfego corria impetuoso de um lado a outro da rua e os pedestres moviam-se sem parar ao longo da calçada. Talvez fosse melhor assim. Ele poderia ser visto, reconhecido. Isso acrescentava uma excitação própria.

O apartamento dela dava para a avenida Wisconsin. Jerald parara a dois quarteirões dali. Durante a caminhada, obrigara-se a deslocar-se devagar, não tanto por cautela, mas por desejo de absorver tudo na noite. As nuvens e um vento leve. Ficou com o rosto frio, embora dentro dos bolsos do blusão da escola as mãos fossem quentes e molhadas. Ele fechou os dedos na corda que tirara da lavanderia. Roxanne ia apreciar o fato de que ele se lembrava do que ela gostava, e como gostava.

Devia estar na biblioteca fazendo pesquisa para um trabalho sobre a Segunda Guerra Mundial. Finalizara com uma semana de antecedência, mas a mãe não saberia a diferença. Voara a Michigan para promover a entusiástica campanha em andamento com o pai.

Quando concluísse a escola, esperavam que se juntasse a eles nos quentes e frenéticos meses de política do verão. Jerald ainda não resolvera como iria evitar isso, mas não tinha a menor dúvida de que evitaria. Tinha um mês e meio pela frente antes da formatura.

A porra daquela presunçosa escola particular de ensino médio, pensou, sem muito ardor. Tão logo ingressasse na faculdade, seria dono do próprio nariz. Não precisaria dar desculpas sobre bibliotecas, encontros no clube nem cinema para sair durante duas horas à noite.

Quando o pai ganhasse as eleições, teria de lidar com o Serviço Secreto. Jerald não via a hora de superá-los em esperteza. Bando de robôs de terno e gravata.

Embrenhando-se no meio dos arbustos, pegou um tubo de cocaína. Inalou-a rápido e sentiu a mente cristalizar-se num ponto de pensamento preciso.

Roxanne.

Sorriu e contornou os fundos do prédio de apartamentos. Não se deu o trabalho de olhar ao redor, mas recortou com todo cuidado o vidro da janela da sala de visitas. Ninguém podia detê-lo agora. Era poderoso demais. E Roxanne esperava.

Machucou-se no vidro ao estender a mão para girar a fechadura, mas apenas sugou o ferimento quando suspendeu a vidraça. Era escuro no interior e seu coração começava a martelar um pouco rápido demais. Jerald içou-se e entrou. Não se preocupou em fechar a janela atrás de si.

Roxanne estaria à sua espera, à espera de que a machucasse, a fizesse suar e gritar. Desejosa de que a levasse ao clímax último.

Ela não o ouviu. Já levara Lawrence ao ápice e também se achava à beira de um orgasmo.

Ele viu-a esparramada sobre travesseiros de cetim, a pele úmida e cintilante à luz de velas. Fechando os olhos, ouviu a voz. Quando tornou a abri-los, não era mais uma mulher igual a um barril com excessos de gordura, e sim uma ruiva de pernas compridas e bonitas. Sorrindo, encaminhou-se para o lado da cama.

— Está na hora, Roxanne.

Ela abriu os olhos de repente. Colhida nas névoas de sua própria fantasia, fitou-o. Os amplos seios ondulavam.

— Quem é você?

— Você me conhece.

Ele ainda sorria quando se sentou de pernas abertas em cima dela.

— Que é que você quer? Que faz aqui?

— Estou aqui pra lhe dar tudo o que você tem pedido. E mais.

Erguendo as mãos, ele rasgou o fino material que cobria os seios de Roxanne.

Ela soltou um grito estridente e empurrou-o. O telefone caiu no colchão quando se arrastou para a beira da cama.

— Lawrence, Lawrence, tem um homem no meu quarto. Chame a polícia. Chame alguém.

— Você vai gostar, Roxanne.

Embora fosse três vezes maior que ele, era desajeitada. Ela golpeou-o de novo, machucando-lhe o peito, mas Jerald nem sentiu o golpe. Roxanne gritava com ele agora, de verdadeiro terror. O coração, fraco demais para suportar o fardo do corpo, começou a martelar e falhar. O rosto ficou da cor de beterraba quando ele a atingiu.

— Você vai gostar — repetiu o louco, quando ela caiu de costas sobre os travesseiros. Por reflexo, ergueu as mãos para proteger o rosto de outro golpe. — Você jamais vai sentir nada igual de novo.

— Não me machuque.

Lágrimas espremidas dos olhos dela escorriam e desenhavam linhas na maquiagem. A respiração começou a agitar-se quando ele lhe empurrou as mãos por cima da colcha e amarrou-as com a corda.

— É assim que você gosta. Eu me lembro. Ouvi você dizer. — Ele mergulhou dentro dela, rindo como um maníaco. — Quero que você goste, Roxanne. Quero ser o melhor.

Ela chorava alto, soluços trêmulos e enormes que sacudiam seu corpo e proporcionavam a ele um estonteante tipo de prazer agitado. Ele sentiu-o intensificar-se, elevar-se e alçar voo. E soube que era a hora.

Sorrindo para Roxanne, os olhos semicerrados, enrolou o fio do telefone no pescoço dela e apertou-o.

Ed tateou no escuro à procura do telefone, ao primeiro toque da campainha, e despertou por completo na segunda. Do outro lado da sala, David Letterman entretinha o público do programa tarde da noite. Ed dobrou o braço que ficara dormente, concentrou-se na tela da televisão e pigarreou.

— Sim. Jackson.

— Vista a calça, parceiro. Temos um corpo.

— Onde?

— Na avenida Wisconsin. Eu pego você aí. — Ben escutou um minuto. — Se tivesse uma mulher, não adormeceria vendo Letterman.

Ed desligou na cara dele e foi ao banheiro molhar a cabeça com água fria.

Quinze minutos depois, sentava-se no banco do carona do carro de Ben.

— Eu sabia que era bom demais pra ser verdade. — Ben mordeu um pedaço de uma barra de chocolate Hershey. — Faz uma semana que não recebemos uma chamada no meio da noite.

— Quem ligou para a delegacia?

— Dois policiais uniformizados. Receberam um telefonema de que havia problema em um apartamento no primeiro andar, de mulher que morava sozinha. Investigaram, descobriram uma vidraça quebrada e uma janela aberta. Quando entraram, eles a encontraram. Não vai morar mais sozinha.

— Roubo?

— Não sei. Não me disseram mais nada. O policial que ligou para a delegacia era um novato. O da recepção disse que tentava defender o intervalo do café. Escute, antes que eu esqueça. Tess mandou dizer que você a tem ignorado. Por que não aparece pra um drinque ou coisa assim? Traz a escritora.

Ed lançou ao parceiro um olhar tranquilo.

— Tess quer ver a mim ou à escritora?

— A ambos. — Ben riu e engoliu o resto do chocolate. — Sabe como ela é louca por você. Se eu não fosse tão mais bonitão, talvez você tivesse tido uma chance. É aqui. Ao que parece, esses caras querem garantir que todo mundo no bairro saiba do cadáver nas redondezas.

Parou junto ao meio-fio, atrás de duas viaturas pretas e brancas. As luzes giravam e piscavam em cima dos capôs, enquanto os rádios emitiam explosões de ruído. Ben acenou com a cabeça para o primeiro policial uniformizado ao saltar na calçada.

— Apartamento 101, senhor. Parece que o criminoso arrombou e entrou por uma janela da sala de estar. A vítima estava na cama. Os primeiros agentes que chegaram à cena do crime já entraram.

— E os da perícia?

— A caminho, senhor.

Ben calculou que o policial uniformizado devia ter no máximo vinte e dois anos. Vinham ficando mais jovens a cada ano. Com Ed logo atrás, dirigiu-se ao prédio e entrou no apartamento 101. Dois policiais encontravam-se na sala, um estourava uma bola de chiclete, o outro suava.

— Detetives Jackson e Paris — disse Ed, indulgente. — Vão tomar um pouco de ar.

— Sim, senhor.

— Você se lembra do primeiro? — perguntou Ben a Ed, quando se encaminharam até o quarto.

— Lembro. Assim que larguei o serviço, tomei um porre.

Ed não precisava perguntar. Já sabia que o primeiro corpo que o parceiro enfrentara fora do próprio irmão.

Entraram no quarto, examinaram Mary e logo depois se entreolharam.

— Merda. — Foi só o que disse Ben.

— Parece que temos outro assassino em série nas mãos. O capitão vai ficar fulo.

Ed tinha razão.

Às oito horas da manhã seguinte, os dois detetives chegavam ao escritório do capitão Harris. O superior sentava-se à escrivaninha, examinando os relatórios deles por trás dos novos e detestados óculos de leitura. A dieta a que se submetia tirara-lhe dois quilos e azedara-lhe a disposição. Ele tamborilava monotonamente com os dedos de uma das mãos na mesa.

Ben encostou-se na parede, desejando ter tido tempo e energia para fazer amor com a mulher naquela manhã. Com as pernas esticadas, Ed mergulhava um saquinho de chá numa xícara de água quente.

— O relatório da perícia não chegou — acabou por dizer Harris. — Mas acho que não vamos encontrar quaisquer surpresas.

— O cara se feriu ao entrar pela janela. — Ed tomou um gole do chá. — Acho que o sangue vai combinar com o encontrado no homicídio de Kathleen Breezewood.

— Omitimos o estupro e a arma do crime da imprensa — continuou Ben. — Pra reduzir as chances de aparecer um macaco de imitação. Não houve muita luta dessa vez. Ou ele foi mais esperto ou ela, apavorada demais pra resistir. Não era uma mulher pequena, mas o cara conseguiu amarrar as mãos dela sem sequer derrubar o copo na mesinha de cabeceira.

— Pelos documentos que encontramos, era uma corretora de fundos públicos. Vamos investigar isso agora de manhã e ver se conseguimos encontrar alguma ligação. — Ao tomar o chá, Ed notou que Ben acendia o terceiro cigarro da manhã. — Uma mulher informou o distúrbio à recepção. Não deixou o nome.

— Maggie Lowenstein e Renockie podem investigar os vizinhos. — Harris pegou duas pílulas cor de toranja, olhou-as de cara feia e engoliu-as com a água tépida na mesa. — Até a informação provar ser outra coisa, procuramos um homem. Vamos solucionar isso antes que saia do controle. Paris, sua mulher foi de grande ajuda ano passado. Ela tem alguma ideia sobre este caso?

— Não.

Ben soprou fumaça e deixou por isso mesmo.

Harris tomou o resto da água quando o estômago grunhiu. A imprensa já salivava e ele não tivera uma refeição decente fazia um mês.

— Quero relatórios atualizados às quatro.

— Fácil ele mandar — resmungou Ben, ao fechar a porta de Harris atrás de si. — Sabe, Harris já era um grande pé no saco antes de entrar nessa dieta.

— Apesar da crença popular, ser gordo não nos torna felizes. O excesso de peso é um esforço pro corpo, causa mal-estar à pessoa e em geral reduz a disposição. As dietas populares badaladas acentuam o mal-estar. A nutrição correta, os exercícios e o sono deixam a pessoa feliz.

— Merda.

— Também ajuda.

— Bebidas por minha conta.

Maggie Lowenstein enfiou-se no meio deles e passou os braços em volta de suas cinturas.

— Você teve de esperar eu me casar pra ficar amistosa.

— Meu marido recebeu um aumento. Três mil por ano. Querido, vamos para o México assim que as crianças entrarem de férias.

— Que tal um empréstimo até chegar o dia do pagamento? — perguntou-lhe Ed.

— Nem pensar! Recebemos o relatório da perícia. Phil e eu vamos fazer o porta a porta. Talvez eu consiga espremer uma comprinha na hora do almoço. Não uso um biquíni há três anos.

— Por favor, assim você me deixa excitado.

Ben permitiu que ela pegasse a pasta na sua mesa.

— Morra de inveja, Paris. Daqui a um mês e meio, vou pro sul da fronteira tomar margaritas e comer fajitas.

— Não esqueça a tetraciclina.

— Eu tenho um estômago de ferro. Vamos, Renockie, anda logo.

Ben abriu uma pasta.

— Como acha que ela vai ficar de biquíni?

— Excelente. Que temos aí?

— O sangue no vidro quebrado era A positivo. E veja só isso. Impressões digitais na vidraça da janela. — Ben retirou o arquivo Breezewood. — Que diria você?

— Que as amostras batem uma com a outra.

— É, batem, sim. — Ben pôs as pastas lado a lado. — Agora só temos de encontrar o cara.

GRACE JOGOU A BOLSA NO SOFÁ E DESABOU AO LADO. NÃO SE lembrava de sentir-se tão cansada antes, nem depois de uma maratona de quatorze horas, nem após uma festa a noite toda, nem depois de uma turnê por doze cidades.

Do momento em que telefonara aos pais em Phoenix, até deixá-los no avião de volta para casa, usara cada fiapo de energia para eles continuarem em frente. Graças a Deus, tinham um ao outro, pois simplesmente não lhe restara nada.

Também queria voltar para casa, para Nova York, para o barulho e o ritmo frenético. Queria arrumar o baú, fechar a casa e pegar um voo. Mas isso seria fechar a porta a Kathleen. Ainda restava uma centena de detalhes a ser resolvida. O seguro, o proprietário, o banco, todos os itens pessoais que a irmã deixara.

Podia embalar a maioria deles e dá-los à igreja, mas com certeza eram coisas que devia mandar a Kevin ou aos pais. As coisas de Kathleen. Não, não se julgava muito pronta para mexer nas roupas e joias da irmã.

Assim, começaria com a papelada, a partir do enterro, e refaria o trabalho de trás para frente. Todos aqueles cartões. A mãe na certa gostaria de tê-los, guardá-los em alguma caixinha. Talvez fosse o melhor lugar para começar. Desconhecia a maioria dos nomes. Assim que quebrasse o gelo, poderia enfrentar os assuntos mais pessoais da irmã.

Primeiro iria revigorar o organismo com café.

Levou um bule ao quarto lá em cima. Olhou quase saudosa para o computador. Fazia dias desde que o ligara. Se atrasasse o prazo final para a entrega do livro, o que vinha se tornando cada vez mais provável, o editor seria solidário. Já recebera meia dezena de telefonemas de Nova York oferecendo ajuda e condolências. Quase compensava sua foto no jornal daquela manhã, no enterro de Kathleen.

ENTERRADA IRMÃ DE ESCRITORA PREMIADA
G. B. MCCABE COMPARECE AO FUNERAL DA
IRMÃ BRUTALMENTE ASSASSINADA

Não se dera ao trabalho de ler o texto.

As manchetes não tinham importância, lembrou-se. Já as esperara. O sensacionalismo fazia parte do jogo. E fora um jogo para ela, até poucas noites atrás.

Grace terminou de tomar uma xícara de café, serviu-se de outra e pegou um envelope de papel-manilha. Sentiu-se tentada a simplesmente despachá-los para a mãe. Em vez disso, sentou-se na cama e começou a examiná-los um por um. Alguns talvez exigissem um bilhete pessoal de resposta. Era melhor fazê-lo agora do que deixar a mãe enfrentar tudo depois.

Havia um único de todos os alunos da escola de Kathleen. Ao examiná-lo, Grace pensou em doar dinheiro para uma bolsa de estudos em nome da irmã. Separou-o até poder discutir a ideia com o advogado.

Reconheceu alguns nomes da Califórnia, as famílias ricas e poderosas que a irmã conhecera. Que Jonathan cuidasse das respostas desses, decidiu, e arrumou-os numa pilha.

Um de uma antiga vizinha fez-lhe os olhos encherem-se de lágrimas mais uma vez. Haviam morado na casa ao lado da Sra. Bracklemen durante quinze anos. Ela era idosa então, ou assim lhe parecera. Sempre havia biscoitos assando no forno ou pedaços de material que podiam ser transformados numa marionete. Grace também separou esse cartão.

Pegou o cartão seguinte. Fitou-o, esfregou os dedos nos olhos e tornou a fitá-lo. Não parecia certo. Era um cartão de florista com as palavras IN MEMORIAM impressas ao lado de um buquê de rosas vermelhas. Escrito no centro, o sentimento:

Désirée, eu nunca a esquecerei.

Enquanto o fitava, o cartão escorregou-lhe dos dedos e caiu virado para cima no chão aos pés dela.

Désirée. A palavra pareceu crescer até espalhar-se por todo o cartão.

"Sou Désirée", dissera Kathleen, tão despreocupada, naquela primeira noite. *Sou Désirée.*

— Oh, meu Deus! — Grace começou a tremer ao fitar o cartão no chão. — Oh, amado Deus!

Jerald ficou sentado durante toda a aula de literatura inglesa, enquanto o professor falava em tom monótono e sem parar sobre as sutilezas e o simbolismo de *Macbeth*. Ele sempre gostara da peça. Lera-a várias vezes e não precisava que o Sr. Brenner lhe explicasse. Era sobre assassinato e loucura. E, claro, poder.

Fora criado com o poder. O pai era o homem mais poderoso do mundo. E Jerald sabia tudo sobre assassinato e loucura.

O Sr. Brenner teria um ataque cardíaco se ele se levantasse e lhe explicasse simplesmente como era acabar com uma vida. Se explicasse os ruídos que a pessoa fazia, ou a aparência do rosto quando a vida se esvaía. Os olhos. Os olhos eram o mais incrível.

Concluíra que gostava de matar, de modo muito semelhante àquele como George Lowell, que se sentava ao seu lado, gostava de beisebol. Era, de certa forma, o esporte último. Até então, rebatia um milhão de bolas.

Na verdade, Roxanne não significara tanto para ele quanto Désirée. Gostara daquele arroubo de um segundo em que o orgasmo e a morte se misturavam, mas a primeira significara muito mais.

Se ao menos pudesse ser daquele jeito de novo. Se ao menos pudesse tê-la de volta. Não seria justo se não experimentasse mais uma vez aquela maravilhosa precipitação de amor e prazer.

Fora a expectativa, concluiu Jerald. Como Macbeth com Duncan, ele tivera a escalada, o terror e o destino. Roxanne fora mais como uma experiência. Da maneira como em química se tentava reconstituir para provar uma teoria.

Ele precisava fazê-lo de novo. Outra experiência. Outra oportunidade de perfeição. O pai entenderia. O pai jamais se contentava com menos que a perfeição. E ele era, afinal, seu filho.

A dependência veio-lhe fácil, e o assassinato era apenas mais um vício. Mas da próxima vez teria de conhecer a mulher um pouco melhor. Queria sentir aquela ligação com ela.

O Sr. Brenner falava sobre a loucura de Lady Macbeth. Jerald esfregou a mão no peito e perguntou-se como o machucara.

Capítulo Oito

Grace fora a delegacias policiais antes. Sempre as achara fascinantes. De cidade pequena, cidade grande, do norte ou do sul, desprendiam uma certa sensação, um certo caos controlado.

Aquela não era nada diferente. O piso de linóleo fosco com várias ondulações e bolhas de ar. As paredes em tonalidade bege ou de um branco que se tornara bege. Cartazes pregados com tachas aqui e ali. Não ao crime, com um número e um plugue para a boa cidadania. Linhas telefônicas de emergência para drogas, suicídio, maus-tratos a mulheres e crianças. VOCÊ VIU ESTA CRIANÇA? As ripas das venezianas precisavam de uma limpeza para tirar a poeira, e a máquina de balas e chocolates, de uma plaqueta COM DEFEITO.

Na Divisão de Homicídios, policiais à paisana grudavam-se a telefones ou curvavam-se sobre máquinas de escrever. Alguém vasculhava uma geladeira amassada. Ela sentiu cheiro de café e o do que julgou fosse atum.

— Posso ajudá-la?

Quando Grace se sobressaltou ao ouvir o som da voz, percebeu o quanto tinha os nervos próximos de rebentar-se. O policial era jovem, vinte e poucos anos, cabelos escuros e uma covinha no meio do queixo. Ela forçou os dedos a relaxar no fecho da bolsa.

— Preciso ver o detetive Jackson.

— Ele não se encontra aqui. — O policial levou um minuto para reconhecê-la. Não era muito de ler, mas vira o retrato dela no jornal da manhã. — Srta. McCabe?

— Sim?

— Pode esperar se preferir, ou posso checar e ver se o capitão pode receber a senhorita.

Capitão? Ela não conhecia o capitão, nem o jovem policial com a covinha no queixo. Queria Ed.

— Eu prefiro esperar.

Como ele já equilibrava dois refrigerantes e uma pasta gorda, indicou-lhe com a cabeça uma cadeira no canto. Grace sentou-se, fechou as mãos sobre a bolsa e esperou.

Viu uma mulher entrar. Loura e num belo conjunto de seda cor-de-rosa, não parecia uma pessoa que tinha assuntos com a Divisão de Homicídios. Uma profissional liberal, ou a jovem esposa de um político, concluiu, embora não tivesse energia para aprofundar-se mais, como em geral fazia, e atribuir uma história imaginária ao rosto desconhecido.

— Ei, Tess — chamou o jovem policial da sua escrivaninha. — Já era hora de termos alguma classe aqui.

A recém-chegada sorriu, aproximou-se e ficou ao lado dele.

— Ben não está?

— Fora, brincando de detetive.

— Eu tinha uma hora livre e achei que ele poderia me acompanhar num almoço cedo.

— Sirvo eu?

— Lamento. Meu marido é um policial ciumento que porta arma. Apenas diga que dei uma passada.

— Vai entrar nesse caso? Pra nos dar um perfil psiquiátrico sobre nosso assassino?

Ela hesitou. Era uma coisa em que pensara, que chegara até a comentar casualmente com Ben. A negativa inflexível dele e seu próprio número de casos em tratamento facilitaram-lhe desistir.

— Acho que não. Diga a Ben que vou comprar comida chinesa e chegar em casa às seis. Seis e meia — ela corrigiu.

— Alguns caras ficam com toda a sorte grande.

— Diga isso a ele também. — Tess ia sair, e então avistou Grace. Reconheceu-a das contracapas dos livros e fotos de jornal. Também reconheceu a expressão tensa e sofrida no rosto. Como médica, achou quase impossível afastar-se. Atravessando a sala, esperou a escritora erguer os olhos. — Srta. McCabe?

Uma fã, não, pensou Grace. Ali, não, naquele momento, não. Tess notou o distanciamento e estendeu a mão.

— Sou Tess. Tess Paris, mulher de Ben.

— Ah. Olá.

— Está esperando Ed?

— Sim.

— Parece que nós duas estamos com falta de sorte. Quer um pouco de café?

Grace hesitou, ia recusar. Então uma mulher aos prantos foi meio transportada para a sala.

— Meu filho é um bom menino. É um bom menino. Só estava se defendendo. Não podem mantê-lo aqui.

Grace viu quando uma policial ajudou-a a sentar-se numa cadeira, curvou-se sobre ela e falou com firmeza. Havia sangue da briga nas duas.

— Sim — apressou-se a dizer, então. — Gostaria, sim.

Tess levantou-se e dirigiu-se rápido ao corredor. Pegou moedas na carteira e enfiou-as numa máquina.

— Creme?

— Não, puro.

— Boa escolha. O creme, em geral, borrifa por todo o chão. — Ela passou o primeiro copinho a Grace. Pôr-se na posição de alguém que ouve os problemas dos outros fazia parte de sua profissão. E também parte da sua personalidade. Notou o leve tremor nos dedos da escritora e viu que não podia ir embora. — Quer ir lá pra fora? O dia está ótimo

— Tudo bem.

Tess seguiu na frente e depois se encostou no corrimão. Agradava-a lembrar que vira Ben pela primeira vez naquele mesmo lugar, na chuva.

— Não tem época em que Washington fique melhor que na primavera. Vai ficar muito tempo?

— Não sei. — O sol brilhava forte, quase demais. Grace não notara quando fora dirigindo até ali. — Estou tendo muita dificuldade pra tomar decisões.

— Isso é normal. Após uma perda, a maioria de nós flutua por algum tempo. Quando estiver pronta, as coisas voltam a se encaixar nos lugares.

— É normal se sentir culpada?

— Em relação a quê?

— A não ter impedido?

Tess tomou um gole do café e viu um punhado de narcisos ondularem-se na brisa.

— Você poderia ter impedido?

— Não sei. — Grace pensou no cartão que trazia na bolsa. — Simplesmente não sei. — Com uma risada entrecortada, sentou-se no degrau da escada. — Isso parece uma sessão analítica. Só falta um divã.

— Às vezes ajuda falar com alguém que não esteja envolvido.

Grace virou a cabeça, protegendo os olhos com a mão.

— Bem disse Ed que você era linda.

Tess sorriu.

— Ed é um amor de homem.

— É mesmo, não é? — Grace tornou a virar-se para fechar a mão sobre a bolsa de novo. — Sabe, sempre fui capaz de aceitar as coisas como elas acontecem. Sou ainda melhor em fazê-las acontecer do jeito que eu quero. Odeio isso. Odeio ficar confusa, odeio não ser capaz de decidir se viro à esquerda ou à direita. Nem me sinto mais a mesma pessoa.

— As pessoas fortes muitas vezes têm mais dificuldade com a dor e a perda. — Tess reconheceu o guincho de freios e olhou em direção ao estacionamento, achando que devia ser Ed quem dirigia. — Se ficar na cidade por algum tempo e precisar conversar, me avise.

— Obrigada.

Grace jogou o copo fora e levantou-se devagar. Ao ver Ed aproximar-se, ficou com as palmas das mãos úmidas e esfregou-as na calça jeans.

— Grace.

— Eu preciso lhe mostrar uma coisa.

Ben deslizou a mão sobre a de Tess e entrou.

— Não, por favor, esperem um minuto. — Grace exalou um longo suspiro e abriu a bolsa. — Encontrei isto quando examinava os cartões de pêsames e de floristas esta manhã.

Pegou o envelope branco simples no qual enfiara o cartão e entregou-o a Ed.

Ele o retirou e o virou, para Ben ler junto.

— Isso quer dizer alguma coisa pra você, Grace?

— Sim. — Ela fechou a bolsa, perguntando-se por que se sentia nauseada. Não comera. — Esse era o nome que Kathy usava na Fantasia. Kathleen era Désirée. Era o disfarce dela, pra que ninguém soubesse quem era ou onde estava. Mas alguém soube. E ele a matou.

— Venha pra dentro, Grace.

— Preciso me sentar.

Tess cutucou Ed para o lado e colocou a cabeça de Grace entre os joelhos dela.

— Eu a levo pra dentro num minuto — disse, virando-se para trás.

— Venha. — Ben abriu a porta e pôs a mão no ombro de Ed.
— É melhor levarmos isso pro capitão. Tess toma conta dela — acrescentou, quando o parceiro não se mexeu.

— Inspire fundo várias vezes — murmurou Tess, massageando os ombros de Grace.

Com a mão livre, tomou o pulso dela.

— Droga, já estou farta disso.

Grace combateu a fraqueza centímetro por centímetro.

— Então é melhor começar a comer, em vez de só tomar café. Do contrário, isso não vai parar de acontecer.

Grace manteve a cabeça abaixada, mas a virou até encontrar os olhos de Tess. Viu compaixão e compreensão misturadas com bom-senso. Era a exata combinação de que precisava.

— Tem razão. — Continuava pálida quando se endireitou, mas com o pulso mais forte. — O desgraçado matou minha irmã. Não importa quanto tempo leve, eu vou vê-lo pagar por isso. — Trouxe os cabelos para trás com as mãos e inspirou fundo. — Acho que as coisas acabaram de se encaixar de volta nos lugares.

— Está pronta pra entrar?

Ela assentiu com a cabeça e levantou-se.

— Estou pronta.

Com muita rapidez, viu-se sentada no escritório do capitão Harris. Muito devagar, e com uma coerência que acabara de reencontrar, ela relatou a história do envolvimento de Kathleen com a Fantasia:

— Receei a princípio que ela falasse com algum pervertido que pudesse lhe causar problemas. Mas ela explicou o sistema, que ninguém além do escritório principal tinha o número dela. E que nem usava o próprio nome. Désirée. Foi o nome que me disse que usava nos telefonemas. Só me lembrei disso quando vi o cartão. Ninguém, além das pessoas pra quem ela trabalhava, e as pessoas com quem falava, a conhecia por esse nome.

Ben pegou o isqueiro e passou-o de uma mão à outra. Não gostara do jeito como Tess o olhara antes de voltar para o consultório. Ia causar-lhe dissabor sobre esse caso.

— É possível que sua irmã tenha contado a alguém sobre esse trabalho extra, sobre o nome?

— Creio que não. — Ela aceitou o cigarro que o detetive lhe passou. — Kathy era muito fechada. Se tivesse uma amiga íntima, talvez. Mas não tinha.

Tragou fundo e exalou a fumaça.

— Contou a você — lembrou-lhe Ed.

— Sim, contou. — Grace fez uma pausa. Precisava manter a mente clara. — Quando penso nisso a fundo, creio que o único motivo de ela ter me contado foi porque precisava desabafar com alguém. Na certa foi um impulso, do qual sei que se arrependeu. Insisti com ela duas vezes pra saber de detalhes e ela não me disse uma só palavra. Dizia respeito apenas a ela e a mais ninguém. Kath era muito firme no que achava que só a ela interessava. — As engrenagens começavam a girar de novo em sua mente. Grace fechou os olhos e concentrou-se. — Jonathan. Ele pode ter sabido.

— O ex-marido? — perguntou Harris.

— É, quando conversei com ele no funeral, ele admitiu saber que Kathy tinha contratado um advogado e um detetive. Se teve conhecimento disso, é provável que soubesse do resto. Perguntei o que teria feito pra impedir Kath de obter a custódia de Kevin, e ele me disse que faria tudo que fosse necessário.

— Grace. — Ed passou-lhe uma xícara de chá de isopor. — Breezewood estava na Califórnia na noite em que sua irmã foi assassinada.

— Homens como Jonathan não matam. Contratam outras pessoas pra fazer o serviço. Ele a odiava. Tinha um motivo.

— Já conversamos com ele. — Ed pegou o cigarro que se consumira entre os dedos dela e esmagou-o. — Foi muito cooperativo.

— Disso tenho certeza.

— Admitiu que tinha contratado uma agência pra controlar sua irmã. — Ed viu os olhos dela se escurecerem e continuou: — Pra vigiá-la, Grace. Sabia dos planos dela pra um processo de custódia.

— Então por que o deixaram voltar para a Califórnia?

— Não tínhamos nenhuma razão para detê-lo.

— Minha irmã está morta. Droga, minha irmã está morta.

— Não temos nenhuma prova de que seu ex-cunhado participou do assassinato da Sra. Breezewood — disse Harris, as mãos fechadas uma na outra, e curvou-se sobre a mesa. — E não há nada que o ligue ao segundo assassinato.

— Segundo assassinato? — Forçando-se a inspirar devagar, niveladamente, ela se virou para Ed. — Houve outro?

— Ontem à noite.

Grace não ia deixar a fraqueza dominá-la de novo. Tomou com determinação um gole do chá que Ed lhe dera. Era importante manter a voz calma, até moderada. Passara o tempo de histeria.

— Igual? Igual ao de Kathy?

— É. Precisamos de uma ligação, Grace. Você conhecia alguma Mary Grice?

Ela pensou. Tinha excelente memória.

— Não. Acham que Kath a conhecia?

— O nome dela não estava no caderno de endereços de sua irmã — informou Ben.

— Então é improvável. Kathy era muito organizada com essas coisas. Com tudo.

O jovem policial enfiou a cabeça na porta.

— Temos algumas informações do imposto de renda sobre Mary Grice. — Olhou para a escritora antes de entregar o papel impresso a Harris. — Relaciona os patrões dela no último ano.

O capitão examinou o relatório e fixou-se num nome. Grace pegou outro cigarro. As engrenagens voltaram mesmo a girar de novo.

— A vítima trabalhava na Fantasia, também, não trabalhava? Está aí a ligação. — Ela acendeu o isqueiro e sentiu-se mais forte do que se sentira em dias. — É a única coisa que faz sentido.

Harris estreitou os olhos ao examiná-la.

— Esta investigação é confidencial, Srta. McCabe.

— Acha que vou procurar a imprensa? — Ela soltou uma baforada de fumaça e levantou-se. — Não podia estar mais errado, capitão. A única coisa que me interessa é ver o assassino de minha irmã pagar.

Ed alcançou-a quando ela chegou ao corredor.

— Aonde vai?

— Falar com quem é o dono ou dirige a Fantasia.

— Não, não vai, não.

Ela parou o tempo suficiente apenas para disparar-lhe um olhar duro.

— Não me diga o que eu vou fazer. — Afastou-se, e então ficou mais do que surpresa ao ver-se rodopiada e empurrada para um escritório vazio. — Aposto que você poderia defender sozinho a área dos zagueiros.

— Sente-se, Grace.

Ela não o fez, mas esmagou o cigarro numa xícara vazia.

— Sabe uma coisa que notei? Só agora comecei a me dar conta disso, embora já venha acontecendo há algum tempo. Você dá ordens, Jackson. Eu não recebo. — Sentia-se calma, quase calma demais, mas a sensação era agradável. — Muito bem, você é maior que eu, mas, juro por Deus, se não sair da minha frente, eu mato você.

Ele não duvidava, mas não era hora de colocar isso à prova.

— Isso é assunto de polícia.

— É assunto meu. Minha irmã. E finalmente descobri alguma coisa que posso fazer, além de olhar pro teto e me perguntar por quê.

A voz dela oscilou e tornou a estabilizar-se. Ele teve absoluta certeza de que, se oferecesse conforto, ela afastaria a sua mão com um tapa.

— Existem regras, Grace. Você não tem de gostar delas, mas existem.

— Fodam-se as regras.

— Ótimo, então talvez hoje a gente encontre outra mulher morta, e amanhã mais uma. — Como ele viu que um ponto a afetou, insistiu: — Você escreve excelentes romances policiais, mas isso é real. Ben e eu vamos fazer nosso trabalho, e você vai pra casa. Eu posso conseguir que imponham uma ordem judicial de afastamento a você. — Interrompeu-se quando ela o desafiou com os olhos, meio divertidos, meio furiosos.

— Patife.

A palavra isolada talvez fosse furiosa, mas Ed viu que conseguira o que queria.

— Vá pra casa, durma um pouco. Melhor ainda, vá pra minha casa. — Ele enfiou a mão no bolso e retirou as chaves. — Se não se cuidar, vai desmaiar de novo. Isso não vai trazer nada de muito bom a ninguém.

— Não vou ficar sentada sem fazer nada.

— Não, você vai comer, vai dormir e vai me esperar voltar. Se eu puder dizer alguma coisa a você, direi.

Por reflexo, ela agarrou as chaves que ele lhe atirou.

— E se o cara matar outra pessoa?

Era uma pergunta que ele vinha fazendo a si mesmo desde as duas da manhã.

— Vamos pegá-lo, Grace.

Ela fez que sim com a cabeça, porque sempre acreditara que o bem vencia o mal.

— Quando fizerem isso, eu quero vê-lo. Cara a cara.

— Falaremos sobre isso. Quer que alguém a leve de carro pra casa?

— Ainda sou capaz de dirigir um carro. — Ela abriu a bolsa e largou as chaves dentro. — Vou esperar, Jackson, mas não sou uma mulher paciente.

Quando ela começou a sair e passou por ele, Ed tomou-lhe o queixo na mão. Voltara-lhe a cor ao rosto, a primeira cor verdadeira que ele via em dias. De algum modo, isso não o tranquilizou.

— Durma um pouco — resmungou, enquanto abria a porta para ela.

Q UANDO OS DOIS CRUZARAM A PORTA PARA O APERTADO escritório da Fantasia, Eileen falava ao telefone. Ergueu os olhos, não surpresa, e terminou de dar as instruções telefônicas. Mesmo quando Ben jogou um mandado sobre a escrivaninha, a empresária não perdeu o ritmo.

— Este parece estar em ordem.

— A senhora perdeu outra empregada ontem, Sra. Cawfield.

A mulher olhou-o e tornou a olhar o mandado.

— Eu sei.

— Então também sabe que vocês são o elo. Sua empresa é a única ligação entre Mary e Kathleen.

— Eu sei que é o que parece. — Ela pegou mais uma vez o mandado e correu-o entre os dedos. — Mas não posso acreditar que seja verdade. Escute, eu disse antes a vocês, não se trata de uma operação disk-pornô. Eu dirijo uma empresa limpa e organizada. — Desprendia um lampejo de pânico dos olhos quando tornou a erguê-los, notou Ed, embora a voz permanecesse calma: — Eu me formei em administração de empresas na Smith. Meu marido é advogado. Não somos marginais que fazem negócios furtivos em ruas escondidas ou becos, onde é improvável atrair atenção pública. Fornecemos um serviço. Conversa. Se eu me julgasse responsável, de algum modo responsável, pela morte de duas mulheres...

— Sra. Cawfield, só existe uma pessoa responsável: o homem que as assassinou. — Ela lançou a Ed um olhar de gratidão, e ele aproveitou a oportunidade: — Uma mulher ligou para a polícia e comunicou um distúrbio no apartamento de Mary Grice ontem à noite. Não foi uma vizinha, Sra. Cawfield.

— Não. Posso ter um desses? — ela pediu quando Ben pegou um cigarro. — Parei há dois anos. — Sorriu um pouco quando ele acendeu o cigarro. — Ou meu marido acha que parei. Ele é todo ligado em saúde, sabe? Prolongando a vida, melhorando o estilo de vida. Vocês não imaginam como eu passei a detestar brotos de alfafa.

— O telefonema, Eileen — insistiu Ben.

Ela tragou o cigarro e expeliu a fumaça numa baforada rápida, nervosa.

— Havia um cliente ao telefone com Mary quando... quando ela foi atacada. Ele a ouviu gritar, e o que pareceram ruídos de uma luta. De qualquer modo, tornou a ligar pra cá. Minha cunhada não soube o que fazer, por isso me ligou. Assim que ela me explicou tudo, eu liguei para a delegacia. — O telefone tocou ao lado, mas ela ignorou. — Entende, o cliente não podia dar parte à polícia. Não saberia dizer aonde a polícia devia ir, nem o nome de quem estava em apuros. Isso faz parte da proteção.

— Precisamos do nome do cliente, Sra. Cawfield — disse Ed.

Ela assentiu e apagou impecavelmente o cigarro.

— Preciso pedir que sejam o mais discretos possível. Não é só uma questão de perder minha empresa, o que com certeza vai acontecer. É mais que me sinto traindo o sigilo do cliente.

Ben olhou o telefone dela quando começou a tocar de novo.

— Essas coisas vão pro espaço quando tem assassinato envolvido.

Sem uma palavra, Eileen virou-se para o computador.

— É de primeira qualidade — explicou, quando a impressora começou a zumbir. — Eu quis o melhor equipamento. — Pegou o telefone e cuidou da ligação seguinte. Ao desligar, girou na cadeira e destacou a folha impressa. Entregou-a a Ed. — O senhor que falava com Mary ontem à noite é Lawrence Markowitz. Não tenho o endereço, claro, apenas um número de telefone e o da American Express.

— Cuidaremos disso — respondeu Ed.

— Espero que sim. Espero que cuidem o mais breve possível.

Quando eles saíram, o telefone tornou a tocar.

Não levaram muito tempo para localizar Lawrence K. Markowitz.

Era um contador público registrado de trinta e sete anos, divorciado, autônomo. Trabalhava em casa, em Potomac, Maryland.

— Minha nossa, veja essas casas. — Ben reduziu a velocidade a um rastejo e enfiou a cabeça para fora da janela. — Sabe quanto valem essas moradias aqui? Quatrocentos, quinhentos mil dólares. Essa gente tem jardineiros que ganham mais do que nós.

Ed mordeu uma semente de girassol.

— Eu gosto mais da minha casa. Tem mais personalidade.

— Mais personalidade? — Ben bufou, enfiando de volta a cabeça dentro do carro. — Os impostos sobre uma casa dessas são mais altos que o financiamento que você paga pela compra da sua.

— O valor monetário de uma casa não a torna um lar.

— É, você deve se destacar como amostragem. Olhe aquela. Deve ter uns quatro mil metros quadrados.

Ed olhou, mas não se impressionou com o tamanho; arquitetura moderna demais para seu gosto.

— Eu não sabia que você se interessava por bens imobiliários.

— Não me interesso. OK, não me interessava. — Ben passou por uma cerca viva de azaleias em tom rosa-claro, enfumaçado. — Imagino que a doutora e eu vamos querer uma casa mais cedo ou mais tarde. Ela saberia cuidar disso — murmurou. — Eu, não. Eles na certa têm uma ordem municipal sobre a coordenação de cores das latas de lixo. Médicos, advogados e contadores.

E netas de senadores, concluiu, pensando na elegância discreta de sua mulher.

— E nada de erva daninha.

— Eu gosto de erva daninha. Chegamos. — Ele parou o carro diante de uma casa em forma de H de dois andares com portas-balcão. — Saber diminuir o imposto de renda deve pagar bem demais.

— Os contadores são como os policiais — disse Ed, e guardou o saco de sementes. — Sempre vamos precisar deles.

Ben parou na entrada de carros inclinada e puxou o freio de mão. Teria preferido enfiar duas pedras sob os pneus de trás, mas não as encontrou. Eram três portas a escolher. Decidiram-se pela da frente. Foi aberta por uma mulher de meia-idade de vestido cinza e avental branco.

— Gostaríamos de ver o Sr. Markowitz, por favor. — Ed ergueu o distintivo. — Assunto de polícia.

— O Sr. Markowitz está no escritório. Eu mostrarei o caminho.

O vestíbulo dava para uma enorme sala decorada em branco e preto. Ed não gostou do ambiente, por ser rígido demais, mas achou as claraboias interessantes. Precisava mandar apreçar algumas. Viraram à direita, numa barra do H. Ali viram abajures em forma de globos, poltronas reclináveis de couro e uma mulher sentada a uma escrivaninha cor de ébano.

— Srta. Bass, esse senhores vieram ver o Sr. Markowitz.

— Vocês têm hora marcada? — A mulher atrás da mesa parecia atormentada demais. Cabelos espetados para todos os lados, como se os houvesse desarrumado, puxado e empurrado com os dedos. Agora enfiava um lápis atrás da orelha e remexia os papéis na mesa à procura da agenda. O telefone ao lado dela tocava sem parar. — Lamento, mas o Sr. Markowitz está muito ocupado. Não é possível receber novos clientes.

Ben tirou de novo o distintivo e segurou-o sob o nariz dela.

— Oh. — Ela pigarreou e desentocou o telefone interno. — Verei se ele pode atender. Sr. Markowitz. — Ben e Ed ouviram a estranha estática que se seguiu à interrupção. — Sinto muito, Sr. Markowitz. Sim, senhor, mas tem dois homens aqui. Não, senhor, ainda não fiz a conta de Berlim. Sr. Markowitz... Sr. Markowitz, são policiais. — Disse a última palavra num tom baixo, como se fosse um segredo. — Sim, senhor, tenho certeza. Não, senhor. Tudo bem. — Soprou a franja para tirá-la dos olhos. — O Sr. Markowitz vai recebê-los agora. Direto por aquela porta. — Dever feito, pegou o telefone. — Lawrence Markowitz e Associados.

Se ele tinha associados, não eram vistos em lugar algum. Markowitz estava sozinho no escritório, um homem careca, esquelético, de dentes grandes e óculos grossos. A escrivaninha era preta, como a da secretária, mas quase tão grande quanto a dela. Pastas empilhavam-se em cima, junto com dois telefones, pelo menos uma dúzia de lápis apontados e duas calculadoras. Uma fita escorria pelo chão. Num canto, via-se um dispositivo de refrigeração de água. Pendurada diante da janela, uma gaiola com um grande papagaio verde.

— Sr. Markowitz.

Os dois detetives mostraram a identificação.

— Sim, que posso fazer por vocês? — Ele deslizou a palma da mão pelo que restava dos cabelos e lambeu os lábios. Não mentira a Roxanne sobre a oclusão defeituosa que fazia os seus dentes incisivos e caninos superiores se projetarem sobre os inferiores. — Receio estar atolado no momento. Sabem que dia é hoje, não? Quatorze de abril. Todo mundo espera até o último minuto, depois quer um milagre. Só peço um pouco de consideração, um pouco de organização. Não posso pedir prorrogação do prazo de entrega da declaração de todos. Coelhos, querem que a gente tire coelhos da cartola.

— Sim, senhor — começou Ben, e então se deu conta. — Quatorze de abril?

— Entreguei mês passado — disse Ed, muito tranquilo.

— Você, é claro.

— Lamento, senhores, mas essas novas leis de imposto de renda deixam todo mundo alvoroçado. Se eu trabalhar as próximas vinte e quatro horas seguidas, talvez consiga terminar antes do prazo final.

Markowitz tinha os dedos pairados nervosos acima da calculadora.

— Foda-se a Receita Federal — chilreou o papagaio da gaiola.

— É. — Ben correu os dedos pelos cabelos e tentou não se aprofundar no assunto. — Sr. Markowitz, não viemos aqui por causa de impostos. De qualquer modo, quanto o senhor cobra?

— Viemos aqui por causa de Mary Grice — interveio Ed. — O senhor a conhecia como Roxanne.

Markowitz apertou o botão de apagar num reflexo e pegou um lápis.

— Receio não saber do que vocês estão falando.

— Sr. Markowitz, Mary Grice foi assassinada ontem à noite. — Ed esperou um instante, mas viu que o contador encontrara tempo para ler o jornal matutino. — Temos motivo pra acreditar que o senhor falava com ela na hora do ataque.

— Eu não conheço ninguém com esse nome.

— Conhecia Roxanne — acrescentou Ben.

A pele já pálida de Markowitz adquiriu um matiz esverdeado.

— Não entendo o que Roxanne tem a ver com Mary Grice.

— Eram a mesma mulher — disse Ben, e viu-o engolir em seco com força.

Ele soubera. De algum modo, soubera tão logo lera as manchetes da manhã. Mas isso não tornara o caso real. Dois policiais no escritório no meio do dia tornavam tudo muito real. E muito pessoal.

— Tenho algumas das maiores contas na área metropolitana. Vários dos meus clientes estão no Parlamento, no Senado. Não posso permitir-me qualquer confusão.

— Podemos intimá-lo — disse Ed. — Se o senhor cooperar, talvez possamos manter tudo em sigilo.

— É a pressão. — Markowitz tirou os óculos e esfregou os olhos. Parecia cego e indefeso sem eles. — Durante meses minha vida gira em torno de formulários de declarações de imposto de renda de empregados e autônomos. Não podem imaginar o que é. Ninguém quer pagar, vocês sabem. Dificilmente posso culpá-los. A maioria dos meus clientes tem rendas no alto de seis números. Não querem dar trinta e cinco por cento ou mais ao governo. Querem que eu encontre uma saída para eles.

— É difícil — disse Ben, e decidiu experimentar uma das espreguiçadeiras de couro. — Não nos interessam seus motivos para usar os serviços da Fantasia, Sr. Markowitz. Gostaríamos que nos dissesse exatamente o que aconteceu ontem à noite quando conversava com Mary.

— Roxanne — corrigiu Markowitz. — Sinto-me melhor pensando nela como Roxanne. Tinha uma voz maravilhosa, e era tão... bem, aventureira. Não tenho muito tempo para mulheres desde o divórcio. Mas isso são águas passadas. De qualquer modo, estabeleci uma ligação excitante com Roxanne. Três vezes por semana. Falava com ela e voltava para enfrentar as tabelas de cálculo.

— Ontem à noite, Sr. Markowitz — sugeriu Ed.

— Sim, ontem à noite. Bem, ainda não tínhamos conversado muito. Eu mal tinha entrado no clima. Vocês sabem, relaxava. — Ele pegou um lenço e enxugou o rosto. — De repente, lá estava ela falando com outra pessoa. Como se houvesse alguém no quarto. Disse algo como "Quem é você?" ou "Que faz aqui?". A princípio achei que falava comigo, por isso respondi alguma coisa, uma brincadeira ou coisa assim. Então ela gritou. Quase larguei o telefone. Ela pediu: "Lawrence, Lawrence, me ajude. Chame a polícia, chame alguém." — Começou a tossir, como se a repetição das palavras lhe houvesse irritado a garganta. — Voltei a falar com ela. Foi tão inesperado. Acho que pedi que se acalmasse. Então ouvi outra voz.

— A voz de um homem? — Ed continuava a escrever no caderno.

— É, acho que sim. Outra voz, em todo caso. Ele disse, acho que disse: "Você vai gostar disso." Chamou-a pelo nome.

— Roxanne? — perguntou Ben.

— É, isso mesmo. Eu o ouvi dizer Roxanne e ouvi... — Agora ele cobria o rosto com o lenço e esperava um instante. — Vocês precisam entender, sou um homem muito simples mesmo. Mantenho as excitações e complicações em minha vida num mínimo. Além disso, sou hipoglicêmico.

Ed lançou-lhe um olhar solidário.

— Basta contar o que ouviu.

— Ouvi uns barulhos terríveis. Arquejos e pancadas. Ela não gritava mais, só emitia alguns ruídos sem fôlego, gorgolejantes. Eu desliguei. Não sabia o que fazer, então desliguei. — Baixou mais uma vez o lenço, seu rosto estava cinzento. — Achei que talvez fosse uma encenação. Tentei dizer a mim mesmo que era, mas não parei de ouvir os barulhos. Continuei ouvindo Roxanne gritar e implorar que ele não a machucasse. E ouvi a outra voz dizer que ela queria que ele a machucasse, que ela jamais ia passar de novo por uma experiência como aquela. Acho que ele disse que a tinha ouvido dizer que queria ser machucada. Não sei ao certo. Tudo era tão distorcido. Com licença.

Ele levantou-se para ir ao refrigerador de água. Encheu um copo e o ar borbulhou no recipiente acima. Após tomá-lo, tornou a encher o copo.

— Eu não sabia o que fazer, fiquei apenas ali sentado, pensando. Tentei retornar ao trabalho, esquecer tudo. Como disse antes, continuei achando que não passava de uma brincadeira. Mas não soava como brincadeira. — Esvaziou o segundo copo d'água. — Quanto mais ficava sentado, mais difícil era acreditar que não passava de uma brincadeira. Então acabei ligando para a Empresa Fantasia. Disse à moça que Roxanne estava em apuros. Achei que talvez alguém a estivesse matando. Desliguei e... voltei ao trabalho. Que mais poderia fazer? — Disparava o olhar de um lado para outro entre Ed e Ben, sem pousá-lo em nenhum dos dois. — Continuei achando que Roxanne ligaria de volta e me diria que estava tudo bem. Que tinha sido apenas uma brincadeira. Mas não ligou.

— Alguma coisa na voz, na outra voz que ouviu, a tornava diferente? — Ao escrever, Ed ergueu os olhos e viu Markowitz suar. — Um sotaque, um tom, uma maneira de se expressar?

— Não, era apenas uma voz. Eu mal ouvia acima da de Roxanne. Escute, nem sei como ela era. Não quero saber. Sejamos francos quanto a isso, para mim ela não passava de, bem, uma caixa de supermercado. Era apenas alguém a quem eu telefonava três vezes por semana para esquecer o trabalho. — Esse distanciamento até lhe relaxou a mente. Era um homem comum, lembrou a si mesmo, um homem honesto. Até certo ponto. Ninguém queria que os contadores tratassem a honestidade como uma religião. — Imagino que ela na certa tinha um namorado ciumento. É isso o que acho.

— Ela usou um nome? — perguntou Ben.

— Não. Só o meu. Só chamou em voz alta o meu. Por favor, não posso dizer mais nada a vocês. Já disse tudo que sabia. Eu não precisava ter telefonado, vocês sabem — acrescentou, o tom da voz alterado com o início do falso moralismo. — Não tinha de ser envolvido.

— Agradecemos sua cooperação. — Ben levantou-se da cadeira. — Vai precisar ir à delegacia e assinar uma declaração.

— Detetive, se eu até mesmo sair desta cadeira até a meia-noite de amanhã, poderei ser responsável por uma dúzia de multas.

— Registre antes — aconselhou o papagaio. — Proteja o rabo.

— Venha na manhã do dia 16. Mande me chamar ou o detetive Paris. Faremos o melhor possível para deixar seu nome fora disso.

— Obrigado. Podem usar essa porta.

Ele indicou a porta lateral e puxou a calculadora para frente. Pelo que lhe dizia respeito, cumprira seu dever, e até mais.

— É tarde demais pra requerer uma prorrogação? — perguntou Ben quando ia saindo.

— Nunca é tarde demais.

Markowitz começou a apertar botões.

Capítulo Nove

Grace não sabia por que acatara o conselho de Ed e esperava na casa dele. Talvez por ser mais fácil pensar ali, sem as coisas da irmã ao redor. Precisava manter-se ocupada. A mente sempre funcionava melhor quando ela trabalhava com as mãos. Então ficou à vontade, enquanto refletia a fundo sobre todas as suas opções.

O melhor a fazer ainda parecia ser conversar pessoalmente com a gerente da Fantasia. Entrevistar era uma coisa em que se sobrepujava. Com um pouco de incitamento, um pouco de insistência, talvez conseguisse pôr as mãos numa lista de clientes. Em seguida a destrinçaria, nome por nome. Se o assassino da irmã estivesse na lista, iria encontrá-lo.

E depois?

Depois agiria de acordo com a situação. Era assim que escrevia. Era dessa forma que ganhava seu sustento. As duas coisas haviam sido bem-sucedidas até então.

A vingança fazia parte da motivação. Embora jamais tivesse sentido essa emoção antes, considerava-a satisfatória. Fortalecedora.

Empreender toda a ação até o fim significava permanecer em Washington. Poderia trabalhar tão bem ali quanto em qualquer outro lugar. E Nova York continuaria lá quando ela terminasse.

Se fosse embora agora, seria como deixar um livro inacabado e entregá-lo ao editor. Ninguém, além de Grace McCabe, iria escrever o último capítulo.

Não podia ser tão difícil assim. Como escritora, sempre soubera que o trabalho policial exigia boa noção de tempo, tenacidade, minúcia e esmero. E uma pitada de sorte. Era o que também exigia a composição de um livro. Qualquer pessoa que houvesse criado enredos, tramas e solucionado tantos assassinatos quanto ela devia ser capaz de encurralar um assassino.

Precisava da lista de clientes, dos relatórios policiais e de tempo para pensar. E precisava apenas contornar a estrutura muito forte do detetive Ed Jackson.

Enquanto trabalhava na estratégia, ouviu a porta da frente se abrir. Não seria fácil enganá-lo, pensou, ao verificar o rosto no espelho do banheiro. E mais difícil ainda porque gostava dele. Retirando uma mancha do nariz, começou a descer as escadas.

— Então chegou ao lar. — Parou no pé da escada e sorriu-lhe. — Como foi seu dia?

— Tudo bem. — Ele transferiu um saco de supermercado para o outro braço. Ela usava a mesma calça jeans colada e suéter largo daquela manhã, mas agora riscados de branco. — Que diabos andou fazendo?

— Revestindo seu banheiro com papel de parede. — Grace aproximou-se dele e pegou o saco. — Ficou maravilhoso. Você tem bom olho pra cor.

— Você revestiu meu banheiro com papel de parede?

— Não fique chocado. Não estraguei nada. O papel de parede, quer dizer. O banheiro ficou um naufrágio. Imaginei que fosse apenas justo você limpar. — Deu-lhe um sorriso tranquilizador. — Sobrou metade de um rolo.

— É. Ah, Grace, me sinto grato, mas revestir paredes com papel exige certa destreza.

Ele devia saber, lera sobre isso durante uma semana.

— A gente sapeca uma linha, mede, besunta de cola e manda ver. Encontrei dois livros tipo "faça-você-mesmo" dando sopa. — Ela remexeu dentro da sacola, mas não viu nada excitante. — Vá lá em cima e dê uma olhada. Aliás, eu comi o resto dos morangos.

— Tudo bem.

Ed estava muito ocupado com o cálculo exato de quanto lhe haviam custado o papel de parede e a cola.

— Ah, e a água mineral é muito boa, mas não fariam mal alguns refrigerantes.

Ele começou a subir a escadaria, meio com medo de olhar.

— Não tomo refrigerante.

— Eu tomo, mas prefiro uma cerveja. Ah, quase esqueci, sua mãe ligou.

Ed parou na metade da subida.

— Ligou?

— Ã-hã. Uma senhora muito simpática. E ficou simplesmente maravilhada quando atendi. Espero que você não se incomode, eu não quis decepcioná-la, então disse que éramos namorados e andávamos pensando em oficializar a coisa antes da chegada do bebê.

Como ela sorria-lhe de um jeito que o deixava sem saber se o enganava, ele apenas balançou a cabeça.

— Obrigado Grace. De coração.

— Disponha sempre. Sua irmã arranjou um namorado novo. É advogado. Advogado empresarial. Tem casa própria e um apartamento num condomínio, num lugar chamado Ocean City. Parece promissor.

— Santo Deus! — Foi só o que ele conseguiu dizer.

— E a pressão da sua mãe está alta. Quer que eu prepare uma bebida pra você?

— Quero, faça isso.

Ela cantarolava quando entrou na cozinha. Ed era mesmo adorável. Retirou uma garrafa de vinho branco do saco. Também tinha bom gosto, concluiu ao ler o rótulo. Então pegou o que pareciam aspargos. Cheirou e franziu o nariz. Gosto, sim, mas não teve certeza absoluta de que tipo.

Encontrou couve-flor, cebolinha e ervilha. A única coisa que conseguiu fazê-la sentir-se aliviada foi um saco de uvas sem caroço. Não hesitou de atacá-lo.

— Estão esplêndidas.

Ela engoliu uma uva, virou-se e viu-o no vão da porta.

— O banheiro. Ficou ótimo.

— Sou muito jeitosa. — Grace ergueu o aspargo. — Que é que você faz com isso?

— Cozinho.

Ela tornou a largá-lo.

— Receei que sim. Não perguntei o que você queria beber.

— Eu pego. Você descansou?

— Estou me sentindo ótima. — Ela o viu tirar uma garrafa de suco de maçã da geladeira, o que a fez franzir os lábios. — Pensei um bocado enquanto colava o papel de parede no banheiro e conversava com sua mãe.

— Que tipo de pensamento?

Ed serviu-se um copo longo de suco de maçã, depois abriu um armário e pegou uma garrafa de vodca. Despejou duas doses no suco.

— Que forma mais estranha de tomar vitamina A.

— Quer um?

— Eu passo. De qualquer modo, estive pensando que devia assumir o aluguel de Kathy por algum tempo. Ficar por aqui.

Ele largou o copo. Queria que ela ficasse, assim como o policial nele sabia que era melhor que ela fosse embora.

— Por quê?

— Ainda preciso cuidar dos advogados e do seguro. — O que poderia fazer com a mesma facilidade em Nova York. E ele soube. Grace percebeu pela expressão do seu vizinho que ele via sua intenção. Fora tola ao tentar enrolá-lo. Em todo caso, não achou fácil ser desonesta com ele. A tentativa lhe pareceu estranha. Jamais se dera ao trabalho de ocultar a verdade. — Tudo bem, não é isso. Não posso ir embora sem saber de tudo. Kathy e eu não éramos íntimas. Pra mim, nunca foi fácil admitir, mas é a verdade. Ficar aqui, tentar descobrir quem fez isso a ela, é uma coisa que preciso fazer por nós duas. Não vou me livrar disso, Ed, pelo menos totalmente, até ter todas as respostas.

Ele desejava, pelo bem dos dois, não ter entendido.

— Encontrar o assassino de sua irmã não é trabalho seu, mas meu.

— Seu trabalho, sim. Pra mim, é uma necessidade. Consegue entender isso?

— Não se trata do que eu entendo, mas do que sei.

Ela amassou o saco vazio das compras antes que ele pudesse tirar dela e dobrar para guardar.

— Que é?

— Os civis não podem se envolver em investigações, Grace. Estragam tudo. E se machucam.

Tocando a língua no lábio superior, ela avançou em direção a ele.

— Qual das duas coisas o chateia mais?

Aquela escritora tinha olhos incríveis. Desses que davam vontade de ficar olhando durante horas. Fitavam os seus agora, à espera, questionadores. Meio fascinado, meio cauteloso, Ed deslizou o polegar pela maçã do rosto dela.

— Não sei.

Então, como viu os lábios dela se curvarem apenas um pouco, baixou neles a boca.

O gosto de Grace era exatamente o que ele queria que fosse. Sentiu a textura, quando abriu os dedos naquele rosto, como queria que ela tivesse. Que tolice, sabia. Romancista de Nova York, luzes brilhantes e festas constantes. Policial, além de cidade pequena, não sabia quando teria mais uma vez sangue nas mãos. Mas ela parecia apenas perfeita.

Grace abriu devagar os olhos quando os lábios dos dois se separaram. Exalou um longo suspiro e sorriu.

— Sabe, você causa uma grande impressão sempre que faz isso. Talvez pudesse tornar mais um hábito. — Colando-se nele, avançou dando-lhe mordidelas até a boca. Quando sentiu aquelas mãos enormes deslizarem para seus quadris e depois se retesarem, ela suspirou. Fazia um longo tempo, longo demais, desde que se vira tentada a entregar-se. Enlaçou os braços no pescoço dele e sentiu, com grande satisfação, o coração martelar junto ao seu. — Vai me levar pra cama ou não?

Ele enterrou os lábios no pescoço dela, querendo mais. Seria fácil, tão fácil, tomá-la nos braços, levá-la para a cama e apenas deixar acontecer. Como acontecera antes. Alguma coisa dizia-lhe que com ela não seria tão fácil assim. Com ela não devia ser uma desabada nos lençóis sem um pensamento no amanhã. Ed colou os lábios na testa dela e soltou-a.

— Vou alimentar você.

— Oh. — Ela recuou um passo. Não se oferecia com frequência a um homem. Era necessário mais que um impulso sexual; eram necessários afeto e a sensação de confiança. E em quase todas as lembranças que conseguia reunir, jamais fora rejeitada. — Tem certeza?

— Sim.

— Ótimo. — Dando meia-volta, ela pegou a couve-flor. Talvez lhe proporcionasse momentânea satisfação atirá-la nele, mas decidiu contra. — Se não se sente atraído, então...

Pela segunda vez, aquele policial a fazia rodopiar furiosa. Desta vez, ela descobriu que colidir com o peito dele era uma coisa igual a bater num muro de pedra. Talvez o houvesse xingado, se ele já não lhe ocupasse a boca.

Dessa vez, não foi com gentileza. Não a surpreendeu sentir as lambidas da paixão ou os nós de tensão por baixo. Deixou-a feliz. Então, em segundos, sentiu apenas a boca, as mãos dele, e sua própria reação explosiva.

Ed a queria tanto que teria achado excitante possuí-la ali mesmo, na cozinha. Porém, queria mais que excitação. Mais que o arroubo do momento. E precisava de tempo para resolver simplesmente o que queria.

— Acha que não me sinto atraído por você?

Grace sentiu um sopro rápido e forte das pontas dos dedos às solas dos pés.

— Posso ter me enganado. — Pigarreou, depois esfregou a ponta do dedo sobre os lábios, que ainda vibravam por causa dos dele. — Continuo em pé?

— Parece.

— Que bom. Tudo bem. Depois que abrirmos uma janela e nos livrarmos de um pouco do calor aqui, o que você vai me dar pra comer?

Ed sorriu e tocou-lhe os cabelos.

— Fundos de alcachofra recheados à Bordelaise.

— Um-hum — ela disse, após uma longa pausa. — Não está inventando isso, está?

— Só leva cerca de meia hora.

— Não aguento esperar. — Quando ele começou a juntar os ingredientes, ela pegou uma cadeira. — Ed?

— Sim?

— Está planejando talvez começar um relacionamento duradouro?

Ele olhou para trás, enquanto lavava os legumes sob um jato frio.

— Tenho pensado um pouco nisso.

— Bem, se der certo, eu gostaria de fazer um trato. Qualquer noite que tivermos alcachofras no jantar, na seguinte comeremos pizza.

— Massa de trigo integral.

Ela levantou-se para procurar um saca-rolha.

— Falaremos sobre isso.

BEN MUDOU DE POSIÇÃO NO BANCO DO CARONA E PRESTOU atenção ao sinal. Ao lado, Tess tamborilava com os dedos no volante. Ela se considerava com razão, mas o problema era que não tinha mais apenas os próprios sentimentos para levar em conta.

— Eu podia ter dirigido sozinha até a delegacia — começou. — Você não vai ter carro pra voltar.

— Ed me deixa em casa.

O sinal mudou para verde. Tess avançou devagar, junto com o moroso tráfego matinal.

— Sei que está aborrecido com isso. Tente entender, não se trata de uma coisa que vou fazer por impulso.

Irritado, ele girou o dial do rádio para outra estação.

— Eu não tive nenhum poder de decisão sobre seu envolvimento no outro caso. Parece que não tenho muita influência desta vez também.

— Sabe que isso não é verdade. O que você sente significa muito.

— Então me largue lá e vá pro seu consultório. Deixe esse caso em paz.

Ela ficou calada por trinta segundos completos.

— Tudo bem.

— Tudo bem? — Ele parou quando ia empurrar o isqueiro do carro. — Assim, sem mais nem menos?

— É.

Ela apertou uma presilha solta nos cabelos com um gesto casual e depois virou para a delegacia.

— Sem briga?

— Brigamos ontem à noite. Não há necessidade de entrar nisso de novo. — Tess entrou no estacionamento e parou. — Eu vejo você à noite.

Curvando-se, beijou-o.

Ele tomou-lhe o queixo na mão antes que ela se afastasse.

— Está usando aquela merda de psicologia invertida em mim, não está?

Ela sorriu-lhe com aqueles olhos violeta e claros.

— De jeito nenhum.

— Detesto quando você faz isso. — Ben recostou-se de novo no banco para esfregar as mãos no rosto. — Sabe como me sinto quando a vejo se envolver nessa parte da minha vida.

— E você sabe como me sinto ao ser excluída de qualquer parte da sua vida, Ben.

Tess ergueu a mão para afagar-lhe os cabelos. Um ano antes, nem o conhecia. Agora ele era o ponto focal de sua vida. O marido, o pai do filho que ela mal começava a desconfiar que trouxesse em si. Mas continuava sendo médica. Fizera um juramento. E não conseguia esquecer como os dedos de Grace tremeram numa xícara de café.

— Talvez eu possa ajudar, permitir que vocês entendam a mente dele. Fiz isso antes.

— E eu quase a perdi antes.

— Esse não é a mesma coisa, nem estou envolvida da mesma forma. Ben. — Ela tomou-lhe a mão, antes que ele pudesse afastá-la. — Você acha que ele vai matar de novo?

— Sim. As probabilidades são a favor.

— Salvar vidas. Ainda não é disso que se trata? Pra nós dois?

Ele fitou os tijolos da delegacia. Via-se tradição ali. A sua tradição. Não devia ter nada a ver com ela.

— Eu prefiro quando você faz isso naquele seu pequeno consultório aconchegante, na área residencial da cidade.

— E eu gosto mais quando você fica sentado atrás de uma escrivaninha, resmungando sobre o trabalho administrativo e a papelada. Mas não pode ser assim toda vez. Nem pra você, nem pra mim. E ajudei uma vez antes. Tenho uma sensação muito forte de que posso ajudar desta também. Ele não é um homem comum. Mesmo pelo pouco que você me contou, tenho certeza. É muito doente.

Os pelos no pescoço do policial eriçaram-se no mesmo instante.

— Não comece a ter pena desse também.

— O que vou fazer é ajudar vocês a encontrarem o assassino. Depois disso, a gente verá.

— Não posso deter você. — Mas continuou a prender a mão dela na sua, e soube que podia. — Não quero detê-la — corrigiu —, mas quero que pense nos seus próprios casos em andamento, na clínica, nos pacientes particulares.

— Conheço minha capacidade.

— É. — Para ele, parecia infindável. — Se começar a relaxar e se atrasar, eu contarei tudo ao seu avô. Ele vai endireitar logo seu traseiro, irmã.

— Considero-me desde já avisada. — Ela puxou-o mais uma vez para junto de si. — Eu amo você, Ben.

— É? Que tal uma demonstração?

Ela aproximou os lábios curvados dos dele, depois recuou suavemente. Ed enfiou a cabeça pela janela aberta.

— Vocês não conhecem nenhuma das ruas mais escondidas por aqui?

— Vá plantar batatas, Jackson.

Tess aninhou a face na de Ben.

— Bom-dia, Ed.

— Tess. Em geral não a vemos aqui duas vezes na mesma semana.

— É provável que vá ver bem mais que isso — Ben disse, abrindo a porta. — A doutora vai entrar nesse caso com a gente.

— É mesmo? — Não era difícil sentir a discórdia. Ed conhecia muito bem os dois. — Bem-vinda a bordo.

— É sempre um prazer dar uma mãozinha a dois funcionários públicos. — Ela deslizou o braço pelo de Ed ao saírem andando. — Como Grace tem se saído?

— Se aguentando. Decidiu ficar na cidade até isso ser resolvido.

— Entendo. Que bom!

— É?

— Grace me parece o tipo que não se sai bem quando as coisas acontecem à sua volta. Acho que se sai melhor quando mete a mão na massa. Uma das piores consequências do luto é a impotência. Se ela conseguir superar os obstáculos e chegar ao final, vai superar. — Tess esperou até ele abrir a porta. — Além disso, se voltasse pra Nova York, como é que você faria pra seduzi-la?

Ben seguia atrás da esposa.

— A doutora já sacou seu número, Jackson. Moça de bela aparência — disse, ao fazer tilintar as moedas no bolso. — Cérebro, beleza e dinheiro. — Passou o braço pelo ombro de Tess. — Fico feliz em vê-lo seguir meu exemplo.

— Tess só se enrabichou por você porque tem um fraco por mentes perturbadas.

Ed entrou na Divisão de Homicídios, agradecido porque a próxima questão mudaria o rumo do assunto.

Instalaram-se na sala de conferência. Tess abriu as pastas das duas vítimas diante de si. As fotos, as autópsias e os relatórios preparados pelo marido. Houvera mais violência ali do que no outro caso em que trabalhara com o departamento — se é que se podiam julgar assassinatos por graus de violência. O denominador comum lhe parecia tão claro quanto para os agentes que os investigavam, mas ela viu mais alguma coisa, uma coisa mais sombria.

Com toda a paciência, leu toda a declaração de Eileen Cawfield e as notas da entrevista com Markowitz. Examinou o relatório oficial de Ed sobre as ocorrências na noite da morte de Kathleen Breezewood.

Ben não gostava de vê-la assim, manuseando e examinando os fragmentos do lado mais arenoso de seu mundo. Fora bastante difícil aceitar o trabalho que a esposa fazia enfiada atrás de uma escrivaninha num consultório na área residencial. Em termos lógicos, ele sabia que não poderia protegê-la, mas o deixava nervoso apenas recebê-la no departamento.

Tess deslizou um belo dedo manicurado pelo relatório do médico-legista.

— É interessante que os dois assassinatos tenham ocorrido na mesma hora da noite.

Harris esfregou a mão no estômago. Parecia mais vazio a cada dia.

— Podemos concordar com a possibilidade de que faça parte do padrão dele. — Partiu uma minúscula ponta de um pãozinho de passa que logo ficara passado. Conseguira convencer-se de que, se ingerisse calorias em pequenas doses, na verdade não contavam. — Não tive a oportunidade de lhe dizer que o departamento agradece sua ajuda, Dra. Court.

— Tenho certeza de que o departamento agradecerá mais se eu conseguir ajudar. — Ela tirou os óculos de leitura um instante para esfregar os olhos. — Acho que, nesse ponto da investigação, podemos concordar que lidamos com alguém com uma capacidade para violência explosiva, e que essa violência é, sem a menor dúvida, direcionada ao sexo.

— O estupro em geral é — opinou Ben.

— O estupro não é um crime sexual, mas um ato de violência. O fato de as vítimas serem assassinadas após o ataque não é incomum. O estuprador ataca por inúmeros motivos: frustração, baixa autoestima, opinião depreciativa sobre as mulheres, raiva. A raiva é quase sempre um fator. Nos casos em que o estuprador conhece a vítima, também há a necessidade de dominar, expressar superioridade e força masculinas, ter o que julga merecer, o que acha que lhe foi oferecido. Muitas vezes o estuprador sente que a vítima resiste ou recusa apenas para intensificar a excitação, e que na verdade quer ser possuída de uma maneira violenta.

Ela pôs mais uma vez os óculos.

— A violência em ambos os casos limitou-se a um quarto, onde se encontrava a vítima. O criminoso usou a mesma arma, o fio do telefone. Com toda a probabilidade, o telefone é o elo com cada mulher. Através dele, elas prometiam alguma coisa. Ele foi buscá-la, não pela porta da frente, mas arrombando. Para surpreendê-la, talvez intensificar o tesão. Tendo a acreditar que o primeiro assassinato foi um impulso, um reflexo. Kathleen Breezewood o repeliu, machucou física e mentalmente. Talvez não fosse a mulher que ele tinha imaginado. Nem em sua mente a mulher que havia prometido ser. Mantinha um relacionamento com ela. Enviou flores à cerimônia fúnebre dela, ou de Désirée. Jamais a viu, nem sequer na morte, como a pessoa que ela era, mas como a imagem que ele havia criado.

— Então como diabo a encontrou? — quis saber Ben, não tanto de Tess quanto de si mesmo. — Como pegou uma voz pelo telefone e delimitou uma casa, uma mulher? A mulher certa?

— Quisera eu poder ajudar. — Ela não lhe tomou a mão como teria feito se os dois estivessem a sós. Ali, sabia, sempre haveria um limite de distância entre eles. — Só posso dizer que, em minha opinião, esse homem é muito inteligente. À sua maneira, lógico. Segue um padrão, passo a passo.

— E o primeiro passo é escolher uma voz — murmurou Ed. — E então cria a mulher.

— Eu diria que isso chega próximo ao alvo. Ele tem uma capacidade muito forte de fantasiar. O que imagina, acredita. Deixou impressões digitais nos dois locais de assassinato, mas não porque seja descuidado. Porque se considera muito inteligente, invulnerável às realidades, pois vive num mundo de sua própria criação. Vive as fantasias e, é muito provável, as fantasias que acredita que as vítimas tenham.

— Estou ouvindo que ele estupra e mata mulheres porque acha que elas gostam?

Ben pegou um cigarro. Tess viu-o acendê-lo e reconheceu a rispidez na voz.

— Em termos simples, sim. Segundo a lembrança de Markowitz do que ouviu, o homem disse: "Você sabe que quer que eu a machuque." Os estupradores muitas vezes racionalizam dessa forma. Ele amarrou as mãos de Mary Grice, mas não as de Kathleen. Acho que isso é importante. Segundo os relatórios, Kathleen Breezewood oferecia uma fantasia sexual mais conservadora, mais direta, que Mary Grice. Servidão e sadismo eram muitas vezes incluídos nas conversas de Mary Grice. O assassino deu-lhe o que julgava que ela preferia. E a matou, com toda probabilidade, porque tinha descoberto um prazer sombrio e psicótico desde o primeiro vínculo de sexo e morte. É muito possível que ele acredite que as vítimas sentissem o mesmo prazer. Kathleen foi um impulso; Mary, reconstituição. — Ela se virou para Ben, então. Talvez ele não aprovasse, mas prestava atenção. — Que acha da hora dos assassinatos?

— Que devo achar?

Ela sorriu. Era ele quem sempre a acusava de responder a uma pergunta com outra.

— Os dois ocorreram igualmente no início da noite, uma espécie de padrão. Isso me faz imaginar se talvez ele não seja casado, ou more com alguém que espera que esteja em casa numa determinada hora.

Ben examinou a ponta do cigarro.

— Talvez apenas goste de se deitar cedo.

— Talvez.

— Tess. — Ed mergulhou um saquinho de chá num copo de água quente. — Se aceitarmos em geral que um voyeur ou um autor de chamada excêntrico não vai além de ver ou ouvir, o que é que torna esse cara diferente?

— Não é um voyeur. Ele participa. Essas mulheres falaram com ele. Não há a mesma distância, real ou emocional, como há com alguém que usa binóculo pra espionar um apartamento do outro lado da rua ou espiar por uma janela. Não existe o mesmo tipo de anonimato que num telefonema aleatório. Ele conhece essas mulheres. Não Kathleen e Mary, mas Désirée e Roxanne. Certa vez tive um paciente envolvido no estupro de uma namorada.

— Infelizmente, o ponto de vista da vítima não se aplica ao caso, Dra. Court — interferiu Harris.

— Eu tratei o estuprador, não a vítima. — Tess tirou os óculos e correu a haste por entre os dedos. — Ele não forçou o sexo com essa garota só pensando em si mesmo. Iniciou, insistiu e depois persistiu porque achou que era isso que ela esperava dele. Tinha se convencido de que a namorada queria que ele assumisse a responsabilidade e, se recuasse, ela o teria julgado fraco. Não viril. Ao forçá-la, ele não apenas obteve liberação sexual, mas a sensação de poder. Foi quem assumiu o comando. Em minha opinião, o homem que vocês procuram curte essa mesma sensação de poder. Mata as mulheres porque o assassinato é o poder último. É provável que ele venha de uma família em que não lhe foi permitido exercer poder, em que as figuras autoritárias em sua vida eram, ou são, muito fortes. Foi sexualmente reprimido, agora faz experiências.

Ela abriu mais uma vez as pastas.

— As vítimas eram tipos diferentes de mulheres, não apenas na personalidade do *alter ego*, mas também no físico. Isso pode ter sido coincidência, claro, porém é mais provável que fosse deliberado. As únicas coisas que essas mulheres tinham em comum eram o sexo e o telefone. Ele usou as duas coisas contra elas da maneira mais violenta e final. A próxima escolha será na certa alguém com um estilo em tudo diferente.

— Eu preferiria que não tivéssemos oportunidade de pôr essa teoria à prova. — Harris cortou outro canto do pãozinho de passa.

— Ele poderia parar? Parar de chofre?

— Acho que não. — Tess tornou a fechar as pastas e largou-as na mesa do capitão. — Não se nota remorso nem angústia. A mensagem do cartão da florista não foi "Sinto muito" nem "Perdoe-me", mas "Não esquecerei". Os movimentos dele são planejados com todo cuidado. O cara não agarra uma mulher na rua e a arrasta para um beco ou carro. Mais uma vez, vocês precisam entender que ele as conhece, ou acha que as conhece, e tira o que julga merecer. É em muitos aspectos um produto da sociedade atual, em que basta apenas pegar o telefone e pedir qualquer coisa. De pizza a pornografia, só é preciso apertar um botão que a coisa se torna da pessoa, um objeto ao qual se tem direito. A gente tem aqui uma mistura da conveniência de tecnologia e tendências sociopáticas. Tudo é muito lógico pra ele.

— Com licença. — Maggie Lowenstein enfiou a cabeça pela fresta da porta. — Acabamos de fazer as checagens cruzadas dos cartões de crédito. — Ao aceno de Harris com a cabeça, ela entregou as páginas impressas a Ed. — Nenhuma bate.

— Nenhuma?

Ben levantou-se para olhar por cima do ombro do parceiro.

— Zero. Procuramos correspondências nos números, nos nomes, endereços, possíveis pseudônimos ou fraudes. Nada.

— Estilos diferentes — murmurou Ed, começando a pensar nisso a fundo.

— Então, voltamos à estaca zero.

Ben pegou as folhas que o parceiro lhe passou.

— Talvez não. Localizamos a origem das flores. Um pedido por telefone feito por um cara chamado Patrick R. Morgan. Aqui está o endereço.

— Ele apareceu em alguma dessas? — perguntou Ed, ainda examinando os papéis impressos.

— Não. Continuamos checando as outras listas.

— Vamos fazer uma visita a ele. — Ben conferiu as horas no relógio. — Você tem o endereço do trabalho?

— Tenho, Capitol Hill. Morgan é senador.

O PARLAMENTAR ENCONTRAVA-SE EM SUA RESIDÊNCIA naquele dia, na sua casa restaurada de Georgetown. A mulher que atendeu à porta parecia azeda, impaciente, e carregava uma montanha de pastas de arquivo.

— Sim? — Foi só o que disse.

— Gostaríamos de ver o senador Morgan.

Ed já olhava além dela e mirava o revestimento de mogno no corredor. Coisa autêntica.

— Lamento, o senador não se acha em condições de recebê-los. Se quiserem marcar uma hora, ligue para o escritório dele.

Ben retirou o distintivo.

— Assunto de polícia, madame.

— Não dou a mínima, nem que fosse o próprio Deus — ela respondeu, mal dispensando um olhar à identidade do detetive. — Ele não pode atender. Tente o escritório na semana que vem.

Para impedi-la de fechar-lhes a porta na cara, Ed apenas pôs o ombro na abertura.

— Receio precisar insistir. Podemos conversar com ele aqui ou lá na sede da polícia.

Ele captou a expressão nos olhos dela e teve certeza de que, apesar de seu tamanho, a mulher pretendia afastá-lo no muque.

— Margaret, que diabo está acontecendo aí?

À pergunta, seguiu-se uma série de espirros, antes que o senador Morgan surgisse no vão da porta. Um homem de pequena estatura, cabelos escuros, que beirava os cinquenta anos. Envolto num roupão de banho nesse momento, pálido e com os olhos injetados.

— Esses homens insistem em ver o senhor, e eu disse a eles que...

— Tudo bem, Margaret. — Apesar dos olhos avermelhados, Morgan conseguiu dar um largo sorriso político. — Sinto muito, senhores, como podem ver, estou meio derrubado pelo tempo.

— Nossas desculpas, senador. — Ben exibiu o distintivo. — Mas é importante.

— Entendo. Bem, entrem. Mas aviso que mantenham distância. Na certa, continuo contagioso.

Conduziu-os pelo corredor até uma sala de estar decorada em tons de azul e cinza, realçada com esboços emoldurados da cidade.

— Margaret, pare de fazer cara feia aos agentes de polícia e vá tratar desses arquivos.

— Recaída — ela diagnosticou, mas desapareceu, obediente.

— As secretárias são piores que as esposas. Sentem-se, senhores. Queiram me desculpar por me deitar aqui. — Morgan instalou-se no sofá com uma manta de angorá jogada sobre os joelhos. — Gripe — explicou, pegando um lenço de papel. — Estive saudável como um cavalo o inverno todo, e aí, assim que as flores começam a se abrir, sou atingido por ela.

Cauteloso, Ed sentou-se numa cadeira a um bom metro de distância.

— As pessoas cuidam melhor de si mesmas no inverno — comentou. Notou o bule de chá e o jarro de suco. Pelo menos o homem vinha tomando líquidos. — Tentaremos não tomar muito do seu tempo.

— Sempre faço questão de cooperar com a polícia. Estamos no mesmo lado, afinal.

Morgan espirrou num lenço de papel.

— Saúde — desejou Ed.

— Obrigado. Então, que posso fazer por vocês?

— Tem conhecimento de uma empresa chamada Fantasia? — perguntou Ben, como quem não quer nada, e cruzou as pernas, mas sem despregar os olhos do rosto de Morgan.

— Fantasia? Não — respondeu o senador, após pensar um instante. — Não me soa nada conhecido. — Fez a afirmação com aparente inocência, ajeitando o travesseiro. — Devia?

— Telessexo — disse Ed, e pensou um instante nos germes que se moviam rápidos pelo ar.

Ser policial incluía todo tipo de riscos.

— Ah. — Morgan fez uma leve careta e recostou-se. — Sem a menor dúvida, um tema para debate. Mesmo assim, trata-se de mais uma questão para a Comissão Federal de Comunicações e os tribunais do que para um parlamentar. Pelo menos no momento.

— Conheceu uma mulher chamada Kathleen Breezewood, senador Morgan?

— Breezewood, Breezewood. — Morgan espichou os lábios enquanto examinava Ben. — O nome não é conhecido.

— Désirée?

— Não. — Tornou a sorrir. — Não é um nome que a gente esqueça.

Ed pegou o caderno e abriu-o, como a checar algum fato.

— Se não conhecia a Sra. Breezewood, por que mandou flores à cerimônia fúnebre dela?

— Mandei? — Morgan exibiu um leve embaraço. — Bem, com certeza não era alguém de relacionamento íntimo, mas se enviam flores por inúmeras razões. Sobretudo políticas. Minha secretária cuida desse tipo de coisa. Margaret!

Berrou o nome e caiu num rápido acesso de tosse.

— Excedendo-se — ela resmungou ao chegar correndo à sala. — Tome o chá e pare de gritar.

Ele fez exatamente o que a secretária mandou, dócil, pensou Ed.

— Margaret, eu conheço alguma Kathleen Breezewood?

— Refere-se à mulher que foi assassinada alguns dias atrás?

O rubor que a tosse trouxera ao rosto de Morgan desapareceu. Ele virou-se para Ed.

— Eu mandei?

— Sim, senhor.

— Mandamos flores, Margaret?

— Por que mandaríamos? — Ela se ocupou com a manta sobre o colo dele. — O senhor não a conhecia.

— As flores enviadas à casa funerária foram encomendadas à Florists Bloom Town com o número do seu cartão de crédito. MasterCard.

Ed tornou a olhar o caderno e ditou o número.

— Esse é meu? — perguntou Morgan à secretária.

— É, mas não encomendei flores. Temos uma conta com a Lorimar Florists, de qualquer modo. Não uso a Bloom Town. Não encomendo flores há duas semanas. As últimas foram para a esposa de Parson, quando ela teve o bebê. — Lançou um olhar obstinado a Ben. — Está anotado na agenda.

— Pegue a agenda, por favor, Margaret. — Morgan esperou que ela saísse. — Senhores, vejo que esse assunto é mais sério do que eu desconfiava, mas receio estar por fora.

— Kathleen Breezewood foi assassinada na noite de 10 de abril. — Ed esperou o parlamentar acabar de espirrar em outro lenço. — Pode nos dizer onde estava entre as oito e onze horas?

— Dez de abril. — Morgan esfregou os dedos nos olhos. — Foi a noite do levantamento de fundos na Shoreham. Ano de eleição, vocês sabem. Eu acabava de cair com esta gripe desgraçada e lembro que fiz corpo mole na hora de sair. Minha mulher se irritou comigo. Creio que ficamos lá das sete até, ah, pouco depois das dez. Voltamos direto para casa. Eu tinha uma reunião ao café da manhã no dia seguinte.

— Nada na agenda sobre flores desde o bebê de Parson. — Convencida, Margaret retornou e entregou a imensa agenda a Ben. — É minha obrigação saber para onde e quando enviar flores.

— Senador Morgan — começou Ed —, quem mais tem acesso ao seu cartão de crédito?

— Margaret, claro. E minha mulher, embora ela tenha o seu próprio.

— Filhos?

Morgan enrijeceu-se com a pergunta, mas respondeu:

— Meus filhos não têm a menor necessidade de cartões de crédito. Minha filha tem apenas quinze anos. Meu filho cursa a última série da Academia Preparatória St. James. Os dois recebem uma mesada e as compras grandes precisam ser aprovadas antes. É óbvio que a atendente na florista cometeu um erro ao anotar o número.

— É possível — murmurou Ben. Mas também duvidava que a vendedora houvesse entendido mal o número. — Ajudaria se pudesse nos dizer onde estava seu filho na noite do dia 10.

— Isso me ofende.

Gripe à parte, Morgan sentou-se ereto.

— Senador, temos dois assassinatos. — Ben fechou a agenda. — Não estamos em posição de pisar em ovos.

— Você sabe, claro, que não tenho de responder a nada. Para encerrar o assunto, porém, vou cooperar.

— Somos gratos — disse Ben, delicado. — Sobre o seu filho?

— Ele teve um encontro. — Morgan pegou o suco e serviu-se um copo alto cheio. — Está namorando a filha do senador Fielding, Julia. Creio que foram ao Kennedy Center naquela noite. Michael chegou em casa às onze. Noite de escola.

— E na noite de ontem? — perguntou Ben.

— Ontem, ele ficou em casa a noite toda. Jogamos xadrez até um pouco depois das dez.

Ed anotou os dois álibis.

— Outra pessoa entre seus empregados teria acesso ao número do seu cartão de crédito?

— Não. — Tanto a paciência quanto a necessidade de cooperar do senador chegavam ao fim. — Muito simples, alguém cometeu um erro. Agora, se me derem licença, não tenho mais nada a dizer.

— Agradecemos seu tempo. — Ed levantou-se e guardou o caderno. Já decidira tomar uma dose extra de vitamina C quando chegasse à delegacia. — Se pensar em algum outro motivo para as flores terem sido debitadas de seu cartão de crédito, nos informe.

Margaret ficou mais que feliz ao acompanhá-los até a porta. Quando a porta se fechou atrás deles com uma inequívoca pancada, Ben enfiou as mãos nos bolsos.

— Minha intuição me diz que o cara é sincero.
— Concordo.

Dirigiram-se ao carro. Acima do resmungo de Ben, Ed ocupou o lugar do motorista.

— Sabe, uma coisa que Tess disse está me aporrinhando.
— O quê?
— Que se pode pegar o telefone e pedir qualquer coisa. Eu mesmo faço isso o tempo todo.
— Pizza ou pornografia? — perguntou Ben, mas também pensava nisso.
— Gesso de parede. Fiz uma encomenda mês passado e tive de dar ao cara o número do meu cartão antes mesmo da entrega. Quantas vezes a gente dá o número do cartão de crédito pelo telefone? Bastam o número e o nome, nada físico, identidade e assinatura.
— É. — Com um belo suspiro, Ben sentou-se. — Acho que isso estreita o campo a duzentas mil pessoas.

Ed afastou-se da residência de Morgan.

— Ainda nos resta a esperança de que a filha do senador tenha ficado acordada até tarde.

Capítulo Dez

Mary Beth Morrison nascera para ser mãe. Quando tinha seis anos, possuía uma coleção de bonecas que exigiam constante alimentação, troca de roupas e paparico. Algumas andavam, outras falavam, mas o coração da menina também se enternecia por uma boneca de trapo com um braço rasgado.

Ao contrário de outras crianças, nunca se esquivara dos afazeres domésticos que os pais lhe atribuíam. Adorava lavar roupas e encerar o chão. Tinha uma tábua de passar roupa e um fogão em miniatura, além do próprio aparelho de chá. Aos dez anos, saía-se melhor que a mãe na atividade de assar bolos em geral.

Sua maior e verdadeira ambição era ter um lar e uma família formada por ela própria da qual pudesse cuidar. Nos sonhos de Mary Beth não surgia visão alguma de salas de reunião de diretoria nem de pastas de executiva. Ela queria uma cerca de treliça branca e um carrinho de bebê.

Mary Beth era uma crente convicta de que uma pessoa, homem ou mulher, devia exercer o que fazia melhor. A irmã entrara na Ordem dos Advogados e ingressara numa firma jurídica da alta sociedade em Chicago. Mary Beth orgulhava-se dela. Embora admirasse o guarda-roupa da irmã, sua direta defesa da lei e os homens que entravam e saíam aos montes da vida dela, não tinha um único fio de cabelo de inveja no corpo. Recortava cupons e assava brownies para a atividade de levantamento de fundos da Associação de Pais e Mestres e era uma ativista do movimento de igualdade salarial e profissional para homens e mulheres, embora jamais houvesse sido membro de qualquer sociedade por cuja mão de obra lutava.

Aos dezenove anos, casara-se com o namorado de infância, um menino que escolhera quando os dois frequentavam a mesma escola de ensino fundamental. Ele nunca correra qualquer risco. Mary Beth fora atenciosa, paciente, compreensiva e apoiadora. Não por meio de malícia, mas com sinceridade. Apaixonara-se por Harry Morrison no dia em que dois brigões o derrubaram no pátio de recreio e afrouxaram-lhe o dente da frente. Após vinte e cinco anos de amizade, doze de casamento e quatro filhos, ela ainda o adorava.

Seu mundo girava em torno do lar e da família, a ponto de até os interesses externos também circularem de volta a eles. Muitos, inclusive a irmã, consideravam esse mundo bastante limitado. Mary Beth apenas sorria e assava outro bolo. Era feliz e boa, até excelente, no que fazia. Tinha o que para ela representava a maior recompensa: o amor do marido e dos filhos. Não precisava da aprovação da irmã nem a de qualquer outra pessoa.

Mantinha-se em forma para o prazer do marido e o seu próprio. Ao aproximar-se do trigésimo segundo aniversário, continuava uma mulher linda, bem-arrumada, com a pele sem rugas e suaves olhos castanhos. Mary Beth entendia e solidarizava-se com as mulheres que se sentiam aprisionadas no papel de dona de casa. Também se sentiria da mesma maneira trancada num escritório. Quando encontrava tempo, trabalhava na Associação de Pais e Mestres e na Sociedade Protetora dos Animais. Além da família, nutria uma paixão pelos animais. Também eles precisavam de cuidado.

Era uma mãezona e vinha pensando na possibilidade de ter mais um filho antes de dar por encerrada a prole.

O marido a valorizava. Embora ela deixasse a maioria das decisões nas mãos dele, ou assim parecia, Mary Beth não era ingênua. Haviam tido seu quinhão de discussões durante o casamento e, se a questão fosse muito importante, aferrava-se a ela e brigava até conseguir o que queria. A questão da Fantasia era muito importante.

Embora Harry fosse um bom provedor, houvera ocasiões em que Mary Beth assumira empregos de meio período para complementar ou aumentar a renda do marido. Inscrevera-se e recebera licença para cuidar de crianças em creche. Com o dinheiro extra que ganhara, a família tivera condições de fazer uma viagem de férias durante dez dias na Flórida e na Disney World. As fotos dessa excursão encontravam-se guardadas com todo capricho num álbum azul com a etiqueta FÉRIAS DE NOSSA FAMÍLIA.

E, uma vez, vendera revistas pelo telefone. Embora sua voz a ajudasse a aumentar a renda da família, o trabalho não a satisfizera. Como mulher que amadurecera sabendo fazer o orçamento de tempo e dinheiro, achara as recompensas financeiras muito aquém do tempo envolvido.

Queria outro filho, e queria prover um fundo para a universidade dos quatro com que já fora abençoada. O salário do marido no cargo de contramestre numa construtora dava para os gastos, mas não permitia muitos extras. Ela encontrou a Fantasia na contracapa de uma das revistas dele. A ideia de ser paga só para falar fascinou-a.

Foram-lhe necessárias três semanas, mas por meio de conversa transformara a ferrenha oposição de Harry em ceticismo. Mais uma semana, mudara o ceticismo para rancorosa aceitação. Mary Beth tinha jeito com as palavras. Agora convertia esse talento em dólares.

Ela e Harry haviam concordado em dar um ano à Fantasia. Nesse tempo, a meta de Mary Beth era ganhar dez mil dólares. O pé-de-meia suficiente para uma faculdade pequena e talvez, se o casal tivesse sorte, os honorários do obstetra.

Entrava no quarto mês como garota da Fantasia e já chegara à metade da meta projetada. Era uma moça muito popular.

Não a incomodava falar de sexo. Afinal, como explicara ao marido, era difícil ser puritana após doze anos de casamento e quatro filhos. Harry mudara de opinião a ponto de sentir-se divertido com o novo trabalho da mulher. De vez em quando, ele próprio telefonava, na linha pessoal, para dar-lhe a chance de treinar. Dava-se o nome de Stud Brewster e fazia-a a rir.

Talvez devido ao instinto maternal dela ou à genuína compreensão dos homens e de seus problemas, a maioria dos telefonemas que recebia tratava menos de sexo que de compaixão. Os clientes que a chamavam assiduamente descobriam que podiam falar com ela das frustrações no emprego ou do desgaste da vida familiar e receber um conselho reconfortante. Mary Beth nunca parecia entediada, como muitas vezes as esposas e amantes pareciam ficar, nunca criticava e, quando a ocasião exigia, ela sabia transmitir o tipo de conselho sensato que poderiam receber se escrevessem a um Correio Sentimental — com o bônus de um prazer sexual.

Era irmã, mãe ou amante, qualquer coisa que o cliente solicitasse. Os clientes ficavam satisfeitos, e Mary Beth começou a pensar a sério em jogar fora a cartela de pílulas anticoncepcionais e partir logo para a última tentativa de engravidar.

Mulher de vontade forte, sem complicações, acreditava que a maioria dos problemas se resolvia com tempo, boas intenções e um prato de brownies com lascas de chocolate derretido. Mas jamais encontrara ninguém como Jerald.

E ele escutava. Noite após noite, esperava para ouvir aquela voz delicada e calmante. À beira de apaixonar-se, ele já se achava quase tão obcecado por ela quanto por Désirée. Roxanne fora esquecida, pois significara pouco mais que um rato de laboratório. Mas uma divindade se desprendia da voz de Mary Beth, uma solidez fora de moda associada ao nome, que ela mantivera, porque se sentia confortável demais com ele para participar de brincadeiras. Qualquer homem acreditaria no que uma mulher como aquela lhe dissesse. As promessas que fazia seriam cumpridas.

Ela era um estilo inteiramente diferente.

Jerald acreditava nela e queria conhecê-la. Desejava mostrar-lhe o quanto se sentia agradecido.

No início da noite, e também tarde, ele escutava. E planejava.

Grace fartara-se de só topar com becos sem saída e ser paciente. Mais de uma semana se passara desde o segundo assassinato e, se havia algum progresso na investigação, Ed não lhe contava. Ela achava que o entendia. Era um homem generoso e compassivo. Mas também um policial que vivia segundo as regras do departamento, e as dele próprio. Embora respeitasse a disciplina, sentia-se frustrada com essa excessiva discrição. O tempo que passava com ele acalmava-a de certa forma, enquanto o que passava sozinha a deixava sem nada a fazer, além de pensar. Então também começou a planejar.

Marcou encontros. As breves reuniões com o advogado de Kathleen e o detetive que a irmã contratara não esclareceram nada. Não lhe disseram coisa alguma que já não soubesse. De algum modo, esperava conseguir escavar informações que apontassem Jonathan. No íntimo, ainda desejava que ele fosse culpado, embora, em suas próprias palavras, soubesse que não fazia sentido. Mas era difícil abrir mão dessa crença. No fim, teve de aceitar que, por mais que ele houvesse sido responsável pelo estado de espírito da irmã nos últimos dias de vida, não o fora por acabar com a vida dela.

Mas Kathleen continuava morta e ainda restavam outras possibilidades a ser exploradas.

A mais direta e de fácil análise levou-a à Fantasia.

Grace encontrou Eileen na posição habitual atrás da escrivaninha. Quando entrou, a empresária fechou o talão de cheques onde acertava o saldo e sorriu. Um cigarro queimava no cinzeiro junto ao seu cotovelo. Nos últimos dias, abandonara o faz de conta de que deixara de fumar.

— Boa-tarde. Posso ajudá-la?

— Sou Grace McCabe.

Eileen levou um instante para situar o nome. De suéter largo vermelho, calça preta colante e botas de pele de cobra, não mais parecia a irmã enlutada na foto de jornal.

— Sim, Srta. McCabe. Todos nós sentimos muito por Kathleen.

— Obrigada. — Grace viu, pela tensão dos dedos da empresária, que ela se preparava para um ataque. Talvez fosse melhor deixar a mulher nervosa e vigilante. Não teve o menor escrúpulo quanto a intensificar a culpa: — Ao que tudo indica, sua empresa foi o catalisador da morte de minha irmã.

— Srta. McCabe. — Eileen pegou o cigarro e sorveu uma baforada rápida, agitada. — Eu me sinto mal, muito mal, pelo que aconteceu a Kathleen. Mas não me sinto responsável.

— Não? — A escritora sorriu e sentou-se. — Então suponho que também não se sinta por Mary Grice. Tem café?

— Sim, sim, claro.

Eileen levantou-se e foi à despensa do tamanho de um armário de vassouras atrás da mesa. Não se sentia nada bem, e desejava agora ter embarcado com o marido para aquelas rápidas férias nas Bermudas.

— Tenho certeza de que sabe que estamos cooperando com a polícia de todas as formas possíveis. Todos querem ver esse cara detido.

— Sim, mas entenda, eu também quero que ele pague pelo que fez. Sem creme — acrescentou e esperou a outra trazer uma enorme caneca de cerâmica. — Entende que me sinto um pouco mais próxima de tudo isso do que você, ou a polícia. Preciso encontrar respostas a algumas perguntas.

— Não sei o que posso lhe dizer. — Eileen tornou a sentar-se atrás da escrivaninha. Assim que se instalou, pegou o cigarro. — Eu já disse à polícia absolutamente tudo que podia. Não conhecia bem a sua irmã, você sabe. Só a encontrei quando ela veio pela primeira vez aqui para a entrevista. Tudo o mais era feito pelo telefone.

Não, não conhecera bem Kathleen, pensou Grace. Talvez ninguém tivesse conhecido.

— O telefone — repetiu a escritora, recostando-se na cadeira. — Imagino que o telefone seja a essência de tudo isso. Sei como funciona seu negócio. Kathleen me explicou, portanto não há a menor necessidade de entrar de novo em todos os pormenores. Quero que me diga uma coisa: algum dos homens que usam o serviço já veio aqui?

— Não. — Eileen massageou um pouco acima dos olhos devido a uma dor de cabeça. Não conseguia livrar-se completamente dela desde que lera sobre a morte de Mary Grice nos jornais. — Não damos nosso endereço aos clientes. Claro, seria possível alguém muito determinado conseguir nos encontrar, mas não há motivo algum para isso. Fazemos uma triagem de todas as empregadas em potencial antes de darmos o endereço para a entrevista pessoal. Somos muito cuidadosos, Srta. McCabe. Quero que entenda isso.

— Alguém ligou fazendo perguntas sobre Kathy... sobre Désirée?

— Não. E se tivesse ligado, não teria obtido nenhuma resposta. Com licença — ela se apressou a dizer quando o telefone tocou.

Grace tomou um gole do café e prestou atenção com meio ouvido. Por que fora ali? Sabia na verdade que iria obter poucas informações, ou nenhuma, que a polícia já não tivesse. Alguns detalhes que faltavam, alguns fragmentos; ela procurava no escuro. Mas o lugar era aquele. Aquele escritório minúsculo, despretensioso, representava a chave. Bastava descobrir a forma de girá-la.

— Lamento, Sr. Peterson, Jezebel não está em serviço hoje. Gostaria de conversar com outra pessoa? — Enquanto falava, Eileen apertou algumas teclas e depois leu a tela do monitor. — Se o senhor tinha alguma coisa específica em mente... Entendo. Acho que gostará de falar com Magda. Sim, está. Tenho certeza de que ficará satisfeita em ajudá-lo. Tomarei as providências. — Quando desligou, lançou a Grace um olhar nervoso. — Desculpe, isso vai levar alguns minutos.

— Tudo bem. Esperarei até você terminar.

Grace ergueu a caneca de novo. Teve uma nova ideia que pretendia pôr logo em prática. Sorriu para Eileen quando o negócio foi fechado.

— Diga-me, que devo fazer pra conseguir um trabalho aqui?

Ed NÃO ESTAVA NO MELHOR DOS HUMORES QUANDO PAROU na sua garagem. Passara quase o dia todo esperando impaciente a hora de depor na apelação de um caso no qual trabalhara dois anos antes. Nunca duvidara da culpa do réu. Havia as provas, o motivo e a oportunidade para confirmar. Ele e Ben haviam amarrado as pontas num laço de gravata e entregue ao promotor público.

Embora a imprensa houvesse feito o maior estardalhaço do crime, fora uma investigação muito simples. O homem matara a esposa, mais velha e rica, depois bagunçara tudo para fazer parecer um assalto. O primeiro júri deliberara em menos de seis horas e retornara com o veredicto de culpado. A lei disse que o réu tinha direito a uma apelação, e que a justiça protelasse. Agora, dois anos depois, retratavam o homem que tirara de propósito a vida da mulher a quem prometera amar, honrar e cuidar como uma vítima das circunstâncias.

Ed sabia que o assassino tinha uma boa chance de ficar impune. Em dias assim, perguntava-se por que se dava ao trabalho de pegar o distintivo toda manhã. Enfrentava as montanhas de papelada sem se queixar de quase nada. Punha a vida em risco para proteger a sociedade. Passava horas em vigilâncias policiais no pior do inverno ou no auge do verão. Tudo isso fazia parte do trabalho policial. Mas começava a tornar-se cada vez mais difícil aceitar as distorções que encontrava nos tribunais da lei.

Passaria a noite erguendo paredes de gesso cartonado, medindo, cortando e martelando até esquecer que, por mais afinco com que trabalhasse, perderia o mesmo número de vezes que ganharia.

Nuvens formavam-se no oeste, prometendo uma noite chuvosa. As plantas precisavam disso, ali e no pequeno canteiro que ele cultivara num jardim comunitário a uns quatro quilômetros de distância. Esperava ter tempo durante o fim de semana para checar as abobrinhas. Ao descer do carro, ouviu o constante zumbido de um cortador de grama. Espiou e viu Grace abrindo uma trilha de um lado a outro no gramado do pequeno jardim defronte à casa da irmã.

Estava tão bonita. Toda vez que a via, ele sentia-se contente apenas em olhar. A leve brisa que ajudava a acumular as nuvens soprava-lhe os cabelos e os faziam dançar de forma desordenada ao redor do rosto. Pusera fones de ouvido presos a um walkman que enganchara na cintura da calça jeans.

Ed pretendera cuidar do gramado para ela, mas agora se alegrava por não ter tido a oportunidade. Dava-lhe a chance de vê-la trabalhar, alheia à presença dele. Permitia-lhe ficar ali parado e imaginar como seria voltar para casa todo dia e encontrá-la à sua espera.

O nó apertado de raiva que vinha trazendo consigo se afrouxou. Encaminhou-se em direção à amada.

Com o clássico Chuck Berry tocando estrondoso nos ouvidos, Grace deu um salto quando Ed lhe tocou o ombro. Segurou o cortador de grama com apenas uma das mãos, levou a outra ao coração, ergueu a cabeça e sorriu-lhe. Viu a boca do detetive mover-se junto com a música *Maybelline*, que dançava na cabeça dela. O sorriso transformou-se numa expressão radiante. Agradava-a tanto olhá-lo, aqueles olhos meigos, até delicados, no rosto forte. Ed daria um perfeito Homem da Montanha, concluiu, morando sozinho, subsistindo da terra. E os índios confiariam nele, porque seus olhos não mentiam.

Talvez devesse fazer uma experiência na composição de um faroeste — alguma coisa com um grupo de civis e um xerife de barba ruiva, bom de montaria e tiro certeiro para manter a ordem na cidade.

Após um momento, Ed abaixou os fones de ouvido e deixou o aro pendurado no pescoço dela. Grace ergueu o braço para tocar-lhe a barba.

— Oi. Não ouvi uma palavra sequer do que você disse.

— Eu notei. Sabe, não devia tocar essa coisa tão alto assim. Faz mal aos ouvidos.

— Rock só é bom alto. — Ela baixou a mão até o quadril e desligou-o. — Chegou mais cedo hoje?

— Não. — Como os dois gritavam acima do barulho do cortador de grama, ele apertou o interruptor para desativá-lo. — Você não vai conseguir terminar isso antes da chuva.

— Chuva? — Surpresa, ela ergueu os olhos para o céu. — Quando isso aconteceu?

Ele riu e esqueceu as desgastantes horas passadas no tribunal.

— Você sempre fica alheia ao que acontece a seu redor?

— Com a maior frequência possível. — Grace conferiu mais uma vez o céu. — Bem, posso terminar o resto amanhã.

— Eu cuido disso pra você. Vou tirar o dia de folga amanhã.

— Obrigada, mas você já tem muito que fazer. É melhor eu guardar essa coisa de volta lá nos fundos.

— Eu dou uma mãozinha.

Como ele parecia disposto, Grace tirou de bom grado a mão do cortador e cedeu.

— Conheci Ida hoje — ela começou, quando saíram com a máquina ruidosa até os fundos da casa.

— Segunda casa adiante?

— Acho que sim. Ela deve ter me visto aqui no quintal; apareceu, com cheiro de gato.

— Não me surpreende.

— De qualquer modo, queria me informar que tinha sentido muito boas vibrações em mim. — Grace pegou uma lona encerada quando ele parou o cortador no canto da casa. — Desejava saber se eu já tinha estado em Shiloh... a batalha.

— E o que você respondeu?

— Não quis decepcionar a velhinha. — Após estender a lona sobre o cortador, Grace flexionou os ombros. — Disse que fui atingida por uma bala ianque na perna. E que até hoje, de vez em quando, manco ao andar. Ela ficou satisfeita. Você tem planos pra esta noite?

Ele aprendia a entrelaçar as ideias com as dela.

— Paredes de gesso cartonado.

— Paredes de gesso? Ah, aquela coisa medonha cinzenta, certo? Posso dar uma mãozinha?

— Se quiser.

— Tem alguma comida de verdade lá?

— É provável que eu possa desenterrar algo.

Lembrando do aspargo, Grace o deteve literalmente:

— Espere um instante. — Saiu correndo até a cozinha, assim que começaram a pingar as primeiras gotas de chuva. Tornou a voltar correndo, com um saco de batata frita. — Rações de emergência. Corra. — Antes que ele pudesse concordar, ela disparou numa corrida contra a morte, divertindo-o pela agilidade com que transpôs a cerca com um salto maneta. Ed alcançou-a a três metros da porta dos fundos e surpreendeu os dois arrebatando-a nos braços. Rindo, ela beijou-o com força e rapidez. — Você tem os pés rápidos, Jackson.

— Eu me exercito perseguindo bandidos.

Enquanto a chuva caía incessantemente, ele colou mais uma vez a boca na dela. Doce, e muito mais doce ao ouvir o suspiro murmurado. Grace tinha o rosto molhado em qualquer lugar que ele tocava com os lábios. Frio e molhado. Parecia não pesar nada, poderia segurá-la ali durante horas. Então ele a sentiu tremer de frio e puxou-a mais para perto.

— Estou ficando encharcado.

Ele lançou-se numa corrida até a porta dos fundos e, logo arrependido, largou-a ao lado para pegar as chaves. Grace entrou e sacudiu-se como o cachorro da família.

— Está quente. Gosto de chuva quente. — Passou as mãos pelos cabelos, que saltaram na indomável desordem que lhe caía tão bem.

— Sei que vou estragar o clima, mas esperava que você tivesse mais alguma coisa a me dizer.

Não o estragou, porque era esperado.

— A investigação tem andado devagar, Grace. A única pista que tínhamos era um beco sem saída.

— Tem certeza de que o álibi do filho do senador se sustenta?

— Como uma pedra. — Ele pôs uma chaleira no fogo para o chá. — O garoto estava no meio da primeira fila no Kennedy Center na noite em que Kathleen foi assassinada. Tinha os canhotos do ingresso, a palavra da namorada e mais uma dezena de testemunhas que o viram lá.

— Podia ter escapulido sem ninguém ver.

— Não havia tempo suficiente. No intervalo, às nove horas e quinze, ele tomou um refrigerante no saguão. Sinto muito.

Ela balançou a cabeça. Recostando-se na bancada, pegou um cigarro.

— Sabe o que é terrível? Eu me pegar desejando que esse garoto que nunca vi seja culpado. Não paro de desejar que esse álibi vá desmoronar e ele seja preso. E nem o conheço.

— É humano. Você só espera com ansiedade que chegue ao fim.

— Não sei mais o que espero. — Grace deixou escapar um suspiro. Não gostou do som frágil e queixoso. — Também quis que fosse Jonathan, *porque* o conhecia, porque... deixa pra lá — decidiu, ao acender o isqueiro. — Não foi nenhum dos dois.

— Nós vamos encontrá-lo, Grace.

Ela examinou-o quando o vapor começou a disparar pelo bico da chaleira.

— Eu sei. Acho que não aguentaria continuar a fazer as coisas comuns, pensar no que farei amanhã, se não soubesse. — Sorveu uma longa e firme tragada. Pensava em outra coisa que não podia ser evitada. — Ele não terminou ainda, terminou?

Afastando-se, Ed mediu o chá.

— É difícil saber.

— Não, não é. Seja franco comigo, Ed. Não gosto de ser protegida.

Ele queria proteger, não apenas por ser sua vocação, mas por ser Grace. E, por ser ela, não podia proteger:

— Não creio que tenha terminado.

A escritora assentiu com a cabeça e indicou com um gesto a chaleira.

— É melhor você preparar isso antes que a água seque. — Enquanto Ed pegava as canecas, Grace pensou no que fizera naquele dia. Devia contar-lhe. A pontada na consciência foi aguda e impaciente. Difícil de ignorar. Contaria, lembrou a si mesma. Tão logo fosse tarde demais para ele fazer alguma coisa a fim de impedi-la. Aproximou-se para bisbilhotar a geladeira. — Imagino que não tenha cachorro-quente.

Ele lançou-lhe um olhar de tão genuína preocupação que a fez morder o lábio.

— Você come mesmo isso?

— Não.

Ela fechou a porta e desejou que tivesse manteiga de amendoim.

Trabalharam bem juntos. Grace eliminou a maioria das lascas ao fazer uma experiência com o martelo. Precisara primeiro discutir com Ed, cuja ideia de deixá-la ajudar fora sentá-la numa cadeira para ela poder olhar. Ele acabou cedendo, mas manteve um olho de lince nela. Não tanto por temer que estragasse, embora fosse em parte isso. Era mais por recear que se machucasse. Bastou-lhe apenas uma hora para perceber que, tão logo se obstinava num projeto, Grace trabalhava como uma profissional. Talvez tivesse sido meio negligente no acabamento da massa nas juntas, mas ele imaginou que ficaria nivelado com uma lixada. O tempo extra que exigiu não o incomodou. Na certa, era uma tolice, mas só tê-la ali já o fazia trabalhar mais rápido.

— Vai ser um quarto e tanto. — Grace deu uma coçada no queixo com as costas da mão. — Gosto mesmo do jeito como modela isso em forma de um pequeno L. Todo quarto civilizado deve ter uma sala de estar.

Ele queria que ela gostasse. Na mente, já conseguia vê-lo concluído, até as cortinas na janela, de *voile* azul, com largas tiras pregueadas prendendo as laterais fofas puxadas no meio para trás.

— Estou pensando em pôr duas claraboias.

— É mesmo? — Grace foi até a cama, sentou-se e inclinou o pescoço. — Você pode se deitar aqui e olhar as estrelas. Numa noite como esta, a chuva. — Seria gostoso, pensou, ao erguer os olhos para o teto inacabado. Seria adorável dormir ou fazer amor, ou apenas devanear sob o vidro. — Se decidisse levar esse ofício pra Nova York, ganharia uma fortuna reformando sótãos.

— Sente saudades?

Em vez de olhá-la, Ed ocupou-se com a medição de uma junta.

— De Nova York? Às vezes. — Menos, ela percebeu, do que esperara. — Sabe o que ficaria bem aqui? Um banco sob a moldura da janela. — Empoleirada na cama, apontou uma à direita. — Quando eu era menina, sempre imaginei como seria maravilhoso ter um assento sob a janela, onde pudesse me enroscar e sonhar. — Levantou-se e abriu e fechou os braços. Era estranha a rapidez com que os músculos ociosos ficavam doloridos. — Passava quase o dia todo escondida no sótão e sonhava.

— Sempre quis escrever?

Grace mergulhou a mão mais uma vez no balde de massa.

— Eu gostava de mentir. — Riu e passou a mistura cor de lama sobre a cabeça de um prego. — Não das grandes mentiras, mas das inteligentes. Livrava-me das confusões inventando histórias, e os adultos em geral se divertiam o suficiente pra atenuar o castigo pelas minhas traquinagens. — Calou-se por um instante. Não queria lembrar os tempos difíceis. — Que música é essa?

— Patsy Cline.

Ela escutou por um momento. Não era o tipo de música que teria escolhido, mas tinha uma incisividade que a agradava.

— Não fizeram um filme sobre ela? Claro que sim. Morreu num desastre de avião na década de 1960. — Prestou atenção de novo. A música soava tão cheia de vida, tão vital. Não sabia se lhe dava vontade de sorrir ou chorar. — Creio que esse é outro motivo que me fez querer escrever. Deixar alguma coisa. Uma história é como uma música. Sobrevive à gente. Acho que tenho pensado mais nisso ultimamente. Você já pensou alguma vez em deixar uma coisa que dure?

— Claro. — Também mais recentemente, pensou, embora por diferentes razões. — Bisnetos.

A resposta a fez rir. Derramou a massa no punho do suéter, mas não se preocupou em limpá-la.

— É bem legal. Acho que pensaria assim, vindo de uma família grande.

— Como sabe que tenho uma família grande?

— Sua mãe comentou. Dois irmãos e uma irmã. Os irmãos são casados, embora Tom e... — ela precisou pensar um instante... — Scott sejam mais moços que você. Tem, deixe-me ver, acho que são três sobrinhos, o que me fez pensar nos trigêmeos do Pato Donald, Huguinho, Zezinho e Luizinho... sem querer ofender.

Ele só pôde balançar a cabeça.

— Você nunca esquece nada?

— Nunca. Sua mãe continua desejando uma neta, mas ninguém tem cooperado. Ainda tem a esperança de você abandonar as ruas e se juntar ao seu tio na construtora.

Pouco à vontade, ele pegou um arremate de quina e começou a martelá-lo.

— Parece que tiveram uma conversa e tanto.

— Ela quis fazer um teste comigo, lembra? — Ele enrubesceu, apenas um pouco, mas o suficiente para fazê-la querer abraçá-lo. — De qualquer modo, as pessoas vivem me contando detalhes íntimos de suas vidas. Eu nunca soube por quê.

— Porque você escuta.

Grace sorriu, considerando isso um dos maiores elogios.

— Então por que não está construindo apartamentos de condomínio com seu tio? Você gosta de construir.

— Isso me relaxa. — Assim como uma música de Merle Haggard que tocava no rádio agora o relaxava. — Se fizesse isso todo dia, ficaria entediado.

Ela prendeu a língua entre os dentes enquanto derramava massa numa junção.

— Você está falando com alguém que sabe até que ponto pode ser tedioso o trabalho policial.

— É um quebra-cabeça. Já montou quebra-cabeças quando era garota? Os grandes, de duas mil e quinhentas peças?

— Claro. Após duas horas, trapaceava. Deixava todos loucos quando descobriam que eu havia quebrado a ponta de uma peça para fazê-la se encaixar.

— Eu passava dias num e nunca perdia o interesse. Sempre trabalhava da borda pro centro. Quanto mais peças a gente encaixa, maiores os detalhes; quanto mais detalhes, mais próximo da imagem completa.

Ela parou um instante, porque entendeu.

— Nunca sentiu vontade de ir direto ao centro e mandar os detalhes às favas?

— Não. Se você faz isso, acaba sempre procurando as pontas soltas, aquela peça enganadora que une tudo e torna a coisa certa. — Após martelar o último prego, Ed recuou para ter certeza de que fizera o trabalho direito. — É uma tremenda satisfação quando a gente encaixa a última peça e vê a imagem completa. Esse cara que procuramos agora... apenas ainda não temos todas as peças. Mas teremos. Assim que tivermos, vamos misturar todas até tudo se encaixar.

— Sempre se encaixam?

Ele olhou-a então. Tinha a maldita mistura manchada no rosto e uma expressão muito séria. Ele esfregou o polegar no rosto dela para tirar a mancha.

— Mais cedo ou mais tarde. — Largou a ferramenta e emoldurou aquele rosto nas mãos. — Confie em mim.

— Eu confio. — Olhos bondosos, mãos fortes. — Ela curvou-se mais para perto. Queria mais que conforto, precisava de mais. — Ed... — As batidas à porta do andar de baixo fizeram-na cerrar os olhos de frustração. — Parece que temos companhia.

— É. Com sorte eu me livro deles em cinco minutos.

Grace arqueou as sobrancelhas. A aspereza na voz dele agradou-a e lisonjeou-a.

— Detetive, este poderia ser seu dia de sorte.

Ela tomou-lhe a mão para descerem juntos. Tão logo Ed abriu a porta, Ben empurrou Tess para dentro.

— Santo Deus, Ed, não sabe que as pessoas podem sufocar aqui embaixo? Que é que você... — Viu Grace. — Oh. Oi.

— Oi. Relaxe. Estávamos brincando com paredes de gesso. Olá, Tess. Que bom ver você. Não tive chance de lhe agradecer.

— Não há de quê. — Tess ergueu-se na ponta dos pés e puxou Ed para um beijo. — Desculpe, Ed. Eu disse a Ben que devíamos ligar antes.

— Não tem problema. Sente-se.

— Claro, pegue um engradado. — Ben acomodou a esposa numa caixa de mudança e ergueu uma garrafa de vinho. — Você tem taças, não?

Ed pegou a garrafa e ergueu as duas sobrancelhas.

— Qual é a ocasião? Você em geral traz uma embalagem de cerveja Moosehead e bebe tudo sozinho.

— Isso que é gratidão, parceiro, sobretudo agora que o tornamos padrinho. — Ben tomou a mão de Tess e ergueu-a nas dele. — Em sete meses, uma semana e três dias. Mais ou menos.

— Um bebê? Vocês, caras, vão ter um bebê? — Ed passou o braço em volta de Ben e apertou-o. — Belo início de partida, parceiro. — Pegou a mão livre de Tess quase como se fosse medir-lhe o pulso. — Você está bem?

— Ótima. Ben quase sofreu um colapso, mas eu me sinto ótima.

— Não sofri quase um colapso. Talvez tenha balbuciado durante uns dois minutos, mas não desabei. Vou pegar as taças. Cuide pra que ela fique sentada, sim? — ele pediu a Ed.

— Eu o ajudo. — Grace pegou o vinho de Ed e seguiu Ben até a cozinha. — Você deve estar se sentindo no topo do mundo.

— Acho que ainda não assimilei. Uma família. — Ben começou a inspecionar os armários, enquanto Grace achou um saca-rolha. — Nunca pensei em ter uma família. Então, de repente, lá estava Tess. Tudo mudou.

Grace fitou a garrafa e começou a retirar a rolha.

— É engraçado como a família pode manter tudo coeso.

— É. — Após arrumar as taças, Ben pôs a mão no ombro dela. — Como tem se aguentado?

— Melhor, na maior parte do tempo, melhor. O mais difícil é acreditar que ela se foi e não vou vê-la nunca mais.

— Eu sei como você se sente. Sei mesmo — ele disse ao sentir o instantâneo retraimento dela. — Perdi meu irmão.

Após arrancar a rolha, Grace obrigou-se a olhá-lo. Também viu bondade em seus olhos. Embora ele fosse mais intenso que Ed, mais agitado e cheio de energia, a bondade achava-se presente.

— Como lidou com isso?

— Muito mal. Tudo na vida caía aos pés de meu irmão, e eu era louco por ele. Não vivíamos de acordo em relação a muitas coisas, mas éramos muito unidos. Ele embarcou direto pro Vietnã ao sair do ensino médio.

— Sinto muito. Deve ser horrível perder na guerra alguém que a gente ama.

— Ele não morreu no Vietnã, apenas as melhores partes desapareceram. — Ben pegou a garrafa e começou a servir o vinho. Era estranho; mesmo após tantos anos, lembrava-se bem demais. — Voltou uma pessoa diferente, retraído, ressentido, perdido. Recorreu às drogas pra apagar tudo, obscurecer tudo da mente, mas não ajudou. — Percebeu que ela pensava na irmã e nos frascos de tranquilizantes estocados em toda a casa. — É difícil não culpá-los por escolherem um caminho fácil.

— É, é sim. Que aconteceu com ele?

— No fim, não conseguiu suportar mais. Então optou por cair fora.

— Sinto muito. Sinto muito mesmo. — As lágrimas mais uma vez afloraram, as que ela conseguira reprimir durante dias. — Eu não quero essa saída.

— Não. — Ele também entendia. — Mas às vezes é melhor depois que se faz.

— Todo mundo diz que entende, mas não entende. — Quando Ben a abraçou, ela se manteve ali. — Só sabemos o que é perder uma parte de nós depois que acontece. Não podemos fazer nada que nos prepare pra isso, sabe? Nem depois, depois de cuidar de todos os detalhes. É o pior não conseguir fazer nada. Quanto tempo... quanto tempo você levou pra dar a volta por cima?

— Eu lhe digo quando isso acontecer.

Ela concordou e apoiou a cabeça no ombro dele por mais um instante.

— Só se pode seguir em frente?

— Isso mesmo. Depois de algum tempo, a gente deixa de pensar nisso todo dia. Então acontece uma coisa como Tess em minha vida. Você consegue seguir em frente. Não consegue esquecer, mas consegue seguir em frente.

Grace afastou-se para enxugar as lágrimas nas faces com as mãos.

— Obrigada.

— Você vai ficar bem?

— Mais cedo ou mais tarde. — Ela fungou uma vez e conseguiu dar um sorriso. — Mais cedo, espero. Vamos levar isso de volta. Esta noite temos de comemorar a vida.

Capítulo Onze

Mary Beth Morrison debruçava-se sobre o orçamento mensal e prestava atenção aos dois filhos mais velhos que brigavam ao redor de um tabuleiro de jogo. Os meninos estavam nervosos, pensou, e tentou descobrir onde se excedera no departamento de gêneros alimentícios.

— Jonas, se vai ficar tão contrariado quando Lori se apropriar do seu território, não devia jogar.

— Ela trapaceia — queixou-se Jonas. — Sempre trapaceia.

— Não trapaceio.

— Trapaceia, sim.

Se Mary Beth não estivesse tentando descobrir como reduzir mais cem por mês, poderia ter deixado que a discussão seguisse o curso normal.

— Talvez seja melhor vocês guardarem o jogo e irem pra seus quartos.

O brando comentário teve o efeito desejado. As duas crianças acalmaram-se o suficiente para fazer as acusações em sussurros.

A caçula da família, Pat Frescura, como as outras crianças gostavam de chamá-la, aproximou-se para pedir à mãe que lhe ajeitasse a fita nos cabelos. Aos cinco anos, Patricia era toda feminina. Mary Beth largou as contas o tempo suficiente para mexer no laço. O filho de seis anos esforçava-se ao máximo para instigar outra batalha entre o irmão e a irmã mais velhos, enquanto disputavam a conquista do mundo. Após algum tempo, Jonas e Lori viraram-se para ele. A televisão estrondeava e a mais recente gatinha ocupava-se em sibilar para Binky, o cocker spaniel de meia-idade da família. Em suma, uma típica noite de sexta-feira na casa dos Morrison.

— Acho que consertei o Chevy. Precisava de tempo, só isso.

Harry entrou na sala da família esfregando as mãos num pano de prato. Mary Beth pensou um instante na frequência com que lhe pedia para não deixar panos da cozinha espalhados pela casa, e ergueu o rosto para o beijo do marido. O perfume da loção que lhe dera no aniversário perdurava nas faces recém-barbeadas.

— Meu herói. Detestei a ideia de enguiçar a caminho da venda beneficente de bolos e doces no domingo.

— Agora é só um sussurro suave o tempo todo. Baixe o som, Jonas. — Sem quebrar o ritmo, o pai ergueu Pat no colo para um abraço. — Por que não o levamos pra fazer um teste?

Mary Beth afastou-se da mesa. Era tentadora a ideia de sair de casa por uma hora, talvez pudessem dar uma parada para o sorvete ou satisfazer os filhos numa rodada de golfe em miniatura. Então tornou a olhar as contas.

— Preciso resolver isso pra poder fazer um depósito no caixa automático amanhã de manhã.

— Você parece cansada.

Harry plantou um beijo na bochecha de Pat e largou-a de novo no chão.

— Só um pouco.

Ele deu uma olhada nas contas e números.

— Eu podia dar uma mãozinha.

Mary Beth registrava os números sem erguer os olhos.

— Obrigada, mas, na última vez que você me ajudou, levei seis meses pra nos pôr mais uma vez nos trilhos.

— Ofenda. — O marido despenteou-lhe os cabelos. — Eu só me sentiria ofendido se não fosse verdade. Jonas, você está forçando a sorte.

— Ele leva os jogos muito a sério — murmurou Mary Beth. — Igual ao pai.

— Os jogos são sérios. — Harry curvou-se de novo para sussurrar-lhe no ouvido: — Quer brincar?

Ela riu. Embora fosse um homem que conhecia há mais de vinte anos, ainda lhe fazia o pulso acelerar-se.

— Nesse ritmo, só terei terminado por volta da meia-noite.

— Ajudaria se eu saísse com as crianças por algum tempo?

Ela ergueu a cabeça e sorriu-lhe.

— Você leu minha mente. Se eu tivesse uma hora de silêncio ininterrupto, talvez conseguisse calcular como espremer o dinheiro para aqueles pneus novos.

— Não precisa dizer mais nada. — Curvou-se e beijou-a. Da posição sentada no chão, Jonas revirou os olhos. Os pais viviam aos beijos. — Faça a si mesma um favor e tire essas lentes de contato. Já as colocou desde cedo e de novo ficou com elas por tempo demais.

— Na certa, tem razão. Obrigada, Harry, talvez esteja salvando minha sanidade.

— Gosto de você louquinha. — O marido tornou a beijá-la e ergueu as mãos. — Todos aí a fim de um passeio de carro e sundaes com calda derretida reunidos na garagem em dois minutos.

Começou a correria desabalada no mesmo instante. Peças de jogos espalhadas foram catadas e os sapatos, calçados. Binky irrompeu numa tangente de latidos até a gatinha rechaçá-lo para fora da sala. Mary Beth encontrou o suéter pink com as imitações de diamante e lembrou a Jonas que escovasse os dentes. Embora ele não o fizesse, era o pensamento que contava.

Passados dez minutos, a casa ficou vazia. Abraçando o silêncio para si por um instante, Mary Beth sentou-se mais uma vez à escrivaninha. Haveria uma faxina programada no dia seguinte, mas no momento não ia nem olhar a bagunça que as crianças haviam deixado para trás.

Tinha tudo que queria: um marido amoroso, filhos que a faziam rir, uma casa de muita personalidade e, com grande esperança, um Chevy que não falhasse na ignição do motor. Debruçando-se sobre o livro de contabilidade, recomeçou a trabalhar.

Meia hora depois, lembrou-se do conselho de Harry sobre as lentes de contato. Haviam sido sua única verdadeira satisfação pessoal. Detestava óculos, detestava-os desde que pusera o primeiro aos oito anos. Usara lentes de fundo de garrafa no curso secundário e, de vez em quando, passara vergonha andando às cegas pelos corredores porque se recusava a colocá-los. Sempre o tipo de pessoa que sabia o que queria e como consegui-lo, arranjara um emprego de verão no penúltimo ano escolar e gastara tudo com lentes de contato. Desde aquele momento, adquirira o hábito de encaixá-las quase desde o primeiro momento acordada e só tirá-las quando se deitava.

Como a leitura ou o trabalho de contabilidade faziam-lhe os olhos doerem após algumas horas, tirava-as muitas vezes, e depois, de nariz colado na página, terminava o trabalho. Com um pequeno grunhido de reclamação, levantou-se e foi ao andar de cima retirá-las por aquela noite.

Como em tudo, Mary Beth era consciensiosa. Limpou as lentes, mergulhou-as em nova solução e deixou-as de molho. Pelo fato de Pat gostar de fuçar nas gavetas de cosméticos à procura de batom, a mãe guardava o estojo na prateleira de cima do armário de remédios. Inclinando-se mais para perto do espelho do banheiro, pensou em retocar a maquiagem. Ela e Harry não haviam encontrado tempo para fazer amor em dias. Mas esta noite, se conseguissem enfiar todos os filhos na cama...

Com um sorriso, Mary Beth esticou o braço e pegou o batom. Quando o cachorro começou a latir, ela o ignorou. Se Binky precisava sair, teria de segurar a bexiga um instante.

Jerald empurrou a porta que conduzia da garagem à cozinha. Não vinha se sentindo bem nos últimos dias. Essa sensação nervosa, de um pé sobre o precipício, que fazia na verdade a vida valer a pena. Devia ter compreendido antes. Era como ser um semideus, um dos mitos gregos com pai imortal e mãe mortal. Heroico, brutal e abençoado. Exatamente como se sentia. O pai tão poderoso, tão onividente, tão intocável. A mãe linda... e imperfeita. Por isso, como filho dos dois, sentia tanto poder e conhecia tanto medo. Uma combinação incrível. E por tudo isso também sentia tão grande pena e desdém pelos meros mortais. Atravessavam a vida às cegas, jamais percebiam a estreita proximidade com que caminhavam ao lado da morte, nem a facilidade com que ele podia apressar o ritmo dela.

Tornava-se a cada dia mais parecido com o pai, pensou. Mais onividente e mais onisciente. Logo não precisaria mais do computador para mostrar-lhe o caminho. Simplesmente saberia.

Umedecendo os lábios, espiou pela fresta da porta. Não contara com um cachorro. Via-o, recuado num canto da cozinha, rosnando. Teria de matá-lo, claro. Os dentes brilharam no escuro um instante tão logo ele pensou nisso. Achava uma pena não poder fazê-lo sem pressa, passar pela experiência completa. Abriu mais um pouco a porta e ia transpô-la quando a ouviu.

— Ai, em nome de Deus, Binky, já chega. Você vai fazer o Sr. Carlyse reclamar de novo. — Deslocando-se mais por memória que por visão, Mary Beth encaminhou-se para a porta dos fundos sem se dar ao trabalho de acender as luzes. — Venha, já pra fora.

De seu canto, Binky continuou a vigiar a porta da garagem e rosnou.

— Escute, não tenho tempo pra isso. Quero terminar as coisas. — Ela aproximou-se e pegou o cachorro pela coleira. — Fora, Binky. Não acredito que você fique tão exaltado por causa de uma gatinha tola. Vai se acostumar com ela.

Puxou o cachorro até a porta e deu-lhe um empurrão não muito delicado. A indulgente risada travou-lhe na garganta quando ela se virou.

Mary Beth era tudo que Jerald soubera que seria. Meiga, afetuosa e compreensiva. Vinha esperando-o, claro. Chegara até a pôr o cachorro para fora, a fim de que não fossem incomodados. Como estava bonita com aqueles grandes olhos assustados e os altos seios redondos. Cheirava a madressilva. Ele lembrou que ela falara em fazer amor longo e demorado num prado. Enquanto a olhava, quase via os trevos.

Queria abraçá-la, deixá-la proporcionar-lhe todas as coisas gostosas e delicadas que prometera. Depois queria retribuir-lhe com a melhor de todas. A derradeira.

— Que é que você quer?

Embora ela visse pouco mais que uma sombra, isso bastou para fazer-lhe o coração martelar na garganta.

— Tudo que você prometeu, Mary Beth.

— Eu não o conheço.

Fique calma, ordenou a si mesma. Se ele viera roubar a casa, podia levar o que quisesse. Ela mesma entregaria os longos cálices de cristal da avó. Graças a Deus, as crianças não estavam em casa. Graças a Deus, estavam seguras. Os Feldspar haviam sido roubados no ano anterior, e levaram meses para resolver tudo com o seguro. Fazia quanto tempo que Harry saíra? Os pensamentos embolavam-se em sequência, enquanto ela tentava manter-se firme.

— Sim, conhece. Tem falado comigo, na verdade apenas comigo, todas essas noites. Sempre entendeu. Agora podemos afinal ficar juntos. — Ele se encaminhava em direção a ela. — Vou lhe dar mais do que pode imaginar. Sei como.

— Meu marido já vai voltar.

Ele apenas continuou a sorrir, os olhos sem expressão e os lábios curvos.

— Quero que me dispa como prometeu. — Tomou-lhe os cabelos nas mãos. Não para machucá-la, apenas para ser firme. As mulheres gostavam que os homens fossem firmes, sobretudo as delicadas e de voz meiga. — Agora, Mary Beth. Tire as roupas, devagar.

Depois quero que me toque em todo lugar. Faça todas aquelas coisas gostosas em mim, Mary Beth. Todas aquelas coisas gostosas e delicadas que prometeu.

Era apenas uma criança. Não era? Ela tentou concentrar-se naquele rosto, mas a cozinha estava escura e sua visão, pouco clara.

— Não posso. Você não quer fazer isso. Apenas vá embora, que eu...

As palavras foram interrompidas quando ele lhe puxou os cabelos com força. Ela encolheu-se de medo para trás, quando o louco lhe cobriu a garganta com a mão livre.

— Você quer ser convencida. Tudo bem. — Embora falasse em voz baixa, a excitação intensificava-se, espalhava-se, cerrando-se apertada ao redor do coração e pressionando com força os pulmões. — Désirée também quis ser convencida. Não me importei. Eu a adorava. Era perfeita. Acho que você também é, mas preciso ter certeza. Vou tirar suas roupas, tocar você. — Quando ele transferiu a mão da garganta ao seio, Mary Beth aspirou fundo o ar para gritar. — Não faça isso. — Ele enterrou os dedos cruelmente. A voz tornou a mudar, desprendendo agora um lamento muito mais assustador que quando ele dava ordens. — Não quero que grite. Não é o que desejo e vou machucá-la se gritar. Gostei de ouvir Roxanne gritar, mas você, não. Ela era uma prostituta, entende?

— Sim. — Mary Beth teria dito qualquer coisa que ele quisesse ouvir. — Sim, entendo.

— Mas você não é prostituta. Você e Désirée são diferentes. Eu soube assim que ouvi sua voz. — Embora se acalmasse mais uma vez, estava com o membro enrijecido como uma pedra, queria livrar-se da calça jeans. — Agora, quero que converse comigo enquanto faço isso. Converse comigo como fazia antes.

— Não sei do que você está falando. — Mary Beth sentiu a bílis avolumar-se quando Jerald apertou o corpo no dela. Meu Deus, ele não podia estar fazendo isso. Não podia ser verdade. Ela queria Harry. Queria os filhos. Queria que tudo terminasse. — Eu não o conheço. Está cometendo um erro.

O louco enfiou-lhe a mão entre as pernas. Gostou do jeito como ela se sacudiu e choramingou. Tudo certo, achava-se pronta para ele, macia e pronta.

— Vai ser diferente desta vez. Quero que me mostre coisas, faça coisas, e depois, quando eu chegar ao fim, será ainda melhor do que com as outras. — Me toque, Mary Beth. As outras não me tocaram.

Ela chorava agora e se detestava por isso. Era a sua casa, seu lar, e não devia ser violada dessa forma. Forçou-se a segurá-lo e esperou até ouvi-lo gemer. Levada pelo desespero, golpeou o cotovelo na barriga dele e correu. Ele agarrou-a pelos cabelos com um perverso salto quando ela fechou a mão sobre a maçaneta. Tão logo Jerald fez isso, Mary Beth soube que ele iria matá-la.

— Você mentiu. É uma mentirosa e vagabunda igual às outras. Por isso vou tratá-la como as outras.

Ele mesmo quase às lágrimas, deu-lhe um forte tapa no rosto com as costas da mão, cortando-lhe o lábio. Foi o gosto do próprio sangue que a reanimou.

Não iria morrer desse jeito, na sua própria cozinha. Não iria deixar o marido e os filhos sozinhos. Gritando, ela enfiou as unhas no rosto daquele louco e, quando ele ganiu, conseguiu abrir a porta. Pretendia correr para salvar a vida, mas Binky decidiu ser um herói.

O cachorro pequeno tinha dentes afiados. Usou-os de forma cruel na batata da perna de Jerald. Uivando de raiva, ele conseguiu chutá-lo para o lado, só que, ao se virar, viu-se tendo de enfrentar a ponta operacional de uma faca de açougueiro.

— Saia da minha casa.

Mary Beth segurava o cabo com as duas mãos. Sentia-se estonteada demais para surpreender-se pelo fato de ter toda a intenção de usá-la se ele desse mais um passo em sua direção.

Binky conseguiu erguer-se. Tão logo sacudiu a cabeça para clareá-la, recomeçou a rosnar.

— Vagabunda — sibilou Jerald ao aproximar-se devagar da porta. Nenhuma delas o ferira antes. O rosto doía, e a perna... sentia o sangue úmido e quente infiltrar-se na calça jeans. Iria fazê-la pagar. Fizera todas pagarem. — Putas mentirosas, todas vocês. Eu só queria lhe dar o que você pedia. Seria bom pra você. — O gemido que se desprendia de sua voz fez Mary Beth estremecer. Ele parecia um menino mau que quebrara o brinquedo preferido. — Eu ia dar o melhor a você. Da próxima vez, você vai apenas sofrer.

Quando Harry entrou com os filhos em casa, vinte minutos depois, encontrou a mulher sentada à mesa da cozinha, ainda com a faca de açougueiro na mão e vigiando a porta dos fundos.

— Vinho pra todos, exceto para a futura mamãe. — Grace distribuía as taças, enquanto Ben as enchia. — Você toma algum tipo de suco. Deus sabe do quê, em se tratando de Ed nunca se sabe.

— Papaia — resmungou o anfitrião, quando Tess cheirou hesitante o copo.

— Um brinde, então. — Grace ergueu a taça em saudação. — Aos novos começos e à continuidade.

Taças tilintaram.

— Então, quando é que você vai pôr alguns móveis aqui? — Ben sentou-se na beira do caixote ao lado de Tess. — Não pode viver num canteiro de obra pra sempre.

— É uma questão de prioridades. Vou terminar a divisória de gesso do quarto no fim de semana. — Ed tomou um gole do vinho e examinou o parceiro. — Que vai fazer amanhã?

— Ocupado — apressou-se a responder Ben. — Tenho de... ah, limpar a gaveta de legumes da geladeira. Não posso deixar Tess escravizada no trabalho doméstico no estado dela.

— Vou me lembrar disso. — Ela tomou outro gole hesitante do suco. — De qualquer modo, preciso dar uma corrida até a clínica por umas duas horas amanhã. Posso deixar você na delegacia.

Ben lançou-lhe um olhar irritado.

— Obrigado. Ed, não acha que Tess devia reduzir o ritmo, tirar algum tempo de folga? Pôr os pés pra cima?

— Na verdade... — Ed recostou-se confortavelmente num cavalete de serrar madeira. — Mente e corpo ativos tendem a resultar em mãe e bebê mais saudáveis. Estudos iniciados por obstetras nos últimos dez anos indicam que...

— Merda — interrompeu Ben. — Eu fiz uma pergunta simples. E você, Grace? Como mulher, não acha que uma gestante deve ser paparicada?

Sem ligar para o pó de serragem, Grace sentou-se no chão, estilo indiano.

— Depende.

— Do quê?

— Depende. Se vai morrer de tédio... Eu morreria. Agora, se a gestante pensasse em participar da Maratona de Boston, isso talvez exigisse alguma discussão. Está pensando nisso, Tess?

— Eu pensava em começar com alguma coisa local primeiro.

— Sensata — concluiu Grace. — Taí uma mulher sensata. Você, por outro lado — disse a Ben —, é típico.

— Típico como?

— Um macho típico. E isso o torna, nas circunstâncias, um preocupado crônico superprotetor. O que é bom. E amoroso. Também sei que Tess, sendo mulher e com formação psiquiátrica, conseguirá explorar satisfatoriamente isso nos próximos sete meses, uma semana e três dias.

Erguendo a garrafa de vinho, virou mais na taça de Ben.

— Obrigado. Acho.

Grace sorriu-lhe por cima da borda de sua própria taça.

— Gosto de você, detetive Paris.

Ele riu e, curvando-se, tocou a taça na dela.

— Também gosto de você, Gracie. — Ergueu os olhos quando o telefone de Ed tocou. — Enquanto você estiver atendendo, veja se tem alguma coisa pra comer na cozinha que não seja verde.

— Amém — murmurou Grace dentro da taça. Após olhar para trás, tornou a falar: — Você não vai acreditar no que comi aqui na outra noite. Fundos de alcachofra.

— Por favor. — Ben encolheu-se. — Não enquanto eu respirar.

— Na verdade, não chegava a ser tão ruim quanto imaginei. Ele sempre foi assim? Só come raízes e coisas no gênero?

— Aquele cara não come hambúrguer há anos. É assustador.

— Mas é um amor — acrescentou Grace, e sorriu dentro da taça de um jeito que fez Tess especular.

— Lamento — começou Ed ao voltar. — Recebemos um chamado.

— Santo Deus, não se pode nem comemorar a vinda de um filho?

— É em Montgomery County.

— Além da divisa? Que é que eles querem de nós?

Ed deu uma olhada a Grace.

— Tentativa de estupro. Parece o nosso homem.

— Ai, meu Deus.

Grace levantou-se de um salto e derramou vinho nas mãos.

Tess levantou-se com o marido.

— Ed... e a vítima?

— Abalada, mas bem. Conseguiu pegar uma faca de açougueiro. Com isso e o cachorro da família, ela o rechaçou.

— Vou com vocês. — Antes que Ben pudesse protestar, Tess pôs a mão no braço dele. — Posso ajudar, não apenas a você, mas a vítima. Sei como cuidar disso, e é quase certo que ela se sentirá mais à vontade falando com uma mulher.

— Tess tem razão. — Ed foi até o armário no corredor pegar a arma. Era a primeira vez que Grace o via armado. Ela tentou comparar o homem que prendeu com tanta facilidade o coldre no ombro com o que a carregara no colo pela chuva. — Esta é a primeira mulher com quem ele fez contato e que sabemos que continua viva. Tess talvez torne mais fácil ela falar. — Ele vestiu um paletó sobre o coldre no ombro. O demorado e especulativo olhar que Grace lançou-lhe e à arma não passou despercebido. — Sinto muito, Grace, não tenho a mínima ideia de quanto tempo ficaremos lá.

— Eu quero ir. Quero falar com ela.

— Não é possível. Não é — repetiu Ed, tomando-lhe os ombros quando ela ia passar por ele. — Não vai ajudar você, e só tornará tudo mais difícil pra ela. Grace... — Ela empinou o queixo, obstinada. Ed segurou-o até fazê-la nivelar o olhar com o dele. — A mulher ficou terrivelmente assustada. Pense nisso. Não precisa de mais gente em volta, sobretudo uma pessoa que vai lhe lembrar o que poderia ter acontecido. Mesmo que eu drible as regras, ir lá não iria ajudar.

Ela sabia que ele tinha razão. Detestava saber que ele tinha razão.

— Só vou pra casa depois que você voltar e me contar tudo. Quero saber como ele é. Quero uma imagem na minha cabeça.

Ed não gostou do jeito como Grace fez a última declaração. A vingança quase sempre atingia aquele que se agarrava a ela com mais força.

— Direi o que puder. Talvez leve algum tempo.

— Eu espero. — Ela cruzou os braços no peito. — Bem aqui.

Ed beijou-a e demorou-se um instante.

— Tranque a porta.

𝓜ARY BETH NÃO QUIS TRANQUILIZANTES. SEMPRE TIVERA um medo mórbido de pílulas que a impedia de tomar qualquer coisa mais forte que aspirina. Agarrava-se, porém, a um copo do conhaque que guardava com o marido para convidados especiais.

Haviam mandado as crianças para a casa de uma vizinha tão logo Harry entendera o que acontecera. Agora se sentava o mais perto da mulher que conseguira, o braço ao redor da cintura dela, e acariciava-a com a mão livre até onde alcançava. Sempre soubera que a amava, mas até essa noite não se dera conta de que Mary Beth constituía o começo e o fim de seu mundo.

— Já falamos com a polícia — ele disse, quando Ed exibiu a identificação. — Quantas vezes ela terá de responder às mesmas perguntas? Já não passou por sofrimento suficiente?

— Lamento, Sr. Morrison. Faremos todo o possível para facilitar tudo.

— A única coisa que têm de fazer é pegar o canalha. Pra isso é que servem os tiras. Pra isso vocês são pagos.

— Harry, por favor.

— Desculpe, querida. — Mudou de tom no mesmo instante em que se virou para a mulher. Parecia-lhe mais difícil olhar a equimose no rosto dela que pensar no que poderia ter acontecido. O hematoma era tangível e poderia ter sido um pesadelo, irreal. — Você não precisa falar mais se não quiser.

— Temos apenas algumas perguntas. — Ben instalou-se numa cadeira, na esperança de que, sentado, fosse menos intimidante. — Acredite, Sr. Morrison, queremos agarrar o cara. Precisamos de sua ajuda.

— Como diabo se sentiria se fosse a sua mulher? — exigiu saber Harry. — Se soubesse por onde começar, eu mesmo iria atrás dele.

— Esta é minha mulher — Ben falou baixo, indicando Tess com a mão. — E sei exatamente como se sente.

— Sra. Morrison. — Em vez de sentar-se, Tess agachou-se ao lado do sofá. — Talvez se sinta mais à vontade falando comigo. Sou médica.

— Não preciso de médica. — Mary Beth olhou o conhaque, meio surpresa por vê-lo na mão. — Ele ia... ele ia fazer, mas não fez.

— Não a estuprou — disse Tess delicadamente. — Mas isso não significa que não tenha sido violentada e assustada. Contendo a raiva, o medo, a vergonha... — Viu a última palavra acertar em cheio e esperou apenas um momento. — Conter tudo isso apenas faz mais mal. Existem lugares especiais aonde você pode ir e conversar com pessoas que passaram pela mesma provação. Elas sabem o que está sentindo, o que seu marido está sentindo agora.

— Foi na minha casa. — Mary Beth desatou a chorar pela primeira vez. As lágrimas espremidas dos olhos escorriam finas e quentes pelo rosto. — Pareceu muito pior por ter sido na minha casa. Eu não parava de pensar no que ia fazer se meus filhos entrassem. O que ele ia fazer com os meus queridos? E então... — Tess tomou-lhe o copo quando viu as mãos começarem a tremer. — Comecei a rezar pra que tudo não passasse de um sonho, que aquilo não estava acontecendo de verdade. Ele disse que me conhecia e me chamava pelo nome. Mas eu não sabia quem ele era nem por que ia me estuprar. Ele... ele me tocou. Harry.

Ela virou a cabeça para o ombro do marido e soluçou.

— Oh, querida, esse louco não vai mais machucar você. — Embora ele afagasse os cabelos da mulher com carinho, desprendia uma expressão dos olhos que significava assassinato, puro e simples. — Você está segura. Ninguém vai machucá-la. Ao diabo com vocês; não veem o que fazem com ela?

— Sr. Morrison. — Ed não sabia bem como começar. A raiva se justificava. Também sentia parte dela, mas tinha consciência de que, como policial, nunca poderia deixá-la impedi-lo de continuar. Apesar disso, decidiu ser direto: — Temos motivos para crer que sua esposa teve muita sorte esta noite. Este homem atacou duas vezes antes, e as outras mulheres não tiveram tanta sorte.

— Ele fez isso antes? — As lágrimas continuavam a correr, mas Mary Beth virou-se para o policial. — Tem certeza?

— Teremos, depois que responder a algumas perguntas.

Embora ela respirasse muito rápido, Ed viu que lutava para estabilizar-se.

— Tudo bem, mas eu já contei o que aconteceu aos outros policiais. Não quero reviver mais uma vez tudo isso.

— Não vai ser necessário — tranquilizou-a Ben. — Trabalharia com um desenhista da polícia num retrato falado?

— Eu não o vi muito bem. — Agradecida, ela aceitou de volta o copo das mãos de Tess. — Estava escuro na cozinha e eu tinha tirado minhas lentes de contato. Minha visão é muito ruim. Ele não era muito mais que um borrão.

— Vai se surpreender com o quanto viu quando começar a juntar as partes. — Ed pegou o bloco. Queria tratá-la com toda a delicadeza. Naquela casinha aconchegante e com aquele rosto bonito, fazia-o lembrar-se de sua irmã. — Sra. Morrison, disse que ele a chamou pelo nome.

— Sim, ele me chamou de Mary Beth várias vezes. Foi tão estranho ouvir meu nome dito por aquele estranho. Disse, disse alguma coisa sobre eu ter prometido coisas a ele. Que ele queria... — Mesmo com a visão turva, ela não conseguiu encarar Ed. Engoliu em seco e baixou os olhos para Tess. — Disse que queria que eu fizesse nele coisas gostosas, delicadas. Lembro porque estava muito apavorada e me pareceu bastante louco ouvir isso.

Ben esperou-a terminar de tomar o gole de conhaque.

— Sra. Morrison, sabe alguma coisa sobre uma empresa chamada Fantasia?

Quando ela enrubesceu, o hematoma no rosto destacou-se. Simplesmente não gostava mais de mentir do que cortar a língua.

— Sei.

— Isso não é da sua conta — protestou Harry.

— As duas outras vítimas eram empregadas da Fantasia — declarou Ed, sem rodeios.

— Oh, meu Deus. — Mary Beth fechou os olhos com força. Sem mais lágrimas, agora, apenas um medo seco, estupefato. — Oh, meu Deus.

— Eu nunca devia ter deixado você fazer isso. — Harry esfregou a mão no rosto. — Só podia estar louco.

— A voz dele, Sra. Morrison — interferiu Ed. — Não a reconheceu? Já falou com ele antes?

— Não, não, tenho certeza. Não passava de uma criança. Não recebemos telefonemas de menores.

— Por que diz que era uma criança? — apressou-se a perguntar Ed, enquanto tinham a vantagem emocional.

— Porque era. Dezessete ou dezoito anos no máximo. — Sim. — O rubor esvaiu-se em palidez quando ela lembrou. — Não tenho certeza de como sei, mas sei que era jovem. Não alto, apenas uns poucos centímetros mais que eu. Tenho um metro e sessenta e cinco. E ainda não era, bem, todo desenvolvido. Eu não parei de pensar que ele era um garoto e aquilo não podia ser real. Nunca ouvi aquela voz antes. Não a teria esquecido. — Mesmo agora, com o braço do marido à sua volta, ela ouvia-a. — E disse... — Sem pensar, tomou a mão de Tess com a sua. — Oh, meu Deus, lembro que ele disse que ia ser diferente dessa vez. Não ia se apressar. Continuou falando de alguém chamada Désirée e do quanto a amava. Falou nela algumas vezes. Disse alguma coisa sobre uma tal de Roxanne e que ela era uma vagabunda. Isso faz sentido?

— Sim, senhora.

Ed anotou tudo. Mais uma peça, pensou. Mais uma peça do quebra-cabeça.

— Sra. Morrison. — Tess tocou-lhe mais uma vez a mão. — Ele pareceu confundi-la com Désirée?

— Não — concluiu Mary Beth após um minuto. — Não, era mais uma comparação. Sempre que dizia esse nome, era quase com uma espécie de reverência. Isso parece idiotice.

— Não. — Tess virou-se até o olhar encontrar o de Ben. — Não, não parece.

— Ele dava uma impressão, bem, quase amistosa, de uma forma horrível. Não sei como explicar. Era como se esperasse que eu ficasse satisfeita por vê-lo. Só se enfureceu quando resisti... como uma criança quando lhe tiram alguma coisa. A voz transmitia lágrimas. Ele me chamou de vagabunda... não, disse que éramos todas vagabundas, todas putas mentirosas, e que da próxima vez ia me fazer sofrer.

O cocker spaniel gordo entrou saracoteando-se e farejou Tess.

— Este é Binky — disse Mary Beth com algumas lágrimas novas. — Se não fosse por ele...

— Vai comer filé pelo resto da vida.

Harry levou a mão da mulher aos lábios, quando ela conseguiu dar uma risada chorosa.

— Eu tinha arrastado o coitado do cachorro pra fora, achando que ele estava latindo pra gata, e o tempo todo... — Ela tornou a interromper-se e sacudiu a cabeça. — Sei que isso vai chegar aos jornais, mas eu agradeceria se vocês pudessem minimizar a coisa. As crianças. — Olhou mais uma vez para Tess, sentindo que uma mulher entenderia. — Não quero que elas tenham de enfrentar tudo isso. E o negócio sobre a Fantasia, bem, não é que eu me envergonhe, verdade. Parecia um meio muito conveniente de começar a juntar fundos para a universidade, mas não sei se as outras mães gostariam da líder da tropa de brownies envolvida nessa atividade.

— Faremos o que puder — prometeu Ed. — Se eu pudesse lhe dar algum conselho, diria para pedir logo demissão da Fantasia.

— Já foi feito — respondeu Harry.

— Também seria melhor que não ficasse sozinha nos próximos dias.

Mary Beth empalideceu de novo. Dessa vez, a tez pareceu translúcida. Toda coragem que conseguira acumular tremia no limite.

— Acha que ele vai voltar?

— Não se tem como saber. — Ed detestou assustá-la, mas precisava salvar-lhe a vida. — Trata-se de um homem muito perigoso, Sra. Morrison. Não queremos que corra quaisquer riscos desnecessários. Vamos providenciar proteção. Enquanto isso, gostaríamos que fosse até a delegacia, examinasse fotografias de rosto e trabalhasse com o desenhista da polícia.

— Farei tudo que puder. Quero que o agarrem logo. O mais rápido possível.

— Talvez tenha acabado de nos ajudar a fazer isso. — Ben levantou-se. — Agradecemos sua cooperação.

— Eu... eu não lhes ofereci café. — Mary Beth viu-se de repente e terrivelmente receosa por deixá-los irem embora. Queria ficar cercada e segura. Eram policiais, e a polícia sabia o que fazer. — Não sei onde eu estava com a cabeça.

— Não tem importância. — Tess apertou-lhe a mão para se levantarem juntas. — Deve descansar agora. Deixe seu marido levá-la pra cima. Quando for à delegacia amanhã, eles darão os números para telefonar, as organizações que podem ajudá-la a lidar com isso. Ou pode apenas ligar e conversar comigo.

— Eu não costumo ter medo. — Nos olhos de Tess, ela via compaixão, compaixão feminina. E precisava disso, descobriu, mais do que precisava da polícia. — Em minha própria cozinha. Tenho medo de ir à minha própria cozinha.

— Por que não me deixa levá-la até em cima? — murmurou Tess, passando o braço pela cintura de Mary Beth. — Você pode se deitar.

Conduziu-a para fora da sala. Frustrado, impotente, o marido olhou-a por trás.

— Se eu tivesse ficado em casa...

— Ele teria esperado — interrompeu Ed. — Estamos lidando com um homem muito perigoso, muito determinado, Sr. Morrison.

— Mary Beth jamais fez mal a ninguém na vida. É a mulher mais generosa que conheci. Ele não tinha o direito de fazer isso com ela, deixar aquela aparência no seu rosto. — Harry pegou o conhaque da mulher e emborcou-o em dois goles. — Talvez seja um homem perigoso, mas, se eu o encontrar primeiro, ele vai ser um eunuco.

Capítulo Doze

Ela deixara uma luz acesa para ele. Ed ficou satisfeito ao ver que Grace fora dormir em casa, porque faria perguntas. E ele teria de responder. Mesmo assim, comoveu-o, tolamente, o fato de que deixara a lâmpada acesa.

Sentia-se cansado, morto de cansaço, mas excitado demais para dormir. Na cozinha, pegou o suco e bebeu direto do jarro. Grace guardara o vinho e lavara as taças. Quando um homem passa tantos anos fazendo isso sozinho, coisas pequenas assim são impressionantes.

Ele já se apaixonara por ela. As primeiras fantasias românticas que se permitira se haviam cimentado. O problema era que não sabia bem o que fazer. Já se apaixonara antes, e jamais tivera problema em levar esses sentimentos à conclusão lógica. Mas o amor era outro jogo.

Sempre fora um homem tradicional. As mulheres deviam ser valorizadas, apreciadas e protegidas. A amada tinha de ser tratada com delicadeza, respeitada e, acima de tudo, admirada. Queria pô-la num pedestal, mas já sabia que Grace iria contorcer-se até tombar.

Ed também sabia ser paciente. Isso constituía uma das melhores qualidades num policial, e com a qual tivera grande sorte de nascer. Portanto, o passo lógico seria dar-lhe tempo e espaço até conseguir manobrá-la com sucesso para o lugar exato onde queria que ela ficasse. Com ele.

Deixou suco suficiente para o desjejum e subiu as escadas. No último patamar, começou a despir o paletó. Pretendera deixá-lo junto com a arma no armário do andar de baixo, mas se sentia cansado demais para tornar a descer. Massageando a tensão na nuca, empurrou a porta do quarto com o pé e acendeu a luz.

— Ai, meu Deus, já é de manhã?

Levou a mão à coronha instantaneamente e ficou com os dedos dormentes em silêncio. Viu Grace deitada na cama. Virando-se, ela protegeu os olhos com uma das mãos e bocejou. Foi-lhe necessário um instante para perceber que a mulher a quem amava usava uma de suas camisas e nada mais.

— Oi. — Ela piscou e conseguiu dar um sorriso ao espremer os olhos para ele. — Que horas são?

— Tarde.

— É. — Após se impulsionar para sentar-se, Grace distendeu os ombros. — Eu só ia me deitar um instante. Este corpo não está acostumado ao trabalho braçal. Tomei uma ducha. Espero que não se incomode.

— Claro que não.

Ele pensou que talvez ajudasse olhar o rosto dela, apenas o rosto. Mas não. Ficou mais uma vez com a boca totalmente seca.

— Fechei a lata daquela coisa viscosa e repelente que você passou nas paredes e limpei as ferramentas. Depois fiquei sem ter nada pra fazer. — Desperta agora, ajustara os olhos e, inclinando a cabeça, examinou-o. Ele parecia alguém que acabara de levar uma marretada na região do plexo solar. — Está tudo bem com você?

— Está. Eu não sabia que você continuava aqui.

— Não podia ir embora antes de você voltar. Quer me contar o que aconteceu?

Depois de desprender o coldre do ombro, ele pendurou-o numa cadeira bamba, de espaldar formado por travessas, a que planejava dar novo acabamento.

— A senhora teve sorte. Lutou pra expulsar o cara, depois o cachorro o mordeu.

— Espero que o cachorro não tenha tomado as vacinas. Era o mesmo cara, Ed? Preciso saber.

— Quer a resposta oficial ou a minha?

— A sua.

— Era o mesmo cara. Ele se ferrou agora, Grace. — Ed esfregou as mãos no rosto e sentou-se na beira da cama. — Tess acha que isso só vai torná-lo mais inconstante, mais imprevisível. Foi ameaçado dessa vez, e seu padrão, destruído. Ela acha que ele vai lamber as feridas e, quando ficar pronto, sairá de novo à caça.

Grace assentiu com a cabeça. Não chegara o momento de contar-lhe o risco que ela própria corria.

— A mulher... ela o viu?

— Estava escuro. Parece que ela não enxerga a dois palmos do rosto, de qualquer modo. — Ele teria jurado se julgasse que faria algum bem. Uma descrição decente e eles o tirariam, príncipe dos mendigos, das ruas e o enfiariam numa jaula. — Ela ficou com algumas impressões. Veremos o que podemos fazer.

— Outras de suas peças?

Ele girou os ombros, mas a tensão continuou.

— Vamos fazer uma investigação cruzada dos clientes na lista da Fantasia, conversar com vizinhos. Às vezes a sorte ajuda.

— Você está todo retesado por causa disso — ela murmurou. Como ele parecia necessitado, ela mudou de posição e massageou-lhe os ombros. — Não tinha percebido isso antes. Acho que pensei que você aceitava tudo como se apresentava. Rotina.

Ele olhou para trás. Tinha os olhos mais frios do que ela já vira antes, e mais duros.

— Jamais é rotina.

É, não seria; com um homem como aquele, não. Ed se preocupava demais. Apesar do esforço para evitá-lo, desviou o olhar e pousou-o na arma. Ele não mudava quando a tirava. Era uma coisa de que teria de lembrar-se.

— Como conseguem superar tudo isso? Como conseguem ver o que veem e aguentar chegar ao final do dia seguinte?

— Alguns bebem. Muitos de nós bebemos. — Ele deu uma meia risada. A tensão dos ombros aliviava-se e deslocava-se para outro lugar. Grace tinha mãos maravilhosas. Queria dizer-lhe o quanto queria se entregar a elas. — É fuga. Todo mundo procura a própria.

— Qual é a sua?

— Trabalho com as mãos, leio livros. — Ele encolheu os ombros. — Bebo.

Grace apoiou o queixo no ombro do detetive; forte, largo. Sentia-se à vontade ali.

— Desde que Kathleen foi morta, tenho sentido pena de mim mesma. Não parava de pensar que não era justo; que foi que fiz pra merecer isso? Era difícil superar a perda de minha irmã e enxergar a imagem completa da situação. — Fechou os olhos um instante. Ele cheirava gostoso. Caseiro, seguro, como uma lareira silenciosa à noite. — Nos últimos dois dias, tenho tentado fazer isso. Quando consigo passar pro outro lado da imagem, percebo o quanto você me ajudou. Não sei como teria aguentado essas duas semanas, mais ou menos, sem você. Você é um bom amigo, Ed.

— Que bom que pude ajudar.

Ela sorriu um pouco.

— Andei me perguntando se chegou a pensar em ser mais. Tive a impressão, me corrija se estiver errada, de que antes de sermos interrompidos esta noite íamos avançar pro estágio seguinte.

Ele tomou-lhe a mão. Se ela continuasse a tocá-lo, não conseguiria dar-lhe aquele tempo e espaço que sabia que lhe eram necessários.

— Por que não me deixa acompanhar você até sua casa?

Ela não era mulher de desistir facilmente. Nem de ficar batendo a cabeça numa parede de pedra. Com um longo suspiro, tornou a sentar-se nos calcanhares.

— Sabe de uma coisa, Jackson, se eu não o conhecesse melhor, juraria que tem medo de mim.

— Morro de medo de você.

Primeiro veio a surpresa. Depois, um sorriso tranquilo, vagaroso.

— Sério? Eu lhe digo uma coisa... — Ela começou a desabotoar-lhe a camisa. — Serei delicada.

— Grace.

Ainda cauteloso, ele cobriu-lhe as mãos com as suas.

— Uma vez só não vai bastar.

Ela enroscou os dedos nos dele. Não fazia promessas com facilidade, mas, quando fazia, era pra valer.

— Tudo bem. Por que não me deixa terminar de seduzir você?

Dessa vez ele sorriu. Soltou-lhe as mãos para deslizar as suas pelos braços dela acima.

— Você fez isso no dia em que olhei pra cima e a vi na janela.

Com a mão na face dela, inclinou-se para beijá-la leve e delicadamente. Provou um gosto que desejava lembrar. Era mais saboroso, mais doce, do que se permitia. Sentiu-a enlaçar os braços em seu pescoço. Sentiu-a ceder. Generosidade. Não era isso na verdade que um homem queria de uma mulher? Grace jamais seria mesquinha com as emoções, e agora, nesse momento, ele precisava de tudo que ela pudesse esbanjar. Com cuidado, deitou-a de costas no colchão.

A luz era forte e o quarto cheirava a poeira. Ed imaginara muito diferente. Velas, música, o brilho do vinho nas taças. Queria dar-lhe todas essas sutilezas bonitas e românticas. Mas ela era exatamente o que imaginara. Exatamente o que queria.

O murmúrio dela junto à sua boca fez-lhe o pulso disparar. Enquanto lhe desabotoava a camisa, ele sentia o frio roçar dos dedos dela no seu peito. Grace curvou os lábios junto aos seus e depois os separou, com um suspiro que lhe encheu a boca de calor.

Não queria apressá-la. Quase temia tocá-la, pois sabia que, tão logo o fizesse, podia perder o controle. Mas ela se mexeu sob seu corpo e ele se perdeu.

Grace jamais conhecera um homem tão delicado, tão carinhoso e tão interessado. Isso em si já era uma excitação. Ninguém jamais a tratara como se fosse frágil — talvez porque não fosse. Mas agora, com ele tomando tanto cuidado, mostrando tanta ternura, sentia-se frágil.

A pele dela parecia mais macia. O coração batia mais rápido. As mãos, ao corrê-las por ele, tremiam ligeiramente. Sabia que queria isso, queria-o, mas não sabia que seria tão importante.

Não era apenas o estágio seguinte, percebeu, mas uma coisa totalmente diferente de tudo que já sentira. Por um momento, achou que entendia o que ele quisera dizer com morrer de medo.

Ela ergueu a boca para a do parceiro mais uma vez e sentiu a necessidade emaranhar-se nos nervos, depois os nervos enlaçarem-se com uma dor. Tinha os dedos tremendo quando levou a mão ao fecho da calça jeans dele. Mais uma vez, ele cobriu-lhe a mão com a sua.

— Eu quero você — ela murmurou. — Não sabia quanto.

Ele deslizou beijos pelo rosto dela quando a emoção se avolumou por dentro. Jamais queria esquecer a visão de Grace naquele momento, com os olhos enfumaçados e a pele corada de paixão.

— Temos tempo. Temos muito tempo. — Com os olhos nos dela, desabotoou-lhe a camisa e abriu-a para poder olhá-la. — Você é tão bonita.

A sensação de urgência diminuiu um pouco e ela sorriu.

— Você também.

Erguendo a mão, Grace deslizou a camisa pelos ombros largos do futuro amante. A visão daquele corpo de compleição física tão poderosa era quase feroz, mas não a fez sentir nada parecido com medo. Ergueu mais uma vez a mão e puxou-o até embaixo.

Carne amornou carne e depois aqueceu. Embora a delicadeza permanecesse nas mãos dele, por baixo era aço. O tempo prolongava-se. Ed tocava. Grace acariciava. Ele testava. Ela saboreava. A intimidade se intensificava em graus. A escritora achara que conhecia todos. Até então, não tivera plena compreensão da intensidade a que isso podia chegar. Estremeceu quando a barba dele roçou-lhe os seios. Uma sensação primitiva, como o calor repentino de uma árvore atingida por raio. Quando levou as mãos às costas do amante para testar os músculos que se enfeixavam e movimentavam, sentiu ao mesmo tempo a força e o controle.

Ed deslizava os lábios abaixo, quentes na pele umedecida. Não como raio agora, mas um fogo baixo, incandescente. Ela arqueou-se sob aquele corpo, confiança absoluta, desejo esmagador. Quando a levou ao primeiro êxtase, ele gemeu junto com ela.

Grace lutava para encher os pulmões de ar. Queria dizer o nome dele, dizer-lhe — qualquer coisa. Mas apenas estremeceu e abraçou-o.

O pulso dela galopava e o nó que se instalara no peito de Ed se espalhava. Ela puxava-lhe agora o resto das roupas, de repente com desesperada força e determinação. Rolou para cima dele, cobrindo-lhe a carne com beijos frenéticos, e depois rindo de prazer quando conseguiu afinal arrancar-lhe todas as roupas.

Ele tinha um corpo de guerreiro — e guerreiro era. A força, a disciplina e as cicatrizes confirmavam. Então existiam verdadeiros heróis, pensou a escritora, ao tocá-lo. Eram de carne e osso e muito, muito raros.

Ed teria esperado ou tentado esperar. Teria puxado as cordas da paixão até retesá-las. Mas ela deslizava embaixo dele, tomando-o dentro de si, enchendo-se com ele, que só pôde agarrar-lhe os quadris e deixá-la cavalgar.

Grace jogou a cabeça para trás e atingiu o clímax tão rápido que quase tombou dobrada para frente. Então os dois se deram as mãos com força e enlaçaram os dedos. A necessidade avolumou-se mais uma vez, com incrível intensidade, até ela cavalgá-lo com tanta fúria quanto a si mesma.

Ouviu-o soltar um gemido longo e demorado. Então arqueou o próprio corpo quando o prazer a varou como uma flecha.

$\mathcal{E}$D PUXARA A COLCHA SOBRE OS DOIS, MAS NÃO APAGARA A luz. Aninhada junto a ele, Grace cochilava, ele pensou. Ed achou que jamais iria precisar dormir de novo. Gostava do jeito que ela jogara uma das pernas em cima da dele, do jeito que se enroscara nele como se quisesse ficar. Afagava-lhe os cabelos porque não conseguia forçar-se a parar de tocá-la.

— Sabe de uma coisa?

A voz dela saiu gutural quando se aninhou um pouco mais perto.

— O quê?

— Eu me sinto como se tivesse acabado de escalar uma montanha. Alguma coisa da altura do Everest. Depois saltado de paraquedas através de todo aquele ar frio e rarefeito. Nada jamais foi tão delicioso. — Ela virou a cabeça para sorrir-lhe. — E você tinha razão. Uma vez só nunca bastaria. — Sorria ainda, e aninhou o rosto no pescoço dele. — Você cheira tão gostoso. Sabe, quando pus a sua camisa antes, acabei ficando apaixonada. Ed Jackson, tira durão, ex-jogador da defesa no futebol americano.

— Na defesa da retaguarda — ele corrigiu.

— Como quiser. Detetive Jackson usa talco de bebê. Johnson & Johnson. Acertei?

— Funciona.

— Eu que o diga. — Como um filhote de cachorro, ela fungou-lhe o pescoço e os ombros. — O único problema é que toda vez que cheiro um bebê tenho a sensação de que vou me excitar sexualmente.

— Estou pensando em mandar recobrir essa camisa de bronze. Ela mordiscou-lhe a orelha.

— Foi ela que afinal o convenceu?

— Não, mas mal não fez. Sempre fui doido por pernas.

— Ah, sim. — Sorrindo, ela esfregou a dela na dele. — E por que mais?

— Você. Desde o início. — Ele tomou-lhe os cabelos na mão para poder olhá-la. Chega de momento certo, cautela e planos bem fundamentados. — Grace, quero que você se case comigo.

Ela não pôde impedir-se de ficar boquiaberta, nem evitar o arquejo em parte surpresa, parte susto. Tentou falar, mas a mente, para variar, ficou completamente vazia. Conseguiu apenas encará-lo, olhos arregalados, e ao fazê-lo viu que ele não dissera aquelas palavras por impulso; pensara com muito cuidado.

— Uau.

— Eu amo você, Grace. — Ele viu os olhos dela mudarem, suavizarem-se. Mas continuavam sombreados por alguma coisa semelhante a medo. — Você é tudo que eu sempre quis. Quero passar a vida toda com você, cuidar de você. Sei que não é fácil ser casada com um tira, mas lhe prometo fazer tudo o que puder pra dar certo.

Ela se afastou devagar.

— Vou lhe dizer uma coisa: assim que você começa, avança muito depressa.

— Eu não sabia o que vinha esperando, mas sabia que o reconheceria. Reconheci você, Grace.

— Meu Deus. — Ela apertou a mão no coração. Se não tomasse cuidado, iria ficar com a respiração acelerada. — Não é com muita frequência que me pegam totalmente de surpresa, Ed. A gente se conhece há apenas quinze dias e... — Interrompeu-se, pois ele continuava encarando-a. — Você fala sério.

— Nunca pedi a ninguém que se casasse comigo antes, porque não queria cometer um erro. Agora não se trata de um erro.

— Você... você não me conhece de verdade. Não sou de fato uma pessoa muito legal. Fico mal-humorada quando as coisas não saem como eu quero. E, Deus é testemunha, sou temperamental. Tenho um gênio do qual mesmo meus melhores amigos morrem de medo, e... ainda não assimilei bem isso com muita clareza.

— Eu amo você.

— Oh, Ed. — Ela tomou-lhe as mãos. — Eu não sei o que dizer.

Não ia dizer o que ele queria ouvir. Ed já se via às voltas com essa possibilidade.

— Diga como se sente.

— Eu não sei. Não pensei nisso a fundo. Esta noite... posso lhe dizer que nunca me senti mais próxima de ninguém. Jamais senti nada mais forte por ninguém. Mas casamento, Ed, eu nunca pensei em casamento pra mim mesma em geral, muito menos com uma pessoa específica. Não sei como ser esposa.

Ele levou a mão dela aos lábios.

— Está me dizendo não?

Ela abriu a boca e tornou a fechá-la.

— Parece que não posso. Tampouco posso dizer sim. É uma posição infernal em que me vejo.

— Por que não me diz apenas que vai pensar a respeito?

— Vou pensar a respeito — ela se apressou a responder. — Nossa, você fez minha cabeça rodopiar.

— Já é um começo. — Ele puxou-a mais uma vez. — Que tal terminar o serviço?

— Ed. — Grace levou a mão ao rosto dele antes de permitir-lhe que a beijasse. — Obrigada por me pedir.

— Não há de quê.

— Ed. — Ela reteve-o mais um instante, porém agora sorria com os olhos. — Tem certeza de que não quer apenas meu corpo?

— Talvez. Que tal eu conferir de novo, pra ter certeza?

Teria sido agradável passar ociosa o sábado, curtindo uma preguiça ou ajudando Ed a dar uma segunda demão na parede de gesso. Apesar disso, Grace sentiu-se agradecida pelo fato de ele passar quase o dia todo fora na delegacia. Havia muito no que pensar, e fazia-o melhor sozinha. Dava-lhe ainda a oportunidade de conectar a linha telefônica extra sem necessidade de explicar-se. Isso teria de ser feito sem tardar.

Armaria uma cilada atuando como isca, o que significava trabalhar para a Fantasia. Pelo tempo que fosse necessário, ou até pegarem o assassino da irmã de alguma outra forma, Grace passaria as noites falando com estranhos. Um deles, mais cedo ou mais tarde, iria expor-se numa apresentação pessoal.

Ed queria trabalhar no quebra-cabeça à sua maneira, mas ela iria direto ao centro e faria as peças se encaixarem.

Não lhe agradou comprar a arma. Em Manhattan, jamais sentira necessidade de ter uma. Sabia que a cidade era perigosa, mas para outros, para aqueles que não sabiam onde e quando andar. De algum modo, sempre se sentira segura lá, na multidão, nas ruas tão conhecidas. Mas agora, morando naquele tranquilo bairro suburbano, sentia essa necessidade.

Uma pistola .32, pequena e de cano curto. Parecia feita para profissionais. Manejara armas antes. Pesquisara. Chegara a passar algum tempo num campo de tiro, para entender como era quando se apertava o gatilho. Disseram-lhe que tinha uma excelente pontaria. Mesmo ao comprá-la, Grace teve sérias dúvidas sobre se conseguiria atirar uma daquelas perfeitas balinhas numa coisa viva.

Enfiou-a na gaveta da mesinha de cabeceira e tentou esquecê-la.

A manhã passou enquanto ela servia café ao empregado da companhia telefônica e mantinha um olho na janela. Não queria que Ed voltasse antes que fosse um *fait accompli*. Ele não poderia fazer nada para impedi-la, claro. Ajudou repetir a afirmação algumas vezes. Mesmo assim, vigiava a janela enquanto tomava café e ouvia o instalador falar das proezas na liga infantil e juvenil de beisebol.

Como dissera a Ed, as pessoas sempre se abriam com ela. Em geral, após minutos de conhecimento, contavam-lhe coisas reservadas à família ou aos amigos mais íntimos. Era algo que sempre aceitara com tranquilidade, mas agora, nesse exato momento, achou que seria mais sensato analisar.

Seria por causa do seu tipo de rosto? Distraída, passou a mão pela face. Talvez em parte, pensou, mas na certa tinha mais a ver com o fato de ser uma boa ouvinte, como sugerira Ed. Muitas vezes, escutava com meio ouvido, enquanto criava uma complicação ou caracterização de enredo. Mas, como prestava bastante atenção, meio ouvido parecia bastar.

As pessoas confiavam nela. E exploraria isso agora. Iria endurecer-se e fazer o assassino de Kathleen confiar nela. Quando confiasse o bastante, viria ao seu encontro. Umedeceu os lábios e sorriu quando o instalador contou-lhe da jogada fenomenal do filho no último jogo. Quando ele a procurasse, estaria preparada. Não seria tomada de surpresa como Kathleen e as outras.

Sabia exatamente o que iria fazer. Não passara quase a vida toda estruturando tramas para uma história? Essa era a mais vital que já manipulara. Não cometeria um único erro.

Ela e o instalador já se tratavam pelo primeiro nome quando o acompanhou ao andar de baixo e transpôs a porta. Desejou-lhe sorte no jogo do filho naquela tarde e disse que esperava ver Júnior nas ligas principais em alguns anos. A sós, pensou no brilhante telefone novo instalado na pequena mesa no canto do quarto. Em questão de horas, iria tocar pela primeira vez. Tinha muito a fazer antes disso.

Dar o telefonema a Tess ajudou. Talvez a aprovação não houvesse ocorrido sem reservas, mas Grace tinha mais munição agora. Satisfeita, pegou as chaves da irmã e segurou-as apertadas na mão.

Era certo; sentia-se segura de que sim. Só precisava convencer todos os demais.

Não tremia quando pegou o carro e dirigiu-se à delegacia dessa vez. A força retornou-lhe e, com ela, a determinação de concluir o que começara na Fantasia. Por hábito, ligou o rádio alto e deixou o último sucesso mal-humorado de Madonna varar-lhe como explosivo a cabeça. Era gostoso. Sentia-se bem. Pela primeira vez em semanas, pôde apreciar de fato a primavera em completo desabrochar que irrompera em Washington.

As azaleias alcançavam a sua glória. Os jardins reuniam violetas com arbustos corais e escarlate. Narcisos começavam a desbotar-se quando as tulipas os usurpavam. Gramados verdejantes recebiam o remate de sábado. Ela viu meninos de camisetas e idosos de bonés de beisebol empurrando cortadores de grama. Cravos-de-amor e cornisos acrescentavam um frágil branco.

A vida renovava-se. Na verdade, não se tratava de sentimentalismo brega. Ela precisava desesperadamente agarrar-se a essa sensação. A vida tinha mais a fazer que apenas continuar, tinha de melhorar. Justificar a si mesma, ano após ano. Se armas vinham sendo testadas em algum lugar no deserto, ali os pássaros cantavam e as pessoas podiam preocupar-se com as coisas importantes: um jogo da liga infantil de beisebol, um churrasco de família, um casamento de primavera; essas eram as coisas importantes. Se a morte de Kathleen lhe trouxera pesar, também trouxera a crença em que só o cotidiano de fato importava. Assim que obtivesse justiça, poderia aceitar mais uma vez o comum.

Belos subúrbios residenciais deram lugar a concreto e tráfego irascível. Grace desviava-se de outros carros com uma competitividade natural. Não fazia diferença o fato de que raras vezes se visse atrás do volante. Assim que se instalava ali, dirigia com aquela jovial negligência que fazia outros motoristas rangerem os dentes e xingarem. Deu duas voltas erradas porque tinha a cabeça em outro lugar, depois chegou ao estacionamento ao lado da delegacia.

Com alguma sorte favorecendo-a, Ed não estaria lá. Então poderia explicar-se ao capitão Harris, homem de cara severa.

Viu Ed assim que entrou no Departamento de Homicídios. A leve palpitação no estômago não era ansiedade, descobriu, mas prazer. Por um momento, apenas o olhou e observou. Sentado de costas atrás de uma escrivaninha, batia à máquina com um estilo firme, de dois dedos.

Mãos enormes. Então lembrou a delicadeza e a devastação com que as usara na noite anterior. Era o homem que a amava, pensou. O homem disposto a fazer-lhe promessas. E um homem que as cumpriria. Como a vontade de correr ao encontro dele e abraçá-lo foi tão forte, atravessou a sala e fez isso mesmo.

Ed parou de datilografar e fechou a mão sobre a dela em seu ombro. Assim que ela o tocou, ele soube. Reconheceu o perfume e o tato. Vários policiais deram um sorriso malicioso na direção do colega, quando se curvou sobre seu ombro para beijá-la. Se tivesse percebido, talvez ficasse encabulado. Mas só notou Grace.

— Oi. — Manteve na sua a mão dela ao girá-la para frente. — Não esperava vê-la aqui hoje.

— E estou interrompendo. Detesto que as pessoas me interrompam quando estou trabalhando.

— Já estou com o trabalho quase acabado.

— Ed, preciso mesmo ver seu capitão.

Ele captou o tom de desculpas na voz dela.

— Pra quê?

— Prefiro explicar tudo que tenho a dizer apenas uma vez. Ele pode me atender?

Pensativo, Ed examinou-a. A essa altura, conhecia-a bem o bastante para entender que não diria nada até ficar pronta.

— Não sei se ele ainda está aqui. Sente-se que vou verificar.

— Obrigada. — Grace segurou-lhe a mão um pouco mais. Ao redor, telefones tocavam sem parar e datilógrafos faziam um grande barulho. — Ed, quando eu disser o que preciso dizer, seja um policial. Por favor.

Ele não gostou do jeito como ela o olhou ao pedir. Alguma coisa revirou-se em seu estômago e ali se instalou, mas assentiu.

— Vou ver se encontro Harris.

Grace sentou-se quando ele se levantou. Na máquina de escrever dele, encontrava-se o relatório sobre Mary Beth Morrison. Ela tentou lê-lo com o mesmo distanciamento dele ao escrever.

— Por favor, Maggie, me deixe dar uma olhada.

Ao som da voz de Ben, Grace virou-se e viu-o entrar na sala atrás de uma morena esguia.

— Vá procurar o que fazer, Ben — sugeriu Maggie Lowenstein. Levava uma caixa de papelão amarrada com uma fita. — Só tenho quinze minutos pra sair daqui e fazer aquele lanche mãe-filha.

— Maggie, seja camarada. Sabe qual foi a última vez que comi uma torta feita em casa? — Ele se curvou mais para perto da caixa até ela espetar-lhe o indicador na barriga. — É de cereja, não é? Só me deixe dar uma olhada.

— Você só vai sofrer mais.

Ela largou a caixa sobre a mesa e protegeu-a com o corpo.

— É linda. Obra de arte.

— Tem aquela massa decorativa trançada? — Como Maggie apenas sorriu, ele olhou por cima do ombro dela. Bem que podia ter solidariedade por desejos, disse a si mesmo. Não se sentira enjoado nessa manhã? Se ia sentir o enjoo matinal de Tess, tinha pelo menos direito aos desejos dela. — Por favor, só uma olhada.

— Eu mando uma foto Polaroid. — Ela pôs a mão no peito dele, e então viu Grace do outro lado da sala. — Quem é a moça bonita sentada à mesa de Ed? Eu mataria por uma jaqueta daquelas.

Ben inspecionou e riu para Grace.

— Me dê a torta. Verei se posso fazer uma permuta.

— Pare com isso, Paris. É a nova favorita de Ed?

— Se quer fofoca, terá de pagar por ela. — Quando Maggie o encarou, ele cedeu: — É ela. Grace McCabe. Escreve livros policiais de primeira classe.

— É mesmo? — Maggie projetou o lábio inferior enquanto pensava. — Parece mais uma estrela do rock. Não lembro a última vez que me sentei com um livro. Não lembro quando tive tempo de ler uma caixa de cereais. — Ela estreitou os olhos ao absorver os tênis da moda e muito caros. Moda e caro. As duas palavras pareciam combinar com a mulher, mas Maggie se perguntava como Ed se encaixaria com ela. — Ela não vai partir o coração de Ed, vai?

— Quisera eu saber. Ele é doido por ela.

— Seriamente doido?

— Seriamente doido demais.

Antecipando-se a Ben, ela pôs a mão em cima da caixa.

— Aí vem ele. Nossa, dá quase pra gente ouvir os violinos.

— Ficando cínica, Maggie?

— Eu atirei arroz no seu casamento, não atirei? — E a verdade era que tinha um fraco por romances. — Imagino que, se conseguiu convencer uma mulher excelente e elegante a se casar com você, Ed pode conquistar o coração de uma de Greenwich Village. — Apontou em direção a Ed. — Parece que você está sendo convocado.

— É. Maggie, cinco dólares pela torta.

— Não me insulte.

— Dez.

— É sua.

A policial estendeu a palma da mão e contou as notas de um que ele lhe entregou. Já planejando comer a metade como almoço, ele enfiou a caixa na gaveta de baixo da escrivaninha e seguiu Ed até o escritório de Harris.

— Que foi que houve?

— A Srta. McCabe requisitou uma reunião — começou Harris. Já passara meia hora além do seu horário e ele estava ansioso para ir embora.

— Agradeço-lhe por me ceder seu tempo. — Grace sorriu ao capitão e quase conseguiu encantá-lo. — Não pretendo desperdiçar nem um instante, por isso vou direto ao assunto. Sabemos que a Fantasia é a ligação entre os três ataques que já ocorreram. E tenho certeza de que sabemos que haverá outros...

— A investigação segue de vento em popa, Srta. McCabe — interrompeu Harris. — Posso lhe garantir que temos nossas melhores pessoas nela.

— Não precisa me garantir. — Ela lançou um último olhar a Ed, esperando que ele entendesse. — Pensei muito nisso, primeiro por causa da minha irmã, e segundo porque os assassinatos sempre me interessaram. Se eu estivesse escrevendo esse enredo, só haveria uma medida lógica a tomar. Acho que é a certa.

— Agradecemos o interesse, Srta. McCabe. — Quando ela lhe sorriu de novo, Harris sentiu-se quase paternal. Mas, mesmo assim, a moça não sabia nada sobre o trabalho real da polícia. — Porém, meu pessoal tem muito mais experiência com a realidade da investigação.

— Entendo isso. Interessaria saber que acho que encontrei uma forma de encurralar esse homem? Já tomei as medidas, capitão, quero apenas informá-los, então podem fazer o que julgarem necessário.

— Grace, não se trata de um livro nem de um programa de televisão.

Ed interrompeu-a porque já tinha um pressentimento, um pressentimento muito ruim, de que sabia para onde ela se dirigia.

O olhar que ela lhe deu foi de desculpa e preocupou-o mais ainda.

— Eu sei. Você não imagina o quanto eu gostaria que fosse. — Ela inspirou fundo e encarou mais uma vez Harris. — Procurei Eileen Cawfield.

— Srta. McCabe...

— Por favor, me ouça até o fim. — Ela ergueu a mão um instante, não tanto num pedido quanto num gesto de determinação.

— Sei que cada pista que vocês tinham levou a um beco sem saída. A não ser a Fantasia. Conseguiram fechar a empresa?

Harry amarrou a cara e remexeu em papéis.

— Esse tipo de coisa leva tempo. Sem cooperação, muito tempo.

— E cada uma das mulheres que trabalha para a Fantasia é uma vítima em potencial. Concorda?

— Em tese — respondeu o capitão.

— E, em tese, é possível pôr escoltas em todas elas? — ela perguntou, e respondeu antes que o capitão pudesse: — Não. É impraticável. Mas podem pôr escoltas numa pessoa. Numa pessoa que entende o que está acontecendo, em alguém disposto a correr o risco, e mais, que já tem uma ligação com o assassino.

— Você enlouqueceu? — disse Ed, baixo, demasiadamente baixo.

Mais que qualquer outra coisa, isso a avisou de que ele estava prestes a explodir.

— Faz sentido. — Para acalmar-se, ela enfiou a mão na bolsa e pegou um cigarro. — Foi a voz de Kathleen que primeiro o atraiu. Quando éramos jovens, sempre nos confundiam uma com a outra pelo telefone. Se eu for Désirée, o assassino vai querer me encontrar de novo. Sabemos que pode.

— É uma ideia frouxa demais, arriscada demais, além de simples e pura estupidez.

— Também não gosto da ideia — declarou Ben, embora visse o mérito do plano da escritora. — Trabalho policial sólido é sempre melhor que a grande peça. Você não tem nenhuma garantia de que ele caia nessa, e menos ainda de que possa prever as ações dele se cair. De qualquer modo, a Sra. Morrison está vindo trabalhar com o desenhista da polícia. Com alguma sorte, teremos um retrato falado até o fim do dia.

— Ótimo. Então talvez o peguem antes que isso seja necessário. — Grace ergueu as mãos, palmas viradas para cima, e tornou a baixá-las. — Não vou confiar muito num retrato falado quando se trata de uma mulher apavorada, míope, numa cozinha escura. — Soltou uma baforada de fumaça e preparou-se para lançar a bomba seguinte: — Falei com Tess esta manhã e perguntei o que ela achava das chances de esse homem ser atraído pela mesma voz, o mesmo nome, até o mesmo endereço. — Ela olhou para Ben, porque era mais fácil que olhar para Ed. — Ela me disse que ele acharia quase impossível resistir. Foi Désirée quem o iniciou. Vai ser Désirée quem o liquidará.

— Eu confio na opinião da Dra. Court — interveio Harris, erguendo a mão para bloquear o protesto de Ed. — Também acredito, após três ataques, que é hora de tentarmos uma coisa mais agressiva.

— A força-tarefa — começou Ed.

— Vai entrar em operação mesmo assim. — O capitão bateu na pasta de cima numa pilha. — A coletiva de imprensa na manhã de segunda-feira será realizada como programado. O ponto principal é que não queremos outra baixa. Estou disposto a fazer uma tentativa na ideia proposta. — Virou-se para Grace. — Se vamos pôr essa teoria em prática, precisaremos de sua cooperação em cada passo, Srta. McCabe. Designaremos uma policial para receber os telefonemas de sua casa. A senhorita até pode ser posta num hotel, se funcionar.

— É a minha voz — ela respondeu sem rodeios. E sua irmã. Não estava a fim de esquecer que fora sua irmã. — Pode instalar todas as policiais que quiser, mas já tomei as providências. Vou trabalhar para a Fantasia e começo esta noite.

— O diabo que vai.

Ed levantou-se, agarrou-lhe o braço e puxou-a da sala.

— Espere um minuto.

— Calada. — Maggie, a caminho da máquina de café, recuou e deixou Ed passar. — Achei que você tinha uma cabeça no meio dos ombros, então aparece com uma coisa dessas.

— Eu tenho uma cabeça, mas deixarei de ter um braço se você o arrancar da junta.

Ele cruzou a porta e saiu no estacionamento com Grace lutando e ofegando atrás. Ela começou a perguntar-se se era hora de parar de fumar.

— Entre no seu carro e vá pra casa. Direi a Eileen Cawfield que você mudou de ideia.

— Já lhe falei sobre ordens antes, Ed. — Não foi fácil recuperar o fôlego e conter a explosão de raiva, mas ela se esforçou ao máximo: — Lamento que esteja preocupado.

— Preocupado? — Ele tomou-a pelos antebraços. Chegou bem perto de erguê-la e atirá-la em cheio dentro do carro. — É assim que você chama?

— Tudo bem. Você é um louco. Por que não conta até dez e me escuta?

— Nada do que me disser vai me convencer de que você não enlouqueceu. Se lhe restasse algum bom-senso, se o que eu sinto por você significa alguma coisa, entre nesse carro, vá pra casa e espere.

— Acha isso justo? Acha certo pôr a coisa nesse nível? — Ela alteara a voz. Ergueu o punho fechado e desferiu um golpe no peito dele. — Sei que as pessoas me acham excêntrica, sei que acham que não tenho todos os parafusos bem atarraxados, mas não esperava essa atitude de você. Sim, eu me importo com o que você sente. Sou louca por você. Droga, vamos dar o grande salto. Estou apaixonada por você. Agora me deixe em paz.

Em vez disso, Ed tomou-lhe o rosto nas mãos. Os lábios dela não pareciam tão delicados agora, tampouco tão pacientes. Como se pressentisse que ela teria se soltado, ele estreitou o domínio até os dois relaxarem.

— Vá pra casa, Gracie — murmurou.

Ela fechou os olhos um instante, depois se virou até julgar-se forte o bastante para recusar.

— Tudo bem. Então tenho de lhe pedir uma coisa. — Quando tornou a virar-se, tinha os olhos escuros e determinados. — Quero que volte lá dentro, entregue seu distintivo e arma ao capitão. E entre na construtora de seu tio.

— Que diabo tem isso a ver com tudo?

— É uma coisa que eu quero que você faça, uma coisa que preciso que faça. Não quero me preocupar mais com você. — Grace observou a expressão, a luta e a resposta no rosto dele. — Faria isso, não? — ela perguntou, em voz baixa. — Porque eu disse que precisava. Faria isso por mim e se sentiria infeliz. Faria, mas nunca me perdoaria completamente por eu ter pedido. Mais cedo ou mais tarde, me odiaria por fazer você abandonar uma coisa tão importante. Se eu fizesse isso por você, me perguntaria a vida toda se poderia ter feito essa última coisa pela minha irmã.

— Grace, não se trata de uma coisa que você tenha de provar.

— Quero explicar uma coisa a você. Talvez ajude. — Ela passou as mãos pelos cabelos e impeliu-se para se sentar em cima do capô do carro. Agora que a gritaria cessara, um pombo instalou-se de volta no asfalto para bicar, esperançoso, um invólucro de chocolate descartado. — Não é fácil dizer tudo isso em voz alta. Eu lhe disse que Kathy e eu não éramos íntimas. Na verdade, a essência da questão é que ela jamais foi a pessoa que eu queria que fosse. Eu fingia, e a protegia quando podia. A verdade é que ela se ressentia de mim, até me detestava de vez em quando. Não queria, mas não conseguia evitar.

— Grace, não traga tudo isso à tona.

— Eu preciso. Se não fizer isso, jamais conseguirei enterrá-lo, nem a ela. Eu detestava Jonathan. Dói muito menos pôr toda a culpa nele. Não gosto de problemas, você sabe. — Num gesto que usava apenas quando estava muito cansada ou tensa, ela começou a massagear a testa. — Evito ou ignoro. Decidi atribuir a ele a culpa pelo fato de Kathleen não se dar ao trabalho de responder às minhas cartas, nem de se entusiasmar sempre que a convencia a me deixar visitá-la. Dizia a mim mesma que ele a transformara numa esnobe, que, se ela vivia ocupada galgando a escada social, era por ele.

Quando se divorciaram, pus toda a culpa nele. Não sou boa com meio-termo.

Parou aí, porque o resto era mais difícil. Após juntar as mãos no colo, continuou:

— Culpei Jonathan pelo problema da droga, até pela morte dela. Ed, eu não sei como lhe dizer o quanto eu queria acreditar que foi Jonathan quem a assassinou. — Ao tornar a olhá-lo, Grace tinha os olhos secos, mas vulneráveis, dolorosamente vulneráveis. — Na cerimônia do enterro, ele me contou tudo. Disse coisas sobre Kathleen que eu já sabia no íntimo, mas jamais consegui aceitar. Detestei-o por isso. Detestei-o por arrancar a ilusão que me permiti. Nas últimas semanas tive de aceitar quem Kathleen era, o que era, e até por quê.

Ele tocou-lhe a face.

— Você não poderia ter sido outra pessoa, Grace.

Então ele entendia, e com que facilidade. Se já não houvesse acontecido, ela teria se apaixonado por ele então.

— Não, não poderia. Não posso. A culpa aliviou consideravelmente. Mas, entenda, ela continuava sendo minha irmã. Eu ainda a amo. E sei que, se puder fazer essa última coisa, vou superar. Se tomasse o caminho fácil agora, acho que não aguentaria viver com isso.

— Grace, há outras maneiras.

— Pra mim, não. Desta vez, não. — Ela tomou-lhe a mão entre as suas. — Você não me conhece tão bem quanto pensa. Durante anos entreguei todo o trabalho sujo a outra pessoa. Se eu tinha alguma coisa desagradável com que lidar, jogava pro meu agente, ou meu gerente de negócios, ou meu advogado. Assim, podia apenas seguir em frente sem demasiadas distrações e escrever. Se fosse alguma coisa com que eu tinha de lidar em pessoa, tomava o caminho mais fácil ou o ignorava totalmente. Não me peça, por favor, não me peça pra entregar esse problema a você e não fazer nada. Porque talvez eu entregue.

Ele passou a mão pelos cabelos.

— Que diabo quer que eu faça?

— Entender — ela murmurou. — É importante pra mim que entenda. Preciso fazer isso mesmo que você não entenda, mas ficaria mais feliz se pudesse entender. Sinto muito.

— Não é que eu não entenda, é que considero um erro. Chame de instinto, se quiser.

— Se for um erro, é um erro que preciso cometer. Não posso retomar minha vida, retomar de verdade, enquanto não fizer isso.

Ele poderia apresentar uma dezena de argumentos válidos e sensatos. Mas apenas um tinha importância.

— Eu não aguentaria se alguma coisa acontecesse a você.

Ela conseguiu sorrir.

— Nem eu. Escute, não sou nada idiota. Juro que não farei nada idiota, como faz a heroína de um filme de segunda. Sabe, o tipo que sabe que tem um maníaco homicida à solta e ouve um ruído?

— Em vez de trancar a porta, sai pra ver o que é.

— É. — Agora ela ria. — Isso me deixa louca. Detesto truques artificiais numa trama policial.

— Não pode esquecer que não se trata de uma trama. Você não tem um roteiro, Grace.

— Pretendo ser muito cuidadosa. E conto com os mais excelentes do departamento.

— Se concordarmos, você fará exatamente o que lhe mandarem?

— Farei.

— Mesmo que não goste.

— Detesto promessas que se aplicam a tudo, mas tudo bem.

Ele levantou-a de cima do carro.

— Vamos conversar sobre isso.

Capítulo Treze

Charlton P. Hayden fizera uma viagem muito bem-sucedida ao norte. Em Detroit, angariara um sólido apoio dos sindicatos. Operários de produção enfileiraram-se em apoio, atraídos pela campanha América para os Americanos. Fords e Chevys desfilaram decorados com adesivos de para-choque proclamando: AMÉRICA DE HAYDEN — SÓLIDA, SEGURA E BEM-SUCEDIDA. Falou em termos simples, termos de pessoas comuns, em discursos nos quais colaboraram dois redatores e que ele editou. A ida de carro para a Casa Branca vinha sendo preparada havia mais de uma década. Hayden talvez preferisse um Mercedes, mas fez questão de que os assessores alugassem um Lincoln.

O comparecimento ao estádio Tiger fora tão maciçamente aclamado quanto a gritaria dos dois pontos conquistados. O retrato do candidato, com um boné de jogador que intercepta a bola com o braço em volta do arremessador vitorioso, ganhara a primeira página do *Free Press*. As multidões em Michigan e em Ohio manifestaram-se com eloquência, acreditaram nas promessas dele e aplaudiram os seus discursos.

Já em preparo achava-se uma viagem à região central dos Estados Unidos. Kansas, Nebraska, Iowa. Hayden queria os fazendeiros ao seu lado. Como um inevitável curso de eventos, poderia recorrer ao bisavô que lavrara a terra. Isso o tornava filho do solo americano, o sal da terra, apesar de pertencer à terceira geração de Hayden a diplomar-se em Princeton.

Quando ganhasse a eleição — jamais pensava em termos de "se" —, realizaria seus planos de fortalecer a espinha dorsal do país. Acreditava nos Estados Unidos, de modo que os discursos vigorosos e as entusiásticas declarações passavam sinceridade. Os destinos — o dele e do país — eram crenças inatas, mas Hayden sabia que tanto os jogos quanto a guerra tinham de ser manejados com destreza para serem realizados. Era um homem com um único objetivo: governar, e governar bem. Alguns sofreriam, alguns se sacrificariam, alguns chorariam. Hayden era um crente firme nas necessidades dos muitos pesarem mais que as dos poucos. Mesmo que os poucos fossem a própria família.

Amava a esposa. A verdade é que jamais poderia ter-se apaixonado por alguém inadequado. Sua ambição era parte demasiado grande do que o fizera. Claire convinha-lhe — a aparência, a família e os modos. Era uma Merriville e, como os Vanderbilt e os Kennedy, fora criada no confortável ambiente da riqueza e posição social herdado e conquistado pelo suor dos antepassados. Uma mulher brilhante, que entendia que em seu círculo o planejamento de um cardápio às vezes importava tanto quanto a aprovação de uma lei.

Casara-se com Hayden sabendo que noventa por cento da energia dele sempre seriam destinados ao trabalho. Ele era um homem dedicado, vigoroso e considerado dez por cento mais que suficientes pela sua família. Se alguém o acusasse de negligenciá-la, ele se sentiria mais divertido que aborrecido.

Hayden amava-os. Claro que esperava desempenhos superiores de todos os membros da família, mas isso era uma questão de orgulho, além de ambição. Agradava-lhe ver a mulher vestida à perfeição.

Satisfazia-o que o filho se incluísse entre os dez por cento melhores da turma. Não era o tipo de homem que elogiava pelo que esperava. Se as notas de Jerald baixassem, seria uma questão inteiramente diferente. Queria o melhor para o filho, e o melhor de si mesmo. Cuidava para que Jerald tivesse a melhor educação, e orgulhava-se do que o filho vinha fazendo com isso. Já esboçava planos para a carreira política dele. Embora não tivesse a menor intenção de legar seu poder por algumas décadas ainda, quando o fizesse, seria muito melhor que o legasse aos seus.

Esperava que Jerald ficasse preparado e disposto.

O rapaz era bem-educado, brilhante, sensível. Embora passasse muito tempo sozinho, Hayden em geral atribuía isso à intensidade de adolescente. Tinha uma ligação quase emocional com o computador. As meninas ainda não haviam entrado no cenário, e o pai só podia sentir-se aliviado. Estudos e ambição sempre vinham em segundo lugar após as mulheres para um jovem impressionável. Claro, o filho não era muito bem-apessoado. Uma pessoa que amadureceu mais tarde que o normal, dizia com frequência a si mesmo. Jerald sempre fora um menino magro, sem graça, que tendia a andar desengonçado se não o lembrassem de endireitar o corpo. Fazia parte da lista de honra da escola, sempre educado e atento nas festas, e aos dezoito anos tinha um firme tato com a política e a linha do partido.

Raras vezes deu ao pai uma preocupação momentânea.

Até bem pouco tempo atrás.

— O menino anda amuado, Claire.

— Ora, Charlton. — Claire ergueu as gotas de pérola e os botões de diamante para ver qual dos dois ficava melhor com o vestido requintado. — Ele tem direito a um pouco de mau humor.

— E essa história de estar com dor de cabeça e não comparecer ao jantar desta noite?

Charlton atrapalhou-se com os punhos bordados com monograma. A lavanderia engomara demais a camisa de novo. Precisava falar com a secretária.

Vendo o marido de olhos fixos em outro lugar, Claire lançou-lhe um olhar rápido, preocupado.

— Acho que ele tem estudado demais. Faz isso pra agradar a você. — Ela decidiu-se pelas pérolas. — Sabe o quanto Jerald o venera.

— É um menino brilhante. — Hayden relaxou um pouco, examinando o paletó à procura de vincos. — Não há a menor necessidade de adoecer por causa de estudo.

— É só uma dor de cabeça — ela murmurou. O jantar dessa noite era importante. Todos eram, com a aproximação das eleições. Quaisquer preocupações com o filho, ela não queria suscitá-las agora. O marido era um homem bom, um homem honesto, mas tinha pouca tolerância com fraquezas. — Não o pressione neste momento. Acho que ele está passando por algum tipo de fase.

— Estou pensando naqueles arranhões no rosto dele. — Satisfeito com o paletó, Hayden conferiu o brilho nos sapatos. Imagem. Imagem era muito importante. — Acredita mesmo que ele bateu com a bicicleta em alguns pés de roseira?

— Por que não? — Ela se atrapalhou com o fecho do colar. Era ridículo, mas tinha as mãos úmidas. — Jerald não mente.

— Eu também nunca soube que era destrambelhado. Claire, pra falar a verdade, ele não é o mesmo desde que voltamos do norte. Parece nervoso, irascível.

— Preocupado com a eleição, só isso. Quer que você ganhe, Charlton. Pra Jerald, você já é o presidente. Faça isso pra mim, querido. Estou toda atrapalhada.

Prestativo, ele atravessou o quarto para prender o fecho do colar.

— Nervosa?

— Não posso negar que ficarei alegre quando a eleição terminar. Sei sob quanta pressão você se encontra, todos nos encontramos. Charlton... — Ela levou o braço ao ombro para pegar a mão dele. Precisava ser dito. Talvez fosse melhor dizê-lo agora e avaliar a reação do marido. — Acha, bem, já chegou a pensar, que Jerald poderia estar... fazendo experiência?

— Com o quê?

— Drogas.

Não era com muita frequência que ele se pegava surpreso. Por dez minutos, Hayden só conseguiu ficar de olhos arregalados.

— Isso é absurdo. Ora, Jerald foi um dos primeiros a se juntar à campanha antidroga na escola. Chegou a escrever um trabalho sobre os perigos e efeitos a longo prazo.

— Eu sei, eu sei. Estou sendo ridícula. — Mas ela não conseguia tirar a sensação da mente. — É só que ele tem parecido tão instável ultimamente, sobretudo nas últimas semanas. Tranca-se no quarto ou passa a noite na biblioteca. Charlton, o menino não tem amigos. Ninguém liga pra cá à procura dele. Nunca recebeu uma visita. Ainda na semana passada deu uma bronca em Amanda por tirar a roupa suja do quarto dele.

— Você sabe como Jerald se sente em relação à sua intimidade. Sempre respeitamos isso.

— Eu me pergunto se não respeitamos demais.

— Gostaria que eu conversasse com ele?

— Não. — Fechando os olhos, ela balançou a cabeça. — Estou sendo tola. É a pressão, só isso. Você sabe como Jerald se fecha quando o repreende.

— Pelo amor de Deus, Claire, eu não sou um monstro.

— Não. — Ela tomou-lhe as mãos e apertou-as. — Muito pelo contrário, querido. Às vezes é difícil o resto de nós ser tão forte ou tão bom quanto você. Vamos deixá-lo em paz por algum tempo. Tudo vai ficar melhor quando ele se formar.

J ERALD ESPEROU ATÉ OUVI-LOS SAIR. SENTIRA-SE UM POUco receoso de que o pai entrasse e insistisse em que ele se juntasse aos dois nessa noite. Algum jantar idiota de galinha borrachuda e aspargos. Todo mundo falaria de política e apregoaria as causas preferidas, observando ao mesmo tempo pelo canto dos olhos a que aba de paletó agarrar-se.

A maioria agarrava-se à do pai. As pessoas lhe puxavam o saco, o que enojava Jerald. A maioria simplesmente só comparecia para ver o que podia obter. Como os repórteres que ele vira diante da casa. À procura de cavar lama sobre Charlton P. Hayden. Não iam encontrar nada porque o pai era perfeito. O pai era o melhor. E, quando ele fosse eleito em novembro, a merda cairia no ventilador. O pai não precisava de ninguém. Iria chutar todos aqueles babacas da maciota dos empregos e administrar o governo da forma correta. E Jerald ficaria ali bem ao lado dele, absorvendo o poder. Rindo. Rindo a não mais poder de todos os idiotas.

As mulheres iriam chegar pedindo, implorando, ao filho do presidente dos Estados Unidos para que ele lhes desse atenção. Mary Beth ia lamentar-se, lamentar-se muito, por tê-lo rejeitado. Quase amoroso, passou os dedos pelos arranhões no rosto. Ela cairia de joelhos a seus pés e lhe imploraria que a perdoasse. Mas não perdoaria. O verdadeiro poder não perdoava. Punia. Puniria Mary Beth e todas as outras vagabundas que haviam feito promessas sem pretender cumprir.

E nenhuma poderia tocá-lo, porque ele ultrapassara o lamentável alcance do entendimento delas. Ainda sentia dor. Mesmo agora, os cortes profundos na perna latejavam. Logo não haveria nem mais isso. Sabia o segredo, e tinha todo o segredo na mente. Nascera para a grandeza. Como sempre lhe dissera o pai. Por isso, nenhum dos bobocas de horizontes tacanhos com quem frequentava a escola jamais chegou próximo de ser seu amigo. Os verdadeiramente grandes, os verdadeiramente poderosos, jamais eram compreendidos. Mas admirados. Reverenciados. Chegaria o dia em que teria o mundo nas palmas das mãos, como o pai. Teria o poder para remodelá-lo. Ou esmagá-lo.

Deu uma risadinha rápida e escavou seu estoque. Jerald nunca puxava fumo em casa. Sabia que o cheiro adocicado da maconha era facilmente detectado e seria informado aos pais. Quando sentia o desejo irresistível de um baseado, levava-o para fora. Evitava cigarros. Tanto o pai quanto a mãe eram muito ativos nos direitos dos não-fumantes. Qualquer vestígio de fumaça, tabaco ou outra coisa poluiria a pureza do ar dos Hayden. Jerald tornou a rir, enquanto retirava um excelente bagulho de maconha misturada com cocaína. Fenciclidina. Pó de anjo. Sorriu ao correr os dedos pela droga. Uns poucos tapas naquilo e você se sentia como um anjo. Ou o próprio Satanás.

Os pais ficariam fora durante horas. Os criados se haviam retirado todos para o anexo junto da casa. Ele precisava de um estímulo. Precisava, não, corrigiu-se. Necessidades eram para pessoas comuns. Queria um estímulo. Queria voar nas alturas quando escutasse a próxima. Porque a próxima iria sofrer. Jerald pegou o revólver de serviço do pai, com o qual o capitão Charlton P. Hayden liquidara tantos imbecis no velho e bom Vietnã. O pai ganhara medalhas por disparar em estranhos. Isso tinha algo de glorioso.

Jerald não queria medalhas, só queria um barato. O grande barato. O adolescente nele abriu a janela antes de acender o baseado. O louco ligou o computador para procurar.

GRACE PASSOU A PRIMEIRA NOITE DE PLANTÃO DIVIDIDA entre a diversão e o espanto. Alegrava-lhe o fato de ainda poder espantar-se. Trabalhar nas artes e morar em Nova York não significava que vira e ouvira tudo. Nem de longe. Recebeu telefonemas de chorões, de sonhadores, dos bizarros e dos mundanos. Para uma mulher que se considerava sofisticada e sexualmente experiente, pegou-se tropeçando mais de uma vez. Um cara que ligou do interior da Virgínia Ocidental reconheceu-a como novata.

— Não se preocupe, benzinho — disse. — Eu falo com você até o fim.

Ela trabalhou três horas, uma carga leve, e teve de reprimir risadas, puro choque e o prolongado mal-estar de que Ed a esperava no andar de baixo.

Às onze da noite, recebeu a última ligação. Guardou as anotações — nunca se sabia quando poderia usá-las. Desceu as escadas. Viu primeiro Ed e depois o parceiro.

— Olá, Ben. Eu não sabia que você estava aqui.

— Tem a equipe completa. — Ao conferir as horas no relógio, ele notou que já havia passado muito a hora em que o cara deles atacara. Mesmo assim, daria mais meia hora. — Então, como foi?

Grace acomodou-se no braço de uma poltrona. Disparou um olhar a Ed e depois encolheu os ombros.

— É diferente. Vocês já ficaram excitados ao ouvirem uma mulher espirrar? Deixa pra lá.

Ed observava-a enquanto ela falava. Teria jurado que parecia encabulada.

— Alguém fez você se sentir aflita, desconfiada?

— Não. Quase o tempo todo, a gente ouve homens à procura de um pouco de companhia, um pouco de solidariedade e, imagino, num estranho sentido, uma forma de ser fiéis às esposas. Falar ao telefone é muito mais seguro e menos drástico do que pagar uma prostituta. — Mas tampouco era a mesma coisa que subir numa plataforma para oradores, lembrou a si mesma. — Vocês estão gravando tudo em fita, de qualquer maneira, certo?

— Certo. — Ed ergueu uma sobrancelha. — É isso o que a deixa incomodada?

— Talvez. — Ela brincou com a bainha da manga. — É esquisito saber que a rapaziada na delegacia vai ficar escutando a gravação do que eu disse. — Sempre se recuperando rápido, livrou-se do mal-estar. — Eu mesma não consigo acreditar no que disse. Teve um cara que faz bonsai, vocês conhecem, aquelas arvorezinhas japonesas? Passou quase a ligação toda me dizendo como as adorava.

— Tem gente de todo tipo. — Ben passou-lhe um cigarro. — Algum deles pediu pra se encontrar com você?

— Ouvi algumas insinuações, mas nada barra-pesada. De qualquer modo, na sessão de orientação esta tarde, peguei algumas dicas sobre como lidar com isso e um monte de outras coisas. — Sentia-se mais uma vez relaxada, até divertida. — Passei a tarde com Jezebel. Ela já faz isso há cinco anos. Após ouvi-la receber telefonemas durante algumas horas, eu compreendi. E também tem isto. — Ela pegou um caderno azul na mesa de centro. — Meu manual de treinamento.

— Tá brincando!

Maravilhado, Ben tomou-o dela.

— Relaciona as predileções, as normais e algumas que eu nunca ouvi falar.

— Nem eu — murmurou Ben, virando uma página.

— Também nos dá diferentes formas de dizer as mesmas coisas. Como um dicionário de sinônimos. — Ela soprou fumaça e depois riu com vontade. — Sabe quantas formas existem pra dizer... — Interrompeu-se quando olhou para Ed. Levou apenas um instante para ver que ele não iria gostar de uma lista detalhada. — Bem, é útil. Mas vou lhe dizer uma coisa, é muito mais fácil fazer sexo do que falar a respeito. Alguém quer biscoitos rançosos com lascas de chocolate?

Ed fez que não com a cabeça, mas tudo que ela obteve de Ben foi um grunhido, enquanto ele folheava o manual.

— Vai nascer pelo nas suas palmas — disse Ed, indulgente, quando Grace saiu da sala.

— Talvez valha a pena. — Com um sorriso, Ben ergueu os olhos. — Você não ia acreditar em algumas coisas aqui. Como é possível não estarmos trabalhando no departamento de atentado ao pudor, prostituição e imoralidade sexual?

— Sua mulher é psiquiatra — lembrou-lhe o parceiro. — Nada do que você sugerir que tenha aí vai surpreendê-la.

— É. Tem razão. — Ben largou o manual. — Me parece que Grace se saiu muito bem.

— Parece.

— Deixe a moça em paz, Ed. Ela precisa fazer isso. E poderia ajudar a desvendar tudo.

— Quando desvendado, talvez caia tudo em cima dela.

— Estamos aqui pra não deixar que isso aconteça. — Ben interrompeu-se um instante. — Lembra como me senti quando Tess se envolveu no último inverno?

— Lembro.

— Estou do seu lado, amigo. Sempre estou.

Ed parou de andar de um lado para outro na sala. Era engraçada a rapidez com que se tornara a sala de Grace. Kathleen se fora; talvez ela ainda não houvesse se dado conta, mas substituíra a arrumação da irmã na mente com revistas abertas e sapatos largados no chão. Flores murchas num jarro antigo e poeira nos móveis. Em poucos dias, sem sequer pretendê-lo, criara um lar.

— Quero que ela se case comigo.

Ben arregalou os olhos para o parceiro um instante e depois tornou a recostar-se devagar.

— Macacos me mordam. Parece que a doutora acertou na mosca mais uma vez. Você já pediu?

— É, pedi.

— E?

— Ela precisa de algum tempo.

Ben apenas balançou a cabeça. Entendia perfeitamente. Ela precisava de tempo. Ed não.

— Quer um conselho?

— Por que não?

— Não deixe que ela pense demais. Talvez descubra o babaca que você é. — Como Ed riu, ele levantou-se e pegou o paletó. — Não faria mal dar uma olhada naquele manual também. A página seis parece um indivíduo vitorioso.

— Vai embora?

Grace retornou com uma bandeja de biscoitos e três cervejas.

— Jackson tem condições de cuidar do turno da noite. — Ben pegou um biscoito e mordeu. — São horríveis.

— Eu sei. — Ela riu quando ele pegou outro. — Tem tempo pra uma cerveja?

— Levo comigo. — Ben enfiou-a no bolso. — Você se saiu bem, docinho. — Como ela parecia precisar, ele curvou-se sobre a bandeja e deu-lhe um beijo. — Até logo.

— Obrigada.

Ela esperou até ouvir a porta da frente se fechar para largar a bandeja.

— É um cara e tanto.

— O melhor.

E enquanto ele estivera ali, os dois não precisaram conversar direto demais um com o outro. Sentando-se na ponta do sofá, Grace começou a mordiscar um biscoito.

— Imagino que o conheça há muito tempo.

— Bastante. Ben tem os melhores instintos do departamento.

— Os seus não parecem gastos demais.

Ed observou-a ao pegar a cerveja.

— Os meus me mandam pôr você num ônibus expresso de volta a Nova York.

Ela ergueu uma sobrancelha. Parece que haviam terminado de discutir num círculo vicioso.

— Ainda está chateado comigo?

— Preocupado com você.

— Não quero que fique. — Então ela sorriu e estendeu a mão.

— Sim, quero que fique. — Quando ele enlaçou os dedos nos dela, Grace levou-os aos lábios. — Tenho o pressentimento de que você foi a melhor coisa que já me aconteceu. Lamento não poder facilitar as coisas.

— Você ferrou meus planos, Grace.

Ela inclinou a cabeça com um meio sorriso.

— Ferrei?

— Chegue pra cá.

Obsequiosa, ela contorceu-se no sofá até aninhar-se nele.

— Quando comprei a casa ao lado, planejei como tudo ia ser. Reformaria de cima a baixo, tudo certo, do jeito como sempre imaginei que devia ser uma casa. Quando ficasse pronta, ia encontrar a mulher certa. Não sabia como seria, mas isso não era tão importante. Seria meiga, paciente e precisaria que eu cuidasse dela. Jamais teria de trabalhar, como fez minha mãe. Ficaria em casa e cuidaria do lar, do jardim, dos filhos. Gostaria de cozinhar e de passar minhas camisas.

Grace franziu o nariz.

— Ela precisaria gostar de fazer isso?

— Adoraria fazer.

— Parece que teria de encontrar uma boa camponesa de Nebraska que se manteve longe do mundo durante os últimos dez anos.

— É a minha fantasia, lembra?

Ela tornou a sorrir.

— Desculpe. Continue.

— Toda noite, quando chegasse em casa, eu a encontraria à minha espera. A gente se sentaria, ergueria os pés e conversaria. Não sobre meu trabalho. Não gostaria que isso a afetasse. Ela seria frágil demais. Quando chegasse a hora de me aposentar, ficaríamos apenas vagabundeando pela casa juntos. — Ed deslizou a mão pelos cabelos dela e depois lhe tomou o queixo. Ao se passarem alguns segundos, simplesmente a examinou, os ossos fortes, os olhos grandes e os cabelos esvoaçantes. — Você não é essa mulher, Grace.

Ela sentiu um momento muito forte e agudo de remorso.

— Não, não sou.

— Mas é a única que eu quero. — Ele tocou os lábios nos dela, daquele jeito suave, delicado, que fazia o pulso agitar-se. — Entenda, você ferrou meus planos. Tenho de agradecer-lhe.

Ela o abraçou e acomodou-se.

Grace acordou nos braços de Ed ao amanhecer. Os lençóis cobriam-na até o nariz e ela aninhava a cabeça no peito dele. Isso a fez sorrir. Leve e enevoada, a luz deslizava pelas janelas, suavizada pelos primeiros pios de pássaros da manhã. Com as pernas entrelaçadas nas dele, o calor e a segurança alcançavam-na até os dedos dos pés.

Virando a cabeça, beijou-lhe o peito. Imaginava se existia uma única mulher no mundo que não gostaria de acordar assim, contente e segura nos braços do amante.

Ele agitou-se e puxou-a um pouco mais para perto. Tinha o corpo bem retesado, a força bem controlada. Quando ela encostou a carne na dele, sentiu-a quente, úmida e sensível. Antes que as últimas névoas de sono se dissipassem, ficou excitada.

Com um suspiro, deslizou as mãos por ele todo, explorando, testando, regozijando-se. Ainda preguiçosa, deixou os lábios deslizarem por aquela carne. Quando sentiu o batimento do coração dele se acelerar, murmurou, satisfeita. Dando um esboço de sorriso, virou a cabeça para olhá-lo.

Notou os olhos intensos e escuros, e então tudo se obscureceu quando ele a puxou para cobrir-lhe a boca com a sua. Sem nenhuma gentileza dessa vez, apenas exigência e desespero. Grace foi arrebatada por uma onda de excitação e grande pânico.

O controle com o qual sempre contara desaparecera. Era um homem que se movia com todo cuidado, cônscio demais de seu próprio tamanho e força. Mas agora, não. Rolaram na cama como agrilhoados um no outro e ele tomou exatamente o que queria.

Embora tremesse, não fraquejara. A cada segundo, a paixão mútua intensificava-se, de modo que Grace recebia demanda com demanda. Ed mostrara-lhe ternura e arraigado respeito pelos quais ela só podia maravilhar-se. Agora lhe mostrava o sombrio e perigoso lado de seu amor.

Com os braços apoiados em cada lado da cabeça da amante, ele mergulhou dentro dela, que deslizou os dedos escorregadios de suor pelo corpo dele abaixo. Ed encontrou ponto de apoio e enterrou-se. No fim, sentiram mais que apenas liberação. Sentiram entrega.

Grace continuava ofegante quando ele baixou o corpo ao encontro do seu. Ed aninhou a cabeça entre os seios da amante, que emaranhou as mãos nos cabelos dele.

— Acho que encontrei o substituto do café — ela conseguiu dizer, e desatou a rir.

— Não tem nada de engraçado na cafeína — ele resmungou.

— Não, eu só estava pensando que, se isso continuar assim, poderia escrever meu próprio manual de treinamento. — Esticando os braços sobre a cabeça, ela bocejou. — Gostaria de saber se meu agente conseguiria comercializá-lo.

— Dedique-se apenas aos romances policiais. — Ele ia dizer mais alguma coisa, quando o rádio ao lado da cama irrompeu com um estrondo de rock. — Nossa, como pode acordar e ouvir isso?

— Ninguém agita o sangue como Tina Turner.

Ed ergueu-a, girou-a e deitou-a de costas nos travesseiros.

— Por que não dorme mais um pouco? Tenho de me aprontar para o trabalho.

Ela manteve os braços em volta do pescoço dele. Era tão bonitinho quando tentava paparicá-la.

— Eu gostaria de tomar uma ducha com você.

Ed desligou Tina Turner no meio de um uivo e levou-a no colo para o banheiro.

Meia hora depois, ela se sentava à mesa da cozinha examinando a correspondência da véspera, enquanto Ed fazia mingau de aveia.

— Tem certeza de que não posso convencê-lo a comer um bolo dinamarquês mofado?

— Nem pensar! Já joguei fora.

Grace ergueu os olhos.

— Só tinha uma coisa verde num canto. — Com um encolher de ombros, ela retornou à correspondência. — Ah, parecem os direitos autorais. É nesta época do ano de novo. — Cortou o envelope, pôs o cheque ao lado e examinou os formulários. — Graças a Deus, a Grã-Bretanha está se recuperando. Que tal uns biscoitos?

— Grace, um desses dias vamos ter uma conversa séria sobre sua dieta.

— Eu não faço dieta.

— Por isso mesmo.

Grace viu-o despejar colheradas de mingau na tigela que pusera diante dela.

— Você é bom demais pra mim.

— Eu sei.

Rindo, ele passou para a própria tigela. Ao começar a retirar mingau da panela, pousou o olhar no cheque que ela largara ao lado. O mingau caiu com um estalo na mesa.

— Errou — ela disse, despreocupada, e provou.

— Você, ahn, recebe muitos desses?

— Desses o quê? Ah, cheques de direitos autorais? Duas vezes por ano. Deus abençoe cada um deles. — Estava mais faminta do que imaginara e comeu uma colherada cheia. Se não se vigiasse, talvez passasse a gostar daquela gororoba. — Mais os adiantamentos, claro. Sabe de uma coisa, isto não seria nem a metade tão ruim com um pouco de açúcar. — Ia pegar o açucareiro quando notou a expressão dele. — Algum problema?

— Como? Não. — Após largar a panela ao lado, ele pegou um trapo para limpar o mingau derramado. — Acho que não me dei conta de quanto dinheiro você conseguia ganhar com livros.

— É um tiro no escuro. Às vezes a gente tem sorte. — Embora estivesse na primeira xícara de café, notou que ele se concentrava com muita atenção na limpeza de um punhado pequeno de mingau. — Isso é problema?

Ed pensou na casa ao lado, pela qual fizera tantas economias. Ela poderia tê-la comprado com dinheiro de bolso.

— Não sei. Acho que não devia ser.

Grace não esperava essa reação. Pelo menos dele. A verdade é que ela era descuidada com dinheiro, não negligente como são os ricos de verdade, mas descuidada, despreocupada. Fora a mesma quando pobre.

— Não, não devia. Nos últimos anos, escrever me enriqueceu. Não foi por isso que comecei a escrever, nem é por isso que continuo a escrever. Detestaria achar que seria o motivo de você mudar de ideia a meu respeito.

— No geral, é que me sinto um idiota achando que você seria feliz aqui, num lugar como este, comigo.

Ela estreitou os olhos ao fechar a cara para ele.

— Na certa é a primeira coisa realmente idiota que já ouvi você dizer. Talvez eu ainda não saiba o que é certo, pra nós dois, mas, quando souber, o lugar não significará droga nenhuma. Agora, por que não fecha a matraca? Não para de falar pelos cotovelos, e ainda por cima só besteiras.

Após jogar a correspondência para o lado, ela pegou o jornal. A primeira coisa que viu ao desdobrá-lo foi o desenho do retrato falado do assassino de Kathleen.

— Seu pessoal trabalha rápido — disse, em voz baixa.

— Queríamos divulgar logo. Vão exibi-lo na TV hoje a pequenos intervalos. Isso nos dá uma coisa concreta pra levar à coletiva de imprensa.

— Poderia ser quase qualquer um.

— A Sra. Morrison não conseguiu contribuir com muitos detalhes. — Ed não gostou do jeito de Grace examinar o desenho, como se memorizasse cada linha e curva. — Ela acha que conseguiu a forma do rosto e dos olhos.

— É apenas um garoto. Se vocês passassem um pente-fino nas escolas de ensino médio da área, encontrariam duzentos adolescentes próximos dessa descrição. — Como sentia o estômago revirar-se, Grace levantou-se para tomar água. Mas ele tinha razão. Ela memorizou o rosto. Com ou sem o esboço, não o esqueceria. — Um pirralho — repetiu. — Não dá pra acreditar que um adolescente fez aquilo com Kathleen.

— Nem todos os adolescentes vão a bailes de formatura e a pizzarias, Grace.

— Não sou nenhuma idiota. — De repente furiosa, rodopiou e pôs-se na frente dele. — Sei o que existe lá fora, porra. Talvez não goste de levar a vida inspecionando becos escuros e cantos imundos, mas sei. Ponho isso no papel todo dia e, se sou ingênua, é por opção. Primeiro tenho de aceitar o fato de que minha irmã foi assassinada, agora aceitar que ela foi estuprada, espancada *e* assassinada... por algum delinquente juvenil.

— Psicótico — corrigiu Ed, a voz baixa. — A insanidade não é seletiva quanto a grupos de idade.

Adotando um ar de determinação, ela voltou ao jornal. Dissera precisar de uma foto; agora que tinha uma, por mais vaga que fosse, iria examiná-la. Recortar a maldita figura e colar na parede do quarto. Quando terminasse, conheceria aquele rosto tão bem quanto o seu.

— Uma coisa eu posso lhe dizer: não falei com adolescentes ontem à noite. Prestei atenção a cada voz ao telefone, cada nuança, cada tom. Teria reconhecido alguém tão jovem assim.

— As vozes mudam quando um garoto chega aos doze ou treze anos — comentou Ed.

Quando Grace pegou um cigarro, ele quase se encolheu. Ela não podia continuar subsistindo de tabaco e café.

— Não é apenas a profundidade da voz, é o ritmo, o fraseado. O diálogo é uma das minhas especialidades. — Esforçando-se para acalmar-se, passou as mãos pelo rosto. — Eu teria reconhecido um adolescente.

— Talvez. Talvez tivesse. Você pega os detalhes e os anota. Já notei.

— Instrumentos do ofício — ela resmungou. Esqueceu o cigarro ao examinar a foto. Se olhasse com muita atenção, muita atenção, conseguiria materializá-lo em carne e osso, do mesmo modo como fazia com uma personagem que concebia com a própria mente. — O cara tem cabelos curtos, estilo conservador, militar. Não parece um moleque de rua.

Ele pensara a mesma coisa, mas um corte de cabelo não estreitaria o campo.

— Distancie-se um pouco, Grace.

— Estou envolvida.

— Isso não significa que possa ser objetiva sobre o caso. — Ele virou o jornal pelo avesso. — Nem que eu possa. Droga, esse é o meu trabalho e você não para de brincar como o diabo com ele.

— Como?

— Como? — Ed apertou o nariz entre o polegar e o indicador e quase riu. — Talvez tenha algo a ver com o fato de eu ser louco por você. Enquanto continuo falando enormes besteiras, é melhor que diga tudo. Não gosto de pensar em você falando com esses homens.

Ela correu a língua pelos dentes.

— Entendo.

— A verdade é que detesto. Posso entender por que está fazendo isso e, do ponto de vista de um policial, vejo a vantagem. Mas...

— Está com ciúme.

— O diabo que estou.

— Sim, está. — Ela afagou-lhe a mão. — Obrigada. Fique tranquilo, se algum deles me deixar excitada, eu corro atrás de você.

— Isso não é brincadeira.

— Santo Deus, Ed, tem de ser. Porque eu enlouqueceria de outra forma. Não sei se consigo fazer você entender, mas foi esquisito escutar aqueles sujeitos, sabendo que outra pessoa também escutava. Fiquei lá sentada me concentrando em cada voz que surgia ao telefone e me perguntando o que os outros, os que escutavam, juntando as provas, estavam achando. — Ela exalou um suspiro, e a franqueza: — Acho que me perguntava o que você teria pensado se também estivesse ouvindo. Por isso me concentrei com mais força. — Deliberadamente, ela tornou a virar o jornal e olhou o retrato falado. — Preciso olhar pro lado absurdo disso, e ao mesmo tempo lembrar por quê. Entenda, saberei se ouvir o assassino. Prometo.

Mas Ed apenas a olhava. Alguma coisa que ela dissera desencadeara uma nova sequência de ideias. Fazia sentido. Talvez o melhor sentido. Sentiu-se ansioso por ir embora, quando ouviu uma batida à porta da frente.

— Deve ser o meu revezamento. Você vai ficar bem?

— Claro. Vou tentar trabalhar. Imagino que me sairei melhor se retomar a rotina.

— Pode me ligar se precisar. Se eu não estiver na delegacia, a recepção sabe onde me encontrar.

— Vou ficar bem, verdade.

Ele ergueu-lhe o queixo.

— Me ligue de qualquer modo.

— Combinado. Saia logo daqui antes que os bandidos se mandem.

Capítulo Quatorze

Ben já mergulhara até o pescoço em telefonemas e trabalho burocrático quando Ed chegou à delegacia. Ao ver o parceiro, engoliu um pedaço de um sonho coberto de açúcar.

— Já sei — começou e tapou o bocal do telefone com a mão. — Seu despertador não tocou. Um pneu esvaziou. O cachorro comeu seu distintivo.

— Passei no consultório de Tess — respondeu Ed.

O tom, mais ainda que a declaração, fez Ben empertigar-se à escrivaninha.

— Ligo de volta pra você — disse no receptor e desligou. — Por quê?

— Uma coisa que Grace disse esta manhã. — Após uma rápida olhada nas mensagens e pastas na sua escrivaninha, Ed decidiu que podiam esperar. — Eu queria conversar com Tess sobre a ideia, ver se ela achava que se encaixava no perfil psiquiátrico.

— E?

— Na mosca. Lembra-se de Billings? Trabalhava no Departamento de Roubos.

— Claro, um pé no saco. Tornou-se detetive particular há dois anos. Especialista em vigilância.

— Vamos fazer uma visitinha a ele.

— Parece que instalação de grampos dá dinheiro — comentou Ben ao olhar em volta o escritório de Billings.

As paredes eram revestidas de seda marfim, e o tapete azul-acinzentado subia até a altura dos tornozelos. Ele achou que Tess iria gostar de duas pinturas que pendiam de uma das paredes: francesas e atenuadas. Diante das grandes janelas de vidros coloridos, uma visão clássica do rio Potomac.

— O setor privado, meu amigo. — Billings apertou um botão na mesa e fez um painel deslizar para trás e revelar uma série de monitores de televisão. — O mundo é minha ostra. Quando quiserem largar o serviço público, liguem pra mim.

Como dissera Ben, ele sempre fora um pé no saco. Indiferente ao fato, Ed instalou-se no canto da mesa.

— Belo ambiente.

A única coisa que o ex-colega gostava mais do que o "Eu Espiono" da alta tecnologia era vangloriar-se.

— Isto não é nem a metade. Tenho cinco escritórios neste andar e já estou pensando em abrir outra filial. Políticos, amigos e vizinhos. — O especialista em vigilância gesticulou com as mãos compridas e estreitas. — Nesta cidade, alguém sempre se dispõe a pagar pra levar vantagem sobre o cara seguinte.

— Negócio sujo, Billings.

Ele apenas riu para Ben. Acabara de gastar dois mil dólares na colocação de uma ponte dentária e os dentes marchavam retos como uma banda da Marinha.

— É, não é mesmo? Então que fazem os dois mais excelentes tiras do departamento aqui? Querem que eu descubra quem anda brincando com o chefe de polícia quando a mulher se ausenta da cidade?

— Talvez outra hora — respondeu Ed.
— Desconto profissional pra você, Jackson.
— Não vou esquecer. Enquanto isso, gostaria de lhe contar uma historinha.
— Desembuche.
— Digamos que temos um bisbilhoteiro, inteligente, mas não bate bem da bola. Gosta de ouvir. Você está a par disso.
— Claro.

Billings recostou-se na cadeira feita sob medida.

— Gosta de ouvir mulheres — continuou Ben. — Gosta de ouvi-las falar de sexo, mas não participa da conversa. Muito bem, ele pode ficar apenas sentado lá e escutar, escolher a voz que o deixa excitado e escutar durante horas, enquanto ela fala com outros homens. E possível fazer isso, Billings, sem o outro cara ou a mulher saberem?

— Se tiver o equipamento certo, é possível fazer qualquer ligação e escuta clandestina. Tenho algum material estocado que pode ligar você daqui à Costa Oeste, mas custa muito. — Billings ficou interessado. Tudo relacionado à interceptação clandestina o interessava. Teria entrado na espionagem se algum governo confiasse nele.
— Em que vocês estão trabalhando?

— Vamos apenas adiantar um pouco mais a história. — Ben pegou uma pirâmide de cristal da mesa de Billings e examinou as facetas. — Se esse xereta quisesse encontrar uma das mulheres... sem saber o nome dela, nem onde mora, nem como é, mas quisesse um encontro cara a cara, e só com a voz e a ligação clandestina... pode chegar a ela?

— O cara tem miolos?
— Me diga você.
— Se ele tiver miolos e um bom PC, o mundo é dele. Me dê o número do seu telefone, Paris. — Billings virou-se na cadeira, ficou defronte à estação de trabalho e inseriu o número dado por Ben. A máquina estalou e zumbiu, enquanto o especialista a programava.

— Não consta da lista telefônica — murmurou. — Só o torna mais um desafio.

Ben acendeu um cigarro. Antes de ter sido fumado até a metade, o endereço dele surgiu na tela.

— Parece conhecido? — perguntou-lhe Billings.

— Alguém pode fazer isso? — indagou Ben.

— Qualquer hacker decente. Deixe-me lhe dizer uma coisa, com este bebê e um pouco de imaginação, encontro qualquer coisa. Me dê mais um minuto. — Usando o nome e o endereço de Ben, começou a trabalhar de novo. — Verificar o saldo da conta é meio baixo, Paris. Eu não apostaria nada acima de cinquenta e cinco dólares. — Afastou-se mais uma vez do monitor. — Um bisbilhoteiro realmente bom precisa de talento e paciência, além do equipamento certo. Duas horas nesta coisa e eu poderia dizer o tamanho do sapato da sua mãe.

Ben apagou o cigarro.

— Se fizéssemos uma ligação de escuta com a isca, poderia me conseguir uma localização do xereta?

Billings riu. Sabia que precisava de astúcia para ser expansivo.

— Pra um velho amigo, e um preço razoável, eu lhe diria o que ele comeu no café da manhã.

— Lamento muitíssimo incomodá-lo, senador, mas a Sra. Hayden está ao telefone. Disse que é importante.

Hayden continuou a ler o discurso revisado que faria aquela tarde no almoço da Liga das Eleitoras.

— Qual linha, Susan?

— Três.

Hayden apertou o botão, mantendo o telefone apoiado no ombro.

— Sim, Claire. Não tenho muito tempo.

— Charlton, é Jerald.

Após vinte anos de casamento, o senador conhecia bem a mulher para reconhecer o verdadeiro alarme.

— Como?

— Acabei de receber um telefonema da escola. Ele se meteu numa briga.

— Uma briga? Jerald? — Com um riso forçado, Hayden retomou o discurso: — Não seja ridícula.

— Charlton, o próprio reitor Wight me ligou. Jerald entrou numa briga de socos com outro aluno.

— Claire, não apenas é difícil acreditar, em vista do temperamento de Jerald, mas é muito importuno ser chamado só porque ele e outro garoto tiveram algum tipo de briguinha. A gente conversa sobre isso quando eu chegar em casa.

— Charlton. — Foi o fio cortante na voz dela que o impediu de desligar. — Segundo Wight, não se tratou de uma briguinha qualquer. O outro garoto... ele foi levado para o hospital.

— Ridículo. — Mas o senador deixara de olhar o discurso. — Parece-me que estão exagerando a importância de alguns cortes e contusões.

— Charlton. — Ela sentiu o estômago embrulhar-se. — Disseram que Jerald tentou estrangulá-lo.

Vinte minutos depois, Hayden sentava-se, retesado como um pau, no gabinete do reitor. Cabisbaixo e com a cara amarrada, Jerald ocupava a cadeira ao lado. Tinha a camisa de linho branca amassada e manchada, mas teve tempo de endireitar a gravata. Aos arranhões no rosto juntavam-se contusões escurecidas. Os nós dos dedos das mãos estavam inchados.

Uma olhada nele confirmara a opinião de Hayden, de que o incidente não passara de uma luta. Jerald seria repreendido, sem dúvida. Uma lição de moral, uma redução de privilégios por algum tempo. Apesar disso, o pai já elaborava a posição a tomar, caso a questão vazasse para a imprensa.

— Espero que possamos resolver logo essa questão.

Wight quase exalou um suspiro. Achava-se a dois anos da aposentadoria e pensão. Nos vinte anos dedicados à St. James, ensinara, dera lições de moral e disciplinara os filhos dos ricos e privilegiados. Muitos dos ex-alunos tornaram-se figuras públicas por mérito próprio. Se ele entendia um fato concreto sobre os que lhe mandavam os rebentos, era que não gostavam de críticas.

— Sei que sua agenda deve ser frenética, senador Hayden. Não teria requisitado esse encontro se não o julgasse ser para o melhor.

— Estou ciente de que conhece seu trabalho, reitor Wight. Do contrário, Jerald não estudaria aqui. Sou obrigado, porém, a dizer que todo esse cenário extrapolou a proporção. É claro que não perdoarei meu filho por participar de uma briga de socos. — Ele disse isso olhando acima da cabeça de Jerald. — E garanto-lhe que esse assunto será continuado em casa e tratado.

O reitor ajustou os óculos. Um gesto que tanto Hayden quanto Jerald reconheceram como resultado de nervosismo. O senador ficou sentado, paciente, enquanto o filho exultava com um ar maligno.

— Aprecio isso, senador. Mas, como reitor, sou responsável pela St. James e pelo corpo estudantil. Não tenho opção além de suspender Jerald.

Hayden enrijeceu a boca. Jerald viu-o pelo canto dos olhos. Agora aquele reitor de cara gorda ia ver o que o esperava, pensou.

— Considero isso um tanto extremo. Eu mesmo frequentei uma escola preparatória. As escaramuças eram reprovadas, com certeza, mas não resultavam em suspensão.

— Dificilmente foi uma escaramuça, senador. — Ele vira a expressão nos olhos de Jerald quando pusera as mãos na garganta do jovem Lithgow. Assustara-o, assustara-o muito. Mesmo agora, ao examinar o rosto cabisbaixo do rapaz, sentia-se aflito. Randolf Lithgow sofrera vários ferimentos faciais. Quando o Sr. Burns tentara apartar a luta, Jerald atacara-o com uma ferocidade que o derrubara no chão. Depois tentara estrangular o quase inconsciente

Lithgow até vários membros do corpo estudantil conseguirem contê-lo.

Wight tossiu nas mãos. Sabia o poder e a fortuna do homem com quem falava. Com toda probabilidade, Hayden seria o novo presidente americano. O filho de um presidente diplomado na St. James seria um tremendo êxito. Foi isso, e apenas isso, que o impediu de expulsar Jerald.

— Nos quatro anos que Jerald esteve conosco, jamais tivemos qualquer tipo de problema em sua conduta nem nos estudos.

Claro que Hayden não esperara menos.

— Nesse caso, minha impressão é que ele deve ter sido extremamente provocado.

— Talvez. — Wight tossiu mais uma vez na mão. — Embora não se possa perdoar a gravidade do ataque, estamos dispostos a ouvir o lado da história de Jerald antes de tomarmos uma medida disciplinar. Garanto-lhe, senador, que não suspendemos alunos assim, sem mais nem menos.

— Bem, e então?

— Jerald se recusou a explicar.

Hayden reprimiu um suspiro. Pagava vários milhares de dólares por ano pela educação adequada do filho, e aquele homem não tinha capacidade de arrancar explicações de um aluno do último ano da escola.

— Reitor Wight, poderia nos dar um momento a sós?

— Claro.

O reitor levantou-se, satisfeito demais por afastar-se do rebento calado e do olhar frio do senador.

— Reitor... — A voz autoritária de Hayden o deteve na porta. — Sei que posso contar com sua discrição nesse assunto.

Wight tinha pleno conhecimento das generosas contribuições feitas pelo senador à escola St. James durante os últimos quatro anos. Também sabia com que facilidade a vida pessoal de um candidato podia destruir sua carreira política.

— Os problemas escolares permanecem apenas na escola, senador.

Hayden levantou-se assim que o reitor deixou a sala. Era um gesto automático, até enraizado. A postura em pé apenas enfatizava sua autoridade.

— Muito bem, Jerald. Estou pronto para ouvir sua explicação.

O garoto, as mãos apoiadas de leve nas coxas, como lhe haviam ensinado, ergueu os olhos para o pai. Viu mais que um homem alto e de vigorosa beleza. Viu um rei, com sangue na espada e justiça nos ombros.

— Por que não o mandou se foder? — perguntou Jerald, sem alterar a voz.

Hayden encarou-o com olhos fixos. Se o filho se houvesse levantado e lhe dado um tapa na cara, não o teria chocado tanto.

— Como foi que disse?

— Não é da conta dele o que fazemos — continuou Jerald no mesmo tom inalterado. — Não passa de um rolha de poço que fica sentado atrás de uma mesa e finge ser importante. Não sabe de porra nenhuma de como as coisas são de fato. É um insignificante.

O tom do adolescente foi tão educado, o sorriso tão genuíno, que o pai se viu mais uma vez de olhos fixos.

— O reitor Wight é o diretor desta instituição e, enquanto você estiver matriculado na St. James, ele merece seu respeito.

Enquanto estivesse matriculado. Mais um mês. Se o pai queria esperar algumas semanas para se encarregar do traseiro de Wight, Jerald seria paciente.

— Sim, senhor.

Aliviado, Hayden balançou a cabeça. Era óbvio que o filho ficara muito perturbado, talvez até sofresse de um leve choque. Embora detestasse pressioná-lo, precisava de respostas:

— Fale de sua briga com Lithgow.

— Ele estava me perturbando.

— É o que parece. — Hayden sentia-se em terreno mais firme agora. Os adolescentes tinham excesso de energia e muitas vezes descarregavam uns nos outros. — Entendo que foi ele quem iniciou o incidente?

— Não parava de me irritar. É um idiota. — Impaciente, Jerald começou a contorcer-se, e depois se conteve. Controle. O pai exigia controle. — Avisei pra ele largar do meu pé; era apenas justo avisar. — Sorriu para o pai. Por um motivo que não soube explicar, o senador sentiu o sangue gelar-se. — Ele disse que, se eu não tivesse um par pro Baile de Formatura, ele tinha uma prima com o pé torto. Me deu vontade de matar o cara na mesma hora; esmagar aquela cara bonita.

Hayden quis acreditar que se tratava da raiva de um adolescente, as palavras de um adolescente, mas não conseguiu. Pelo menos não muito.

— Jerald, erguer os punhos nem sempre é a resposta. Temos um sistema, precisamos agir dentro dele.

— Nós dirigimos o sistema! — O adolescente lançou a cabeça para cima. Os olhos. Até o pai viu que tinha os olhos enlouquecidos, furiosos. Então as persianas baixaram-se de novo. Hayden se convenceu, teve de convencer-se, de que imaginara aquilo. — Eu disse a ele, disse a ele que não queria ir a nenhum baile de escola metida a besta pra tomar ponche e arrancar alguns amassos. Ele riu. Não devia ter rido de mim. Disse que talvez eu não gostasse de meninas. — Com um risinho baixo, enxugou a saliva dos lábios. — E eu soube que ia matar ele. Respondi que não gostava de meninas. Gostava de mulheres. Mulheres de verdade. Então bati nele pra que o sangue esguichasse do nariz e escorresse por toda aquela cara bonita. E não parei de esmurrar. — Continuou a sorrir, ao ver o rosto do pai empalidecer. — Não o culpei por ter inveja, mas ele não devia ter rido de mim. O senhor ficaria orgulhoso da forma como o castiguei por rir.

— Jerald...

— Eu podia ter matado todos eles — continuou o filho. — Podia, mas não matei. Não teria valido a pena, teria?

Por um rápido momento, o senador achou que se encontrava numa sala com um estranho. Mas era seu filho, o filho bem-criado, bem-educado. A excitação, ele se tranquilizou. Era apenas a tensão da tarde.

— Jerald, eu não o perdoo por perder o controle, mas isso acontece com todos nós. Também entendo que, quando nos provocam, dizemos e fazemos coisas atípicas.

Jerald curvou os lábios quase com ternura. Adorava a poderosa voz de orador do pai.

— Sim, senhor.

— Wight disse que você tentou estrangular o outro garoto.

— Tentei? — O adolescente ficou com os olhos sem expressão por um instante e depois os clareou com um encolher de ombros. — Bem, esta é a melhor maneira.

Hayden descobriu que suava; as axilas pingavam. Sentia medo? Que ridículo, era o pai do garoto. Não havia motivo para ter medo. Sentiu o suor escorrer numa linha irregular pelas costas.

— Vou levar você pra casa.

Apenas um pequeno colapso nervoso, disse a si mesmo ao conduzir o filho para fora da sala. Ele vinha estudando demais. Precisava apenas descansar.

G̶RACE SUSPIROU QUANDO O TELEFONE TOCOU. CONSEGUI-ra trabalhar pela primeira vez naquele dia. Trabalho de verdade. Durante horas envolvera-se na própria imaginação e produzira um enredo que a agradara.

Sentira um medo profundo, secreto, de que não conseguiria mais escrever. Pelo menos sobre assassinos e vítimas. Mas a coisa retornara, difícil a princípio e depois no antigo fluxo. A história, o ato de escrever, o mundo que criara, nada tinham a ver com

Kathleen e tudo com ela própria. Mais uma hora, talvez duas, e teria o suficiente para enviar a Nova York e tranquilizar a contração nervosa do editor. Mas o telefone tocou e trouxe-a de volta à realidade. E a realidade tinha tudo a ver com Kathleen.

Grace atendeu e anotou o número. Após pegar um cigarro, ligou.

— Chamada a cobrar de Désirée. — Esperou até a ligação ser aceita e a telefonista desligar. — Olá, Mike, que posso fazer por você?

Que jeito horrível de passar a noite, pensou minutos depois. Ed jogava buraco com Ben no andar de baixo e ela fazia de conta que era uma camponesa para o cavaleiro negro Sir Michael.

Inofensivos. A maioria dos homens que ligavam não passava disso. Solitários à procura de companhia. Cautelosos, buscavam sexo eletrônico, seguro. Tensos, pressionados pela família e profissão, haviam decidido que um telefonema saía mais barato que pagar uma prostituta ou um psiquiatra. Era a maneira simples de encarar a coisa.

Mas Grace sabia, melhor do que a maioria, que não era tão simples assim.

A reprodução no jornal do desenho do artista gráfico da polícia continuava na mesinha de cabeceira. Quantas vezes ela o examinara? Quantas vezes olhara e tentara ver... alguma coisa? Os assassinos, estupradores, deviam parecer diferentes dos demais homens na sociedade. No entanto, pareciam os mesmos... normais, sem identificação. Era muito assustador. Podia-se passar por eles na rua, ficar com eles num elevador, apertar-lhes as mãos num coquetel e jamais saber.

Saberia ela quando o ouvisse? Teria ele uma voz tão normal e inofensiva quanto a de Sir Michael? De algum modo, porém, achava que saberia. Segurou o desenho na mão e examinou-o. A voz combinaria e ela a encaixaria no esboço do rosto dele.

No lado de fora, Ben atravessou a rua até uma camionete sem identificação. Ed já lhe ganhara por mil, duzentos e cinquenta pontos no buraco, e ele achou que era hora de checar com Billings. Abriu a porta lateral. O técnico ergueu os olhos e cumprimentou-o.

— Material impressionante — cacarejou consigo mesmo. — Impressionante com I maiúsculo. Quer ouvir?

— Você é um homem doente, Billings.

O outro apenas riu e mordeu um amendoim.

— A *senhorita* é ótima no telefone, amigo velho. Preciso lhe agradecer por me deixar conhecê-la. Estou tentado a ligar pra ela.

— Por que não faz isso? Eu adoraria ver Ed lhe arrancar os braços e enfiá-los no nariz. — Mas fora exatamente por isso que ele saíra para fazer a inspeção. — Está fazendo alguma coisa aqui com o dinheiro dos contribuintes além de se masturbar?

— Não se exalte, Paris. Lembre que foi você quem me procurou. — Ele engoliu o amendoim. — Ah, é, ela conseguiu mesmo fazer esse aí galopar. O cara está prestes a... — Interrompeu-se. — Espere. — Com uma das mãos apertada no fone de ouvido, começou a ocupar-se com mostradores no equipamento enfileirado defronte. — Parece que alguém quer um passeio grátis.

Ben avançou até se curvar sobre o ombro de Billings.

— Pegou o cara?

— Talvez, apenas talvez. Um estalinho, uma pequena oscilação da voltagem. Veja a agulha. É, é, ele está aí. — O técnico moveu interruptores e gargalhou. — Conseguiu um *ménage à trois*.

— Pode localizar?

— O papa usa solidéu? Merda, ele é inteligente. Um esperto filho da mãe. Instalou um misturador de frequências; com isso, assegura um fluxo contínuo de transmissão pra qualquer sequência e evita uma sequência de dígitos idênticos. Porra.

— Como?

— Ela desligou. Acho que o cara gozou em três minutos.

— Você o localizou, Billings?

— Preciso de mais que trinta segundos, pelo amor de Deus. Vamos esperar e ver se ele volta. — Ele escavou de novo nos amendoins. — Sabe, Paris, se esse cara está fazendo o que você acha que está, não é idiota. Não, boneco, ele é astuto, astuto pra burro. É provável que tenha se munido de algum equipamento do mais alto nível e sabe usar. Vai encobrir a pista.

— Quer me dizer que não vai conseguir identificar o cara?

— Não, quero dizer que ele é bom. Muito bom. Mas eu sou melhor. Aqui está o telefone.

JERALD NÃO PÔDE ACREDITAR. AS PALMAS DAS MÃOS SUAVAM. Era um milagre e ele o fizera acontecer. Jamais parara de pensar nela, querê-la. Agora ela voltara, só para ele. Désirée estava de volta. E à espera dele.

Eufórico, tornou a pôr os fones de ouvido e sintonizar-se.

Aquela voz. A voz de Désirée. Só ouvi-la já o deixava indócil, suado e desesperado. Era a única que podia fazer isso. Levá-lo ao limite extremo. Existia poder nela como nele. Deixou-se levar ao limite e transpô-lo. Voltara. Voltara porque ele era o melhor.

Meu Deus, tudo se integrava. Agira certo ao tirar a máscara e mostrar àqueles babacas da escola do que era feito. Désirée estava de volta. Queria-o, queria-o dentro dela, queria que lhe proporcionasse aquela emoção última.

Jerald quase conseguia senti-la embaixo de si, corcoveando e gritando, implorando-lhe que consumasse. Voltara para mostrar-lhe que ele não apenas tinha o poder sobre a vida, mas sobre a morte também. Trouxera-a de volta. Quando fosse ao seu encontro dessa vez, seria até melhor. O melhor.

As outras haviam sido apenas um teste. Ele entendia agora. As outras só haviam acontecido para mostrar-lhe o quanto ele e Désirée pertenciam um ao outro. Agora lhe falava, prometendo ser sua, para sempre.

Teria de ir ao encontro dela, mas não essa noite. Precisava preparar-se primeiro.

Ele se desconectou. Billings praguejou e socou os botões. O safadinho se desconectou. Volte, volte, eu quase o peguei.

— Me dê o que você pegou, Billings.

Ainda praguejando, o técnico abriu um mapa. Mantendo os fones instalados, desenhou quatro linhas, ligando-as a um retângulo sobre seis quadras.

— Ele está aqui. Até eu pegá-lo de novo, é o melhor que posso fazer. Santo Deus, não admira que tenha se desconectado, esse outro cara está chorando como um bebê.

— Apenas continue aí. — Ben enfiou o mapa no bolso e saltou da camionete. Não bastava, mas era mais do que tinham uma hora antes. Bateu à porta da frente da casa e entrou quando Ed abriu. — Reduzimos a localização a um espaço de seis quadras.

Após olhar o andar de cima, foi à sala e abriu o mapa na mesa de centro.

Sentando-se na ponta do sofá, Ed curvou-se.

— Bairro luxuoso.

— É. O avô de Tess mora aí. — Ben bateu com o indicador no mapa pouco além do quadrante. — E o endereço em Washington do senador Morgan é aqui.

Deslizou o dedo para dentro das linhas vermelhas.

— Talvez não fosse apenas coincidência o cartão de crédito de Morgan ter sido usado para as flores — murmurou o parceiro. — Talvez nosso delinquente o conheça, ou os filhos dele.

— O filho de Morgan é da mesma idade.

Ben pegou um copo de Pepsi aguada.

— O álibi dele é sólido, e a descrição foi publicada.

— É, mas eu gostaria de saber o que ele teria a dizer se o fizéssemos dar uma boa olhada no retrato falado.

— Aquela escola que o filho de Morgan frequenta. St. James, certo?

— Colégio de ensino médio que prepara os alunos para a universidade. Dos graúdos e conservadores.

Ed lembrou o corte de cabelos no desenho. Pegou o bloco de notas ao levantar-se.

— Vou ligar.

Ben encaminhou-se à janela. Por ela, via a camionete. Dentro, Billings mordia amendoins e talvez, apenas talvez, reduzisse as possibilidades. Não havia muito tempo. Ele pressentia. Alguma coisa parecia prestes a explodir, e logo. Se nada desse certo, Grace seria espremida dos dois lados.

Olhou para trás e viu Ed falando ao telefone. Sabia como o parceiro se sentia, como era frustrante o puro e simples pavor de ter a mulher amada no meio de uma coisa que não podia controlar. O cara tentava ser um policial, dos bons, mas agarrar-se à própria objetividade era como tentar agarrar-se a uma corda molhada. Não se parava de perder o ponto de apoio.

— A mãe de Morgan morreu esta manhã — disse Ed ao desligar. — A família vai ficar fora da cidade por dois dias. — Nos olhos de Ben, viu o que ele próprio sentia nas entranhas. Não tinham dois dias. — Quero tirá-la disso.

— Eu sei.

— Que inferno, ela não tem de se expor dessa forma. Nem é daqui. Devia ter voltado pra sua cobertura em Nova York. Quanto mais ficar...

— Mais difícil será vê-la partir — concluiu Ben. — Talvez ela não vá mais embora, Ed.

Um amigo não abandonava o parceiro.

— Eu a amo tanto que seria mais fácil saber que estava lá, segura, do que aqui comigo.

Ben sentou-se no braço do sofá e pegou um cigarro. O décimo oitavo do dia. Ao diabo com Ed por fazê-lo adquirir o hábito de contar.

— Sabe, uma coisa que sempre admirei em você, além do talento em queda de braço, é o fato de ser um julgador de caráter danado de bom, Ed. Em geral, põe o dedo numa pessoa e, dez minutos depois, descobre quem ela é. Por isso imagino que já saiba que Grace não vai arredar o pé daqui.

— Talvez não tenha sido empurrada o bastante.

Ed enfiou as mãos imensas nos bolsos.

— Alguns meses atrás, eu tive sérias ideias de algemar Tess e embarcá-la pra longe. Qualquer lugar, desde que fosse longe daqui. — Ben examinou a ponta do cigarro. — Quando lembro aquela época, vejo com um pouco mais de clareza. Não teria dado certo. O que a tornava a pessoa que é também a tornava decidida a fazer o que fazia. Isso me deixava louco de medo, e eu descontava quase tudo nela.

— Talvez se você houvesse pressionado com mais força, não a teria quase perdido — Ed deixou escapar, e depois logo se detestou. — Foi mal. Desculpe.

Se isso fosse dito por outra pessoa, Ben teria perdido as estribeiras do jeito que lhe parecesse mais conveniente. Como se tratava do parceiro, conteve-se.

— Não é nada que não tenha me perguntado uma centena de vezes. Não esqueço o que foi quando eu soube que ele estava com ela. Jamais esquecerei. — Após esmagar o cigarro, ele levantou-se para andar mais uma vez de um lado para outro. — Você quer manter Grace completa e totalmente fora dessa parte de sua vida. Você a quer não tocada e não manchada por toda a merda pela qual você se arrasta dia após dia. Os ataques de quadrilhas, as explosões domésticas, as prostitutas e os cafetões. Pois eu lhe digo uma coisa: isso nunca vai funcionar, porque, por mais que tente, você vai sempre levar consigo partes disso pra casa.

— O que levo pra casa não tem de colocá-la na linha de tiro.

— Não, mas ela está neste caso. — Ben passou a mão pelos cabelos. — Deus do céu, eu sei pelo que você está passando e detesto.

Não só por você, mas por mim, porque me traz tudo de volta até a medula. Mas o fato que não para de nos estapear a cara é que ela vai atrair o cara pra uma cilada. Por mais que você preferisse de outro modo, é Grace quem vai pegar o delinquente.

— É com isso que estou contando — disse Grace, do vão da porta. Os dois se viraram em sua direção, mas ela só olhou para Ed. — Lamento; quando percebi que era uma conversa particular, já tinha ouvido demais. Gostaria de acrescentar minha contribuição. Eu termino o que começo. Sempre.

Ben pegou o paletó quando a escritora se afastou.

— Escute, Ed, vou lá fora e encerro as atividades com Billings por esta noite.

— Valeu. Obrigado.

— Pego você de manhã. — Dirigiu-se à porta e depois parou. — Eu ia dizer pra se acalmar, mas não direi. Se tivesse de fazer tudo de novo, eu faria.

Grace ouviu a porta fechar-se. Minutos depois, escutou os passos de Ed em direção à cozinha. Logo começou fingir remexer no bule de café para o qual apenas olhava fixamente.

— Não sei por que cargas d'água Kathleen não comprou um forno de micro-ondas. Toda vez que vou cozinhar alguma coisa, me sinto no meio do deserto. Pensava em pizza congelada. Está com fome?

— Não.

— O café na certa tem gosto de lama a essa altura. — Ela fez tinir xícaras no armário. — É provável que tenha algum suco ou qualquer coisa na geladeira.

— Estou bem. Por que não se senta e deixa que eu faça isso?

— Chega! — Ela rodopiou numa meia-volta, quebrando a xícara na pia. — Droga! Pare de tentar me proteger e afagar. Não sou criança! Tenho cuidado de mim há anos e feito um trabalho danado de bom! Não quero que prepare o café nem qualquer outra coisa pra mim.

— Tudo bem. — Ela queria uma briga. Ótimo. Ele próprio estava mais que disposto a uma. — Exatamente que diabos você *quer*?

— Quero que se retire, quero que se afaste. Quero que pare de me vigiar como se eu fosse cair de cara no chão toda vez que dou um passo.

— Seria fácil se você soubesse onde pisa.

— Sei o que faço e não preciso de você nem de ninguém mais parado em volta à espera de me pegar. Sou uma mulher capaz e de razoável inteligência.

— Talvez seja, quando não usa antolhos. Você só olha para frente, Grace, mas não sabe que diabo acontece em cada lado ou atrás de você. Ninguém vai se retirar, tampouco eu, até essa história acabar.

— Então pare de me deixar sentindo culpada por fazer a única coisa que posso.

— Que quer que eu faça? Pare de me preocupar e ligar pro que acontece com você? Acha que posso fechar e abrir os sentimentos como uma torneira?

— Você é um policial — ela rebateu. — Devia ser objetivo. Devia querer o criminoso a qualquer preço.

— Eu quero — afirmou Ed.

Ela tornou a ver a expressão fria. Foi aquele olhar que a fez perceber até onde ele iria quando pressionado.

— Então sabe que o que estou fazendo talvez o jogue no seu colo. Pense nisso um minuto, Ed. Talvez alguma mulher esteja viva esta noite porque ele se sintonizou comigo.

Ed acreditava nisso, mas o problema era que não conseguia esquivar-se dela.

— Seria muito mais fácil pra mim se não a amasse.

— Então me ame o bastante pra entender.

Ele queria ser razoável. Queria recuar e ser o homem razoável, de temperamento moderado, que sabia ser. Mas não era mais. Se aquilo não terminasse logo, talvez jamais tornasse a ser esse homem de novo. De repente cansado, apertou os dedos nos olhos. Seis quadras e um esboço vago. Tinha de bastar. Ele acabaria com aquilo. Encontraria um meio de terminar ou na noite seguinte encontraria um jeito de pôr Grace num avião para Nova York.

— Você deixou o café ferver.

Reprimindo um palavrão, ela virou-se e apagou a chama. Estendeu a mão para a asa do bule, errou e queimou as pontas de três dedos.

— Não — disse na mesma hora em que Ed se adiantou. — Eu me queimei, eu dou um jeito. — Lançou-lhe um olhar furioso e enfiou a mão sob a água fria da torneira. — Está vendo? Posso cuidar disso. Não preciso que você beije e melhore.

Com uma violenta torção da mão, fechou a torneira e ficou olhando os dedos pingarem.

— Me perdoe. Ah, meu Deus, me perdoe. Detesto a mim mesma quando sou horrível.

— Vai me chutar se eu pedir que se sente?

Fazendo que não com a cabeça, ela foi até a mesa.

— Pra começar, eu já estava uma pilha de nervos, e, quando desci e ouvi você conversando com Ben, foi a gota d'água. — Ela pegou um pano de prato e começou a torcê-lo. — Não sei como lidar com os seus sentimentos e com os meus ao mesmo tempo. Pelo que sei, ninguém nunca me amou como você ama.

— Que bom!

Isso provocou uma risada desanimada de Grace e facilitou-lhe olhar para ele.

— É apenas correto avançar mais um passo e dizer que nunca senti por ninguém o que sinto por você.

Ele esperou um instante.

— Mas?

— Se fosse eu quem estivesse tramando o enredo dessa história, saberia como trabalhar e resolver. O negócio é que quero lhe dizer como me sinto, mas receio que isso só vai dificultar tudo pra nós dois.

— Faça uma tentativa.

— Estou assustada. — Ela fechou os olhos, mas não se opôs quando ele lhe estendeu a mão. — Muito assustada. Lá em cima, enquanto falava naquele maldito telefone, me deu vontade de desligar e dizer foda-se. Mas não pude. Nem sei mais se o que faço é o certo. Não tenho mais nem isso, mas preciso continuar. É pior, muito pior, porque você fica me pressionando pro outro lado e não quero magoá-lo.

— Você quer meu apoio, quer que eu lhe diga que o que faz é certo. Não sei se posso.

— Então apenas não me diga que é errado, porque, se disser muitas vezes, eu vou acreditar.

Ele examinou as mãos juntas dos dois. As dela, pequenas, até delicadas, as unhas curtas e sem esmalte, com um chuveiro de ouro e diamantes no mindinho.

— Você já acampou alguma vez?

— Numa barraca? — Meio confusa, ela fez que não com a cabeça. — Não. Nunca entendi por que as pessoas desciam do carro pra dormir no chão.

— Eu conheço um lugar no oeste da Virgínia. Há um rio, montes de pedra. Flores silvestres. Gostaria de levar você lá.

Ela sorriu. Essa era a oferta de paz.

— Numa barraca?

— É.

— Acho que isso exclui serviço de copa.

— Eu poderia levar uma xícara de chá ao seu saco de dormir.

— Tudo bem. Ed? — Ela estendeu a mão em oferenda. — Por que não beija meus dedos e os alivia?

Capítulo Quinze

— Tess, como você está esplêndida! — Claire Hayden roçou a face na da psiquiatra e instalou-se à mesa de canto no Mayflower. — Agradeço de coração se encontrar comigo assim, no fim de um de seus dias ocupados.

— É sempre um prazer ver você, Claire. — Tess sorria, embora seus pés doessem e ela sonhasse com um banho quente. — E, pelo tom de sua voz, me pareceu importante.

— Talvez eu esteja reagindo de forma exagerada. — Claire ajeitou o blazer do duas-peças justo pink. — Quero um vermute seco — disse ao garçom e tornou a olhar para a amiga. — Dois?

— Não, vou tomar apenas uma Perrier. — A médica a observou girar várias vezes a grossa aliança de casamento no dedo. — Como vai Charlton, Claire? Faz meses desde que vi qualquer um dos dois, a não ser no noticiário da noite. Deve ser uma época muito emocionante para todos vocês.

— Você conhece Charlton, ele faz tudo isso sem dificuldade. Quanto a mim, tento me preparar para ficar à altura da loucura desse verão. Sorrisos, discursos e palanques abrasadores. A imprensa já pôs a casa em estado de sítio. — Ela meneou os ombros como se para afastar a inconveniência. — Tudo faz parte da campanha. Você sabe, Charlton sempre diz que as questões são mais importantes que o candidato, mas às vezes duvido disso. Se ele bate uma porta, vinte repórteres estão de prontidão para publicar que se enfureceu.

— A vida pública nunca é fácil. Ser esposa do filho preferido do partido é uma tensão.

— Ah, não é isso. Aceitei viver assim. — Claire interrompeu-se quando as bebidas foram servidas. Só tomaria uma, por mais tentada que se sentisse a pedir a segunda. Não cairia bem alguém noticiar que a mulher do candidato entornara uma garrafa. — Admito que, em algumas ocasiões, eu gostaria que pudéssemos arrumar as malas e sair correndo para uma pequena fazenda em algum lugar. — Tomou um gole. — Claro que ia detestar pouco tempo depois. Adoro Washington. Adoro ser uma esposa de Washington. E não tenho a menor dúvida de que adoraria ser primeira-dama.

— Se a previsão de meu avô estiver certa, você logo descobrirá.

— Caro Jonathan. — Claire tornou a sorrir, mas Tess viu a tensão que continuava a encobrir-lhe os olhos. — Como vai ele?

— Como sempre. Ficará satisfeito quando eu contar que saímos juntas.

— Receio que não seja um encontro social, nem uma coisa sobre a qual quero que converse com seu avô. Ou qualquer pessoa.

— Tudo bem, Claire. Por que não me diz o que a aflige?

— Tess, eu sempre respeitei suas credenciais profissionais, e sei que posso confiar na sua discrição.

— Se está me pedindo que considere qualquer coisa que me diga como confidencial, eu entendo.

— Sim, eu sabia que entenderia. — Claire interrompeu-se mais uma vez, para tomar um gole, e depois correu o dedo pela haste da taça. — Como eu disse, talvez não seja nada. Charlton não ficaria satisfeito com a importância que estou dando a isso, mas não posso ignorar mais.

— Então ele não sabe que você está aqui.

— Não. — A amiga tornou a erguer os olhos, mais que sombreados agora, notou a psiquiatra, frenéticos. — Não quero que ele saiba, pelo menos ainda não. Você precisa entender a enorme pressão sob a qual se encontra para ser, bem, ideal. No clima de hoje, ninguém quer imperfeição nos líderes. Assim que se desenterra uma falha, como a imprensa vive decidida a fazer, ela é maximizada e distorcida até se tornar uma questão maior que a folha de serviço de um homem. Tess, você sabe o que as manchas na vida familiar de um candidato, os relacionamentos pessoais, podem fazer à campanha.

— Mas você não me convidou aqui para falar da campanha de Charlton.

— Não. — Claire hesitou. Tão logo o disse, não podia retirá-lo. Vinte anos de sua vida, e mais cinco da do marido, talvez ficassem nas condições precárias dessa única decisão. — De Jerald. Meu filho. Receio que, bem, não acho que ele tem sido o mesmo ultimamente.

— De que maneira?

— Sempre foi um menino calado, um solitário. Você na certa nem sequer se lembra dele, embora muitas vezes comparecesse a recepções e outros eventos conosco.

Tess teve uma lembrança de um menino magro que desaparecia nos cantos.

— Receio não me lembrar bem dele.

— As pessoas não lembram. — O sorriso de Claire surgiu e desfez-se. Com as mãos no colo, começou a fazer pregas na toalha da mesa. — Ele é muito reservado. Brilhante. Entre os dez por cento melhores da turma de formandos. Constou sempre da lista de honra durante toda a escola preparatória. Várias universidades particulares excelentes o aceitaram, embora ele vá seguir a tradição e cursar Princeton. — Ela se pôs a falar rápido, rápido demais, como se se achasse agora na descida de uma montanha-russa e com pavor de ficar sem fôlego. — Receio que passe mais tempo com o computador do que com as pessoas. Não consigo entender bem como funciona, mas Jerald é simplesmente um mago com as máquinas. Posso dizer com toda a franqueza que nunca tive nem um problema momentâneo com ele. Nunca foi rebelde nem mal-educado. Quando amigos meus me diziam que se sentiam frustrados com os filhos adolescentes, eu apenas me maravilhava por Jerald ser sempre um menino tão tranquilo e agradável. Talvez não muito afetuoso, mas de bom temperamento.

— O filho ideal? — murmurou Tess.

Sabia como a perfeição às vezes era enganosa e escondia várias falhas irregulares.

— É, é, isso mesmo. Ele simplesmente adora Charlton. Quase demais, você entende. Em algumas ocasiões eu me sentia meio apreensiva em relação a isso, mas para um menino é bastante agradável venerar o pai. Em todo caso, nunca tivemos de nos preocupar com os problemas que tantos pais parecem enfrentar hoje. Drogas, promiscuidade, rebeldia. Então há pouco...

— Não se apresse, Claire.

— Obrigada. — Após pegar a taça, Claire tomou um gole para umedecer a garganta seca. — Nos últimos meses, Jerald tem passado cada vez mais tempo sozinho. Trancado no quarto a noite toda. Sei o afinco com que ele estuda e até tentei convencê-lo a diminuir um pouco a intensidade. Parece tão esgotado em algumas manhãs. O humor parece oscilar. Sei que tenho ficado amarrada com a eleição e a campanha, por isso desculpei essas oscilações. Eu mesma ando um pouco instável.

— Já conversou com ele?

— Tentei. Talvez não com muito empenho. Não percebi como era difícil lidar com isso. Ele chegou em casa da biblioteca uma noite dessas e estava... Tess, um lixo. As roupas desalinhadas, o rosto todo arranhado. Era óbvio que se metera em algum tipo de briga, mas disse apenas que tinha caído da bicicleta. Deixei passar. Me arrependo agora. Cheguei até a deixar o pai acreditar nisso, embora soubesse que Jerald tinha levado o carro naquela noite. Disse a mim mesma que ele tinha direito à intimidade e, por ser um menino bem-criado, iria superar isso. Mas tem alguma coisa, alguma coisa nos olhos dele recentemente.

— Claire, desconfia que Jerald esteja fazendo experiência com drogas?

— Não sei. — Por um momento, ela se permitiu o luxo de cobrir o rosto com as mãos. — Não sei, mas sei que temos de fazer alguma coisa antes que piore. Ainda ontem, ele se meteu numa briga pavorosa na escola. Foi suspenso. Tess, afirmam que tentou matar outro menino... com as mãos nuas. — Baixou os olhos para as suas, a aliança de casamento refletiu-se nela. — Ele nunca se meteu em confusão antes.

Tess sentiu um calafrio até a medula. Engoliu em seco com força, e depois perguntou num tom neutro, cuidadosamente conseguido:

— O que Jerald disse sobre a briga?

— Nada, pelo menos a mim. Sei que conversou com o pai, mas nenhum dos dois falou a respeito. Charlton está preocupado. — Ela disparou o olhar para Tess e desviou-o de volta para a toalha de mesa. — Charlton tem disfarçado que não está, mas eu vejo. Sei o estrago que isso faria se vazasse para a imprensa, e me apavora o que poderia causar à campanha. Ele continua insistindo em que Jerald só precisa de alguns dias para descansar a mente e se acalmar. Quisera eu poder acreditar nisso!

— Gostaria que eu conversasse com Jerald?

— Sim. — Claire estendeu o braço e tomou-lhe a mão. — Muito. Não sei mais o que fazer. Tenho sido melhor esposa, melhor companheira, que mãe. Jerald parece ter me escapulido das mãos. Estou realmente preocupada com ele. Parece distante, e de algum modo presunçoso, como se soubesse de alguma coisa que ninguém mais sabe. Minha esperança é que, se conversar com alguém fora da família, mas que, mesmo assim, é uma de nós, ele se abra.

— Farei o que puder, Claire.
— Sei que fará.

Randolf Lithgow detestava o hospital. Detestava Jerald Hayden por mandá-lo para lá. Fora mais a humilhação que a dor. Como poderia voltar e enfrentar os outros caras após ter quase virado polpa de tão espancado pelo maluco da turma?

O vermezinho se achava grande na escola porque o pai era candidato à Presidência. Lithgow torcia para que Charlton P. Hayden perdesse a eleição sem vencer num único estado. Esperava que sofresse uma derrota tão terrível que teria de sair rastejando de Washington na calada da noite, arrastando o filho junto.

Mudou de posição na cama e também desejou que chegasse a hora das visitas. Bebeu num canudo e conseguiu engolir direto pela garganta, que continuava ardendo como o inferno. Iria fazer aquele cara de pastelão pagar caro quando tornasse a levantar-se de novo.

Chateado, nervoso e sentindo pena de si mesmo, Randolf começou a trocar os canais de televisão com o controle remoto. Não tinha disposição nem ânimo para o noticiário das seis. Podia obter toda aquela bosta no resumo do final do dia quando retornasse à escola. Trocou mais uma vez e parou na reprise de uma série cômica. Já sabia o maldito diálogo de cor naquele velho cavalo. Xingando, trocou de canais. Mais notícias. No momento em que ele ia desistir e ler um livro, surgiu na tela a imagem do desenho do atacante de Mary Beth Morrison.

Lithgow talvez o houvesse deixado passar, não fosse pelos olhos. Fizeram-lhe estreitar os seus. Eram os mesmos que vira quando perdia a consciência e Jerald esgotava seu ar espremendo-lhe a garganta com as mãos. Concentrou-se e esforçou-se para preenchê-lo com os detalhes que haviam escapado ao desenhista. Antes de ter certeza, absoluta certeza, a imagem foi substituída por um repórter. Excitado, não mais nervoso, Randolf passou para a rede de noticiários seguinte. Talvez tornasse a vê-lo.

Se visse, tinha uma ideia muito boa do que iria fazer.

— Vamos pôr viaturas pra varrer aquela área a noite toda.

Ben fechou o arquivo. Ed continuava de olhos fixos no mapa, como à espera de que alguma coisa saltasse.

— O delinquente sai de casa, as probabilidades são de que o pessoal o localize — comentou Ben.

— Não gosto das probabilidades. — Ed olhou em direção ao corredor. No andar de cima, Grace completava a terceira noite como isca. — Quantas vezes você calcula que repassamos esse quadrante, motorizados e a pé?

— Perdi a conta. Escute, ainda acho que a escola é uma boa tentativa. Wight talvez não tenha reconhecido o retrato falado, mas estava nervoso — insistiu Ben.

— As pessoas ficam nervosas quando tiras aparecem — disse Ed.

— É, mas tenho o pressentimento de que vai cair a ficha em alguém quando Maggie Lowenstein acabar de distribuir o retrato falado aos alunos.

— Talvez. Mas isso ainda dá ao criminoso esta noite e horas demais amanhã.

— Escute, Ed, somos dois aqui na casa. Billings está lá fora e as viaturas de ronda passam a cada quinze minutos. Ela está mais segura aqui do que se a tivéssemos posto num cárcere.

— Tenho pensado no perfil psiquiátrico que Tess elaborou e me perguntado por que parece que não consigo pensar como ele.

— Talvez porque tenha todos os parafusos no lugar — respondeu Ben.

— Não é isso. Sabe como é quando a gente se aproxima de um deles. Por mais maluco, por mais doente que seja o pervertido, a gente começa a pensar como ele, a prever o que fará.

— E é o que está acontecendo. Por isso vamos pegar o cara.

— Não pensamos de igual pra igual. — Ed massageou os olhos. Haviam começado a doer no meio da tarde. — E não pensamos de igual pra igual porque ele é um adolescente. Quanto mais penso nisso, mais certeza tenho. Não apenas pela identificação do desenho com base na descrição de Mary Beth. Os adolescentes não pensam da mesma maneira que os adultos. Sempre imaginei que por isso mandam os garotos para a guerra, porque ainda não enfrentaram a própria mortalidade. A pessoa só se dá conta dela aos vinte e poucos anos.

Ben lembrou-se do irmão.

— Alguns adolescentes já são amadurecidos quando chegam aos dezesseis anos.

— Não esse. Tudo que Tess escreveu aqui leva não apenas a um psicótico, mas a um imaturo.

— Então a gente pensa como um garoto.

— Ele na certa deve andar de cara feia desde que se frustrou com o serviço malfeito em Mary Beth Morrison. — Tentando continuar essa linha de pensamento, Ed se pôs a andar de um lado para outro. — É exatamente como ela disse, o cara chorava feito uma criança que quebrou o brinquedo preferido. Que faz um verdadeiro moleque arrogante quando destrói seu brinquedo?

— Quebra o de outra pessoa — respondeu Ben.

— Na mosca. — Ed virou-se para ele. — Você vai ser um pai danado de bom.

— Obrigado. Veja, os estupros e tentativas de estupros que deram entrada desde o caso Morrison não batem.

— Eu sei. — Ed não lera cada relatório, palavra por palavra, na esperança de uma ligação? — Talvez o cara não tenha atacado outra mulher, mas isso não significa que não tenha atacado alguém. Você sabe que, quando um estuprador é impedido de ir até o fim, fica apenas mais frustrado e furioso. E ele é um garoto. Tem de pôr isso pra fora em outra pessoa.

— Então imagina que o cara estaria pronto pra uma luta, a fim de descarregar a frustração em algum outro garoto?

— Imagino que iria atrás de alguém mais fraco, alguém que julgasse mais fraco, de qualquer modo. Ele se sentiria melhor se fosse alguém que conhecia.

— Então podemos checar os registros de detenção por ataque nos últimos dois dias.

— E os hospitais. Não creio que ele se contentaria com uma briguinha de empurra pra lá e puxa pra cá.

— Você tá começando a pensar como Tess. — Ben sorriu. — Por isso é que o amo. Na certa é ela agora — disse, quando tocou o telefone. — Pedi que me ligasse quando chegasse em casa.

— Diga a ela pra reforçar o cálcio.

Ed pegou mais uma vez o arquivo. O tom da voz do parceiro o fez ignorá-lo.

— Quando? Tem um endereço? Você e Renockie cobrem a gente aqui, que vamos até lá. Escute, Maggie, estou cagando pra quem... *Quem?* Meu Deus! — Ben passou a mão pelo rosto e tentou pensar. — Consiga o juiz Meiter, ele é republicano. Não, não é brincadeira. Quero o mandado na mão em uma hora ou vamos mesmo sem um. — Desligou. Se pudesse correr o risco, teria tomado uma bela dose pura de vodca. — Conseguimos uma identificação no retrato falado. Um garoto no hospital de Georgetown denunciou um colega de escola que tentou estrangulá-lo. É aluno do último ano da St. James. O capitão está mandando alguém lá para pegar uma declaração escrita.

— Temos um nome?

— O autor da chamada identificou nosso menino como Jerald Hayden, o endereço bate direto no meio do pequeno quadrado de Billings.

— Então vamos logo.

— Precisamos passar pelos canais competentes neste caso, parceiro.

— Fodam-se os canais!

Ben não se deu ao trabalho de ressaltar que era Ed quem sempre suscitava o sistema.

— O garoto é filho de Charlton P. Hayden, o candidato do povo.

O parceiro encarou-o por vários segundos.

— Vou subir pra pegar Grace.

Ben mal assentiu com a cabeça quando o telefone tocou de novo.

— Paris.

— Ben, lamento interromper.

— Escute, doutora, não posso ocupar este telefone.

— Serei rápida. Acho que talvez seja importante.

Com uma conferida no relógio, Ben calculou que Maggie ainda tinha cinquenta e oito minutos para chegar.

— Desembuche.

— Estou quase transpondo o limite de sigilo do paciente. — E isso a afligira durante todo o exame de consciência. — Conversei com uma mulher hoje, uma mulher que conheço. Ela está preocupada com o filho. Parece que ele se meteu numa briga séria na escola ontem. Quase estrangulou outro aluno. Ben, grande parte do que ela me disse reflete o perfil do assassino em série.

— Ele quebrou o brinquedo de outra pessoa — murmurou Ben. — Me dê um nome, doutora. — Quando só obteve silêncio, imaginou-a sentada à escrivaninha, em luta com o juramento e a consciência. — Vamos jogar assim: me diga se este nome parece familiar. Jerald Hayden.

— Oh, meu Deus!

— Tess, eu preciso de respaldo. Já pedimos um mandado. Um telefonema seu poderia acelerar tudo.

— Ben, eu concordei em aceitar esse menino como paciente.

De nada adiantava brigar com ela agora, ele pensou. Tess nunca conseguia evitar.

— Então pode levar em consideração que o melhor pra ele agora é o pegarmos rápido. E vivo. Entre em contato com Harris, Tess. Diga a ele o que me disse.

— Tome cuidado. Ele está muito mais perigoso agora.

— Espere com o Júnior por mim. Sou louco por você.

Ben desligou o telefone quando Ed conduziu Grace para a sala.

— Ed disse que você sabe quem ele é.

— Sei. Pronta pra se aposentar como *senhorita* do telefone?

— Mais que pronta. Quanto tempo falta pra pegarem o delinquente?

— Estamos à espera de um mandado. Você parece um pouco pálida, Grace. Quer um conhaque?

— Não. Obrigada.

— Era Tess ao telefone. — Ben pegou um cigarro, acendeu-o e entregou-o à escritora. — Washington é uma cidade pequena. Ela conversou com a mãe de Jerald Hayden hoje. A *senhorita* acha que o filho precisa de um psiquiatra.

— Que estranho! — Grace soprou uma baforada de fumaça, enquanto absorvia as informações. — Achei que, quando isso acontecesse, seria um tipo de clímax. Em vez disso, bastaram um telefonema e um pedaço de papel.

— Grande parte do trabalho policial é papelada — disse Ed.

— É. — Ela tentou sorrir. — Tenho o mesmo problema com meu trabalho. Eu quero vê-lo. — Deu outra tragada. — Ainda quero vê-lo, Ed.

— Que tal esperar até amarrarmos as pontas soltas? — Ele tocou-lhe a face para fazê-la virar a cabeça e olhá-lo. — Você fez o que precisava ser feito, Grace. Tem de se livrar de Kathleen agora.

— Assim que isso terminar, eu ligo pra meus pais e... para Jonathan, acho que consigo.

𝓜ᴀɢɢɪᴇ Lᴏᴡᴇɴsᴛᴇɪɴ ʟᴇᴠᴏᴜ ᴍᴇɴᴏs ᴅᴇ ǫᴜᴀʀᴇɴᴛᴀ ᴍɪ-nutos para entregar o mandado. Entregou-o na mão de Ben.

— O tipo sanguíneo de Hayden estava arquivado no hospital de Georgetown. Bate com o das impressões. Prendam o delinquente. Cobriremos a casa até vocês darem entrada na delegacia.

— Fique.

Ed pôs as mãos nos ombros de Grace.

— Não vou a lugar algum. Escute, sei que o mundo precisa de heróis, mas imagino que eu preciso mais de você. Portanto, seja um bom tira, Jackson, e tome cuidado. — Tomando-lhe a frente da camisa, ela puxou-o para um beijo. — Até logo.

— Cuide dessa moça, Renockie — disse Ben, quando transpuseram a porta. — Detestaria ver Ed dar um chute de primeira em você.

Grace exalou um longo suspiro e virou-se para as suas novas escoltas.

— Alguém quer um pouco de café detestável?

𝓒ʟᴀɪʀᴇ ᴏᴜᴠɪᴜ ᴀ ᴄᴀᴍᴘᴀɪɴʜᴀ ᴅᴀ ᴘᴏʀᴛᴀ ᴇ ǫᴜᴀsᴇ ᴘʀᴀɢᴜᴇᴊᴏᴜ de irritação. Se não saíssem em cinco minutos, chegariam atrasados. Após fazer a governanta retroceder com um aceno da mão, ajeitou os cabelos e foi ela mesma atender.

— Detetives Jackson e Paris. — Os distintivos que Claire viu dispararam dentro dela um alarme sombrio e demorado. — Gostaríamos de falar com Jerald Hayden.

— Jerald? — Anos de treinamento fizeram automaticamente os lábios de Claire se curvarem. — De que se trata?

O garoto Lithgow, pensou. Os pais apresentaram queixa à polícia.

— Temos uma intimação judicial, senhora. — Ben entregou-lhe o documento. — Jerald Hayden é procurado para interrogatório relacionado aos assassinatos de Kathleen Breezewood e Mary Grice, além da tentativa de estupro de Mary Beth Morrison.

— Não. — Ela era uma mulher forte. Jamais desfalecera na vida. Agora, enterrava as unhas na palma da mão até clarear a visão. — É um engano.

— Algum atraso, Claire? Já chegamos ao limite de tempo. — Hayden encaminhou-se até a porta. A amistosa impaciência no rosto mudou apenas de leve quando ele viu a identificação. — Policiais, algum problema?

— É Jerald. — Dessa vez ela enterrou os dedos nos braços do marido. — Eles querem Jerald. Oh, meu Deus, Charlton. Falam em assassinato.

— Que absurdo!

— Sua esposa tem os papéis, senador. — A habitual compaixão de Ed esgotara-se no trajeto de carro. — Fomos autorizados a deter seu filho para interrogatório.

— Chame Stuart, Claire. — Era uma ocasião para advogados, pensou. Embora ainda não acreditasse, não podia acreditar, Hayden viu desintegrarem-se os anos da construção de uma plataforma cuidadosa e forte. — Tenho certeza de que podemos esclarecer isso rápido. Vou buscar Jerald.

— Preferiríamos ir junto — disse Ed.

— Muito bem.

Virando-se, Hayden dirigiu-se à escada. A cada degrau, sentia sua vida, ambições e crenças escapulirem. Via com clareza, dolorosa clareza, a expressão nos olhos de Jerald quando os dois se reuniram no escritório do reitor. Manteve-se ereto, como faria um homem corajoso ao enfrentar um pelotão de fuzilamento, e bateu à porta do filho.

— Com licença, senador. — Ben estendeu a mão e abriu a porta. A luz ardia, o rádio tocava baixo. E o quarto estava vazio.

— Deve estar no andar de baixo. — O suor frio traçou uma linha pelas costas de Hayden abaixo.

— Eu o acompanho.

Com um aceno quase imperceptível da cabeça a Ben, Ed entrou no quarto de Jerald.

Foram necessários menos de dez minutos para determinar que o jovem Hayden não se encontrava em casa. Quando Ben retornou ao quarto, o senador e a mulher o acompanharam.

— Ele tem um esconderijo e tanto. — Ed indicou a gaveta da escrivaninha aberta. — Por favor, não toquem em nada — avisou a Hayden, quando o senador se adiantou. — Vamos mandar alguém vir aqui pra registrar isso. Parecem uns quarenta gramas de cocaína, talvez uns cento e trinta gramas de maconha. — Tocou a tampa de um frasco com a ponta de um lápis. — Talvez um pouco de cocaína em flocos misturada com algum alucinógeno.

— É um engano. — A histeria começou a borbulhar na voz de Claire. — Jerald não toma drogas. É um aluno destacado.

— Sinto muito. — Ben olhou dela para o computador que ocupava quase toda a mesa, e depois para Ed. Como dissera Billings, o equipamento era do mais alto nível de desenvolvimento. — Ele não está na casa.

ENQUANTO A MÃE SOLUÇAVA NO QUARTO DO FILHO, JERALD transpunha a cerca entre a propriedade de Ed e a casa de Breezewood. Jamais se sentira melhor na vida. O sangue bombeava, o coração martelava. Désirée esperava-o, para levá-lo além do mortal à eternidade.

Renockie tomava café na sala, enquanto Grace brincava com o dela e vigiava o relógio. Onde estava Ed? Por que não telefonava?

— Acho que se poderia dizer que sou um grande fã seu, Srta. McCabe.

— Obrigada, detetive.

— Esperei até Maggie ir lá fora falar com Billings pra lhe dizer que também sou escritor amador.

Quem não tinha a pretensão de ser?, pensou Grace, e depois se forçou a dar um sorriso. Não era do feitio dela ser indelicada.

— Ah, é mesmo? Escreve romances policiais?

— Apenas contos. — O rosto largo e agradável do tira enrubesceu com a admissão. — A gente passa muito tempo no carro apenas sentado e à espera em minha função. O que dá muito tempo pra pensar.

— Talvez devesse me mostrar alguma coisa que escreveu.

— Não ia querer impor...

— Eu gostaria de ver — insistiu ela. — Por que não...

A voz esgotou-se quando ela notou que a expressão no rosto do policial mudara. Também ela ouvira um arrastar de pés, a abertura de uma porta.

— Por que não vai lá pra cima? Tranque a porta. — Ele sacou a arma ao tomar-lhe o braço. — Só por medida de segurança.

Ela subiu rapidamente e sem discussão. Renockie segurou a arma apontada e avançou.

No quarto, Grace encostou-se na porta, à espera, os ouvidos atentos. Era provável que não fosse nada. Como poderia ser alguma coisa? Ed já o teria detido a essa altura. O telefone tocaria a qualquer minuto e ele lhe diria que tudo terminara.

Então ouviu uma tábua estalar e saltou. O suor escorria-lhe pela testa e entrava nos olhos. Chamando-se de tola, Grace enxugou-o. Era apenas o aspirante a escritor chegando para dizer-lhe que estava tudo limpo.

— Désirée?

O sussurro secou toda gota de suor no corpo dela. Sentiu um gosto de medo. Embora lhe enchesse a boca, não conseguiu engoli-lo. Vigiando a porta, viu a maçaneta girar à esquerda e depois à direita.

— Désirée.

Encurralada. Encurralada. A palavra atravessou-lhe a mente repetidas vezes. Sozinha, de algum modo a sós com o homem que viera matá-la. Tapou o grito com as mãos antes que irrompesse de repente. Sabia que ele viria. Sabia, embora estivesse encurralada. Mas não indefesa. Correu à gaveta em que guardava a arma e tateou até encontrá-la, no momento em que a porta foi forçada e abriu-se.

Era uma criança, ela pensou ao encará-lo. Como era possível aquele menino com um jacaré bordado na camiseta e várias manchas de espinhas no queixo ter assassinado sua irmã? Então olhou dentro dos olhos dele, e estes contaram a história.

— Désirée, você sabia que eu ia voltar.

— Não sou Désirée. — Ele também tinha uma arma.

O coração de Grace quase parou de bater quando ela a viu e a mancha de sangue no pulso do louco. Na outra mão, trazia flores. Um buquê de cravos vermelhos.

— Não tem importância como chama a si mesma. Você voltou e me ligou de volta.

— Não. — Ela ergueu a arma quando ele avançou um passo em sua direção. — Não se aproxime de mim. Não quero machucá-lo.

— Não pode. — Jerald riu deliciado com ela. Jamais quisera nada mais do que a queria agora. Jamais quisera nada mais do que satisfazê-la. — Nós dois sabemos que você não pode me ferir. Estamos além disso agora, você e eu. Lembra como foi? Lembra, Désirée? Sua vida fluiu das minhas mãos, enquanto a minha fluía dentro de você.

— Você matou minha irmã. Eu sei. A polícia sabe. Estão chegando.

— Eu amo você. — Ele se aproximou mais ao falar, quase a hipnotizando com aqueles olhos. — Sempre foi apenas você. Juntos, podemos fazer qualquer coisa, qualquer coisa. Você continuará voltando pra mim. E eu continuarei ouvindo e esperando. Será igual a antes. Uma vez após outra.

Ele estendeu-lhe as flores.

Os dois ouviram o ruído ao mesmo tempo. Grace viu Renockie, o sangue escorrendo pelo rosto, onde Jerald o golpeara com a coronha. Apoiado na porta, o policial lutava para firmar-se.

Jerald virou-se, os lábios arreganhados para trás num rosnado. Quando ele ergueu a arma, Grace disparou.

— QUE DIABO ESTÁ ACONTECENDO?

Ben e Ed atravessaram correndo a calçada no momento em que Maggie conseguiu abrir com um chute a porta da frente.

— Fui levar uns sonhos para Billings e dizer a ele que encerrasse tudo. Quando voltei, encontrei a porta trancada.

Armas empunhadas, os três entraram e separaram-se. Ed viu o sangue. Acompanhou com o olhar o rastro que conduzia ao andar superior. Já se precipitava à frente quando ouviram o tiro.

Seu coração parou. Sentiu-o tremular quando disparou a toda escadaria acima. Ouviu o nome de Grace gritado, urrado, mas sem se dar conta de que saíra dele. Transpondo Renockie de um salto, plantou-se pronto, e mais que disposto, a matar.

Grace deslizara até o chão, de modo que tinha as costas apoiadas na cama, e continuava com a arma na mão. Embora com o rosto lívido, os olhos escuros e enevoados, ela respirava. Ed esmagou os cravos sob os pés quando correu para a amada.

— Grace? — Tocou-a, os ombros, o rosto, os cabelos. — Grace, quero que me diga se ele a machucou. Olhe pra mim, Gracie. Fale comigo.

Enquanto falava, tirou-lhe a arma da mão.

— Era tão jovem. Não pude acreditar como era jovem. — Focou os olhos nos de Ed quando ele se deslocou entre ela e o corpo estendido a poucos metros de distância. — Ele disse que me amava. — Quando a viu começar a arquejar, ele tentou envolvê-la nos braços, mas ela o repeliu: — Não, estou bem. Estou bem.

Maggie pegou o telefone atrás de si.

— Segundo Renockie, você salvou a vida dele. Portou-se como uma profissional.

— É. — Grace apoiou a cabeça na mão um instante. — Ed, eu estou bem, é sério. Mas acho que não consigo me levantar sem alguma ajuda.

— Apóie-se em mim — ele murmurou. — Só um pouco.

Com a cabeça encostada no ombro dele, ela concordou:

— Está bem.

— Você não vai conseguir sair vivo dessa, garoto. — Ben curvou-se sobre Jerald. Já examinara o ferimento e, embora Maggie estivesse chamando uma ambulância, de nada adiantaria. — Se quiser botar alguma coisa pra fora, o momento é este.

— Não tenho medo de morrer. — Ele não sentia dor alguma, o que tornava tudo ainda mais doce. — É a experiência última. Désirée sabe. Ela já sabe.

— Você liquidou Désirée e Roxanne, Jerald?

— Dei o melhor a elas. — Erguendo os olhos, ele viu o rosto de Désirée flutuando acima do seu. — Désirée.

Embora Ed tentasse afastá-la, Grace ficou onde estava e encarava Jerald. Ela quisera uma imagem, e agora a levaria consigo para o resto da vida. Quisera justiça, mas naquele momento não sabia ao certo o que isso significava.

— Eu voltarei — disse a ela. — Vou esperar. Lembre-se. — Seus lábios se curvaram antes de morrer.

— Vamos lá pra baixo, Grace.

Ed puxou-a para fora do quarto.

— Acha que chegaremos a saber por quê? Realmente por quê?

— A gente aprende a ficar satisfeito com quaisquer respostas que encontra. Sente-se, vou pegar um conhaque pra você.

— Não vou dissuadi-lo dessa ideia. — Ela sentou-se, os cotovelos nos joelhos e o rosto nas mãos. — Eu disse a ele que não queria machucá-lo. E, graças a Deus, falei sério. Assim que o vi, vi como era, não o odiei tanto.

— Tome, beba.

— Obrigada. — Ela conseguiu tomar um gole trêmulo e depois um segundo, mais forte. — Então... — Após uma fungada, esfregou as costas das mãos sob o nariz. — Como foi seu dia?

Embora Ed tentasse afastá-la, Grace ficou onde estava e encarava Jerald. Ela quisera uma imagem, e agora a levaria consigo para o resto da vida. Quisera justiça, mas naquele momento não sabia ao certo o que isso significava

Ele examinou-a por um instante. A cor retornava e as mãos se estabilizavam. Mulher forte, pensou. Era uma mulher forte. Acocorando-se diante dela, tirou-lhe o copo das mãos. Grace abriu os braços e ele acolheu-a junto de si.

— Ah, Ed, nunca mais quero ficar tão apavorada assim.

— Nem eu.

Grace virou a cabeça para colar os lábios na garganta dele.

— Você está tremendo — disse ela.

— É você quem está.

Com uma espécie de risada, ela o abraçou mais apertado.

— Não importa.

Ben hesitou no vão da porta.

— Se manda, Paris.

— Num minuto — ele prometeu. — Escute, pegamos a declaração de Renockie, por isso não há a menor pressa para as suas, Grace. Vamos mandar o pessoal entrar e sair daqui o mais rápido possível e deixar vocês em paz.

— Obrigada. — Grace desprendeu-se de Ed o suficiente para estender-lhe a mão. — Você é um amigo, Ben.

— Gostaria que tivéssemos sido mais rápidos. — Ele tomou a mão estendida e apertou-a. — Você passou por momentos difíceis, Gracie. Tess me pediu pra lhe dizer que, se precisar pôr tudo pra fora numa conversa, conte com ela.

— Eu sei. Diga a ela que me alegro por devolver seu marido à noite.

Ben pôs a mão no ombro de Ed.

— E de manhã também.

— É. — Depois que Ben saiu, Ed entregou mais uma vez o copo a Grace. — Tente mais um pouco.

— Eu tomaria a garrafa. — Ela ouviu os passos e as vozes na escada e soube o que significavam. Dessa vez não se levantou para olhar. — Ed, se importa? Não quero ficar aqui, quero ir pra casa.

Ele tocou-lhe o rosto antes de levantar-se. Era impossível ficar perto dela quando a perdia.

— Lamento, Grace, seria impossível você voltar pra Nova York esta noite. Só daqui a dois dias, depois que encerrarmos o trabalho burocrático.

— Nova York? — Grace largou o conhaque ao lado. Não precisava disso, afinal. — Eu disse que queria ir pra casa, Ed. É a casa ao lado. — Quando ele se virou para encará-la, ela tentou esboçar um sorriso. — Isto é, se a oferta ainda estiver de pé.

— Está. — Ele abraçou-a. — Ainda não é bem um lar, Grace. Precisa de muito trabalho.

— Tenho as noites livres. — Contente, ela se aninhou nele. — Eu nunca lhe contei que, quando cheguei aqui pela primeira vez, escolhi a sua casa como aquela na qual eu mais gostaria de morar. Vamos pra casa, Ed.

— Claro.

Ele ajudou-a a levantar-se.

— Só uma coisa. — Grace deslizou as bases das mãos pelo rosto até ter certeza de que estava seco. — Eu não vou passar suas camisas.

Impresso no Brasil pelo
Sistema Cameron da Divisão Gráfica da
DISTRIBUIDORA RECORD DE SERVIÇOS DE IMPRENSA S.A.
Rua Argentina 171 – Rio de Janeiro, RJ – 20921-380 – Tel.: 2585-2000